ANTONIA

DU MÊME AUTEUR CHEZ ACTES SUD

Mademoiselle Merquem, Babel n° 218.
La Marquise, Lavinia, Metella, Mattea, Babel n° 540.
Sand et Musset, *Le Roman de Venise*, Babel n° 381.

Edition établie par Martine Reid

© ACTES SUD, 2002
pour la présente édition
ISBN 2-7427-3821-5

Illustration de couverture :
Jacob Marrel, *Vase de fleurs* (détail), vers 1635-1640

GEORGE SAND

ANTONIA

roman

préface de Martine Reid

BABEL

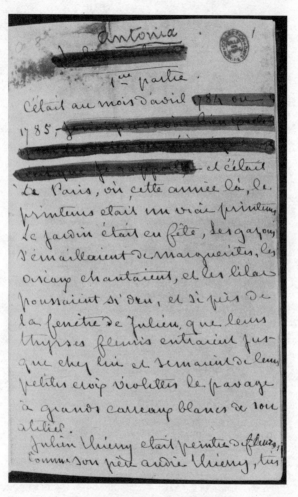

Premier feuillet du manuscrit d'*Antonia*
(Bibliothèque historique de la ville de Paris).

PRÉFACE

pour Nicole Savy

> Antonia *n'est qu'une fleur de mon*
> herbier, c'est comme un souvenir de
> promenade que je vous envoie. Ne
> m'en remerciez pas. Il en est de cette
> fleurette comme de tous les bouquets.
> L'intention en fait tout le prix.
>
> GEORGE SAND
> à Edouard Rodrigues,
> 17 octobre 1862.

Un roman de George Sand intitulé *Antonia* ? Tout le monde connaît *François le Champi*, *La Petite Fadette* et *La Mare au diable*. Les lecteurs plus curieux ont pu avoir entre les mains *Indiana*, *Mauprat*, *Les Maîtres sonneurs*, *Histoire de ma vie* ; ils ont lu *Lélia*, *Consuelo* et *La Comtesse de Rudolstadt*, les *Lettres d'un voyageur*, les *Contes d'une grand-mère*, d'autres titres encore. Plus rares enfin, quelques "savants austères" ont pu prendre connaissance de l'ensemble, par exemple des quelque trente romans écrits par George Sand sous le Second Empire, du *Château des Désertes*, fantaisie dont les protagonistes sont des comédiens en déplacement, au diptyque *Pierre qui roule* et *Le Beau Laurence*, qui a lui aussi pour cadre le milieu du théâtre et compte des considérations très fines sur le jeu des acteurs et l'interprétation. Les deux tiers

7

environ des romans de cette époque ont fait l'objet de rééditions plus ou moins récentes. Les autres ont échappé à toute réédition depuis le temps où l'éditeur Michel Lévy imagina, en 1869, de republier d'un seul coup les cinquante-cinq romans que Sand avait écrits jusqu'alors. *Antonia* est de ceux-là. Avec quelques autres, ce roman daté de 1863 a sombré dans l'oubli.

En 1862, George Sand a passé trois semaines à Paris (elle loue alors un pied-à-terre au 3, rue Racine), quelques jours dans sa petite maison de Gargilesse dans l'Indre, le reste de l'année dans sa propriété de Nohant. Ses déplacements à Paris sont liés aux premières de ses pièces de théâtre, *Le Pavé* au Gymnase le 1er mars, l'adaptation théâtrale des *Beaux Messieurs de Bois-Doré* à l'Ambigu-Comique le 26 avril (l'acteur Bocage y interprète le rôle principal). En compagnie de Delacroix, l'écrivain a visité le chantier de la chapelle des Saints-Anges à Saint-Sulpice.

Pendant l'été et l'automne, la vie à Nohant connaît une belle effervescence. Avec ses amis et les gens de la maison, Sand coud, dessine, jardine, se baigne dans l'Indre, court les chemins à la recherche de fleurs, de pierres et de papillons. Les représentations du théâtre de société battent leur plein ; les canevas sont de la main de Sand, de son fils Maurice ou d'Edouard Cadol, jeune artiste dont elle encourage les débuts au théâtre. On répète, on se déguise, on confectionne des costumes, on peint des décors pour *La Nuit de Noël*, *Soriani*, *La Farce du petit bossu*, *Le Pied sanglant*, *Les Paysans*[1]. Sand a également reçu à Nohant Alexandre Dumas fils et Eugène Fromentin (auquel elle a donné quelques conseils pour la rédaction de *Dominique*, que l'auteur lui dédiera[2]).

1. Sous le titre *Théâtre de Nohant*, Sand a publié quelques-unes de ces pièces en 1865.
2. "[Nohant], écrit Sand à Fromentin, est un endroit simple et médiocre par lui-même, mais où beaucoup de souffrances et d'inquiétudes se sont amorties et où, en dépit de tout, il s'est consommé beaucoup de bonheur intime, grâce

La *Revue des Deux Mondes* commence la publication de *Tamaris* le 15 mars. Le 28 mars, George Sand entame la rédaction de *Laura, voyage dans le cristal* puis s'interrompt ; le 19 avril, *Mademoiselle La Quintinie* est commencé puis interrompu lui aussi ; le 4 juin, elle commence la rédaction d'*Antonia* tandis que paraissent en volumes chez Michel Lévy *Autour de la table*, puis *Souvenirs et impressions littéraires*. Par ailleurs, l'écrivain préface *Six mille lieues à toute vapeur*, écrit et illustré par son fils Maurice, commente *La Sorcière* de Michelet et *Salammbô* (ce qui lui vaudra l'amitié de Flaubert), rédige une lettre ouverte à Girardin pour *L'Indépendance belge*, compose enfin une pièce grecque, *Plutus*, qui sera publiée l'année suivante dans la *Revue des Deux Mondes*. 1862 est également l'année du mariage de Maurice : à trente-neuf ans, le fils aîné de l'écrivain épouse la fille du graveur Luigi Calamatta, vieil ami de la famille – il avait en 1837 gravé le premier portrait de Sand par Delacroix.

On le voit, les activités sont multiples, les liens avec les artistes du temps particulièrement serrés, resserrés encore par le mariage de Maurice, dont la mère continue de rêver de faire un grand artiste alors que ce dernier, à l'évidence, éprouve un goût très vif pour des activités artistiques marginales, théâtre de société et théâtre de marionnettes, illustrations de livres, confection d'affiches et d'aquarelles de costumes pour la scène, largement inspirés, comme ses canevas, de la *commedia dell'arte*[1].

La genèse d'*Antonia* est assez représentative de la manière dont Sand travaille à l'époque. Les *Agendas* tenus par

à je ne sais quelle influence de l'air et du lieu. (...) vous ferez une bonne action en mêlant un peu le courant encore plein et actif de votre vie au courant plus ralenti de la mienne et en mettant chez nous l'empreinte ineffaçable d'une belle, bonne et forte individualité." (*Correspondance*, vol. XVII, Garnier, 1983, p. 140, 18 juin 1862.)
1. Voir à ce propos son étude intitulée *Masques et bouffons, la comédie italienne*, Lévy, 1860 (2 vol.), et Claudette Joannis et Bertrand Tillier, *Les Marionnettes de Maurice Sand*, éd. du Patrimoine, 1997.

Alexandre Manceau, graveur, secrétaire et compagnon de l'écrivain, le disent, elle écrit généralement la nuit, quand tout dort dans la maison et demande à ne pas être dérangée le lendemain avant midi. Cette écriture nocturne s'effectue sur le recto de grandes feuilles de papier qu'elle a coupées en quatre et cousues elle-même en cahiers. Les corrections sont faites au fur et à mesure ; d'autres, plus généreuses, sont opérées à la relecture. Sand travaille rapidement, aisément. Elle sait en quelques pages planter un cadre, des personnages, une situation. Son génie est celui-là, que Flaubert qualifie à bon droit de "génie narratif[1]", manière inimitable de créer des lieux et d'y faire évoluer les protagonistes, de construire une intrigue sentimentale qui mène le plus généralement au mariage tout en rappelant au passage quelques idées fortes : la liberté de mouvement et de sentiment, l'égalité des hommes et des femmes, la fraternité des hommes entre eux, toutes classes sociales confondues. Alors qu'en 1862 le réalisme a (largement) vaincu, et l'étude de mœurs, la matière sandienne demeure ce qu'elle a été dès l'époque romantique : romanesque, sentimentale, utopique – et prodigieusement diversifiée.

Constitué de l'ensemble des cahiers, le manuscrit du roman porte la trace de modifications et corrections, de passages récrits et collés en leurs lieux et places. Il passe ensuite dans le bureau d'une revue ou d'un journal pour être publié en feuilleton selon un découpage décidé par l'auteur. Bien qu'il en soit régulièrement question dans la correspondance, fort peu d'épreuves corrigées par George Sand ont été conservées, et les corrections demeurent modestes. Sur ce point, l'écrivain n'est pas Balzac, qui s'était fait une spécialité du travail sur épreuves et, pour la plus grande consternation de ses imprimeurs successifs, de l'extension de la matière romanesque à partir d'elles. Une fois le roman publié en revue, l'éditeur intervient qui le fait paraître,

---

1. Flaubert-Sand, *Correspondance*, Flammarion, 1981, p. 521 ; 6 février 1876.

quelques mois plus tard, en un ou plusieurs volumes selon son étendue.

La correspondance de Sand sous le Second Empire n'enregistre généralement que quelques traces ténues du temps de rédaction des romans. Dans une lettre datée de juin 1862, *Antonia* est mentionné pour la première fois[1]. Quelques semaines plus tard déjà, il est question du "roman que je suis en train d'achever[2]". Le 18 juillet, Sand écrit à son fils et à sa belle-fille : "J'ai fini le roman la nuit dernière. J'ai une grande lessive à lui faire subir ; mais ce n'est plus que de l'amusement sans fatigue et sans inquiétude[3]." Le 1er août, elle annonce au directeur de la *Revue des Deux Mondes* qu'il recevra le manuscrit dans peu de jours (et que le texte s'intitulera *Julia-Antonia*). Le 12 août, elle précise : "Le roman, qui s'appellera *Antonia* tout court, part en même temps que cette lettre par le chemin de fer g[ran]de vitesse. Vous m'accuserez réception, n'est-ce pas ? Si vous êtes bien aimable vous en ferez composer un bon bout, et vous me ferez envoyer *toujours* deux exemplaires des épreuves. Cela m'est absolument nécessaire. Vous donnerez l'ordre qu'on ne change pas *un mot* sans mon aveu, et qu'on ne mette jamais *cela* ou *ceci*, à la place de *ça*. C'est une monomanie de vos protes qui est insoutenable[4]." "Avez-vous lu *Antonia*, puis-je compter sur des épreuves pas trop à la veille de la publication[5] ?", demande enfin Sand à Buloz le 3 septembre. Après quoi, il n'en sera plus reparlé.

Ces quelques notations, comme les traces laissées par le roman dans les *Agendas*, permettent de se faire une idée plus précise du travail de rédaction. A l'évidence, il y a chez Sand une véritable boulimie de composition (qu'elle impute à la

---

1. *Correspondance*, vol. XVII, p. 161 ; à Paul Meurice. Il est question de "l'idée que je poursuis maintenant et qui se présente sous forme de roman. Elle m'assiège, elle m'émeut !"
2. *Ibid.*, p. 173 ; à Paul Meurice.
3. *Ibid.*, p. 175.
4. *Ibid.*, p. 195-196.
5. *Ibid.*, p. 221.

dure nécessité de gagner de l'argent[1]) doublée d'un plaisir très vif à raconter des histoires. C'est pourquoi l'écrivain conçoit et rédige à bon rythme, gardant l'essentiel des corrections pour la relecture, cette "grande lessive" à laquelle elle soumet le roman une fois ce dernier arrivé à terme. *Antonia* semble ainsi avoir été composé en six semaines approximativement (du 3 juin au 18 juillet exactement si l'on en croit les *Agendas*, qui mentionnent également des lectures à voix haute devant les familiers et les invités de Nohant[2]), puis soumis à une relecture d'un mois environ avant d'être envoyé à la *Revue des Deux Mondes*. Si l'écrivain se montre soucieuse de relire le texte sur épreuves sans que le prote y apporte la moindre correction, elle semble en revanche abandonner le texte à l'éditeur Lévy sans souci de modification, se contentant de dédier le volume à Edouard Rodrigues, agent de change fortuné qui l'a aidée dans quelques entreprises charitables et dont elle a fait connaissance cette année-là.

Personnages : Julie d'Estrelle (jeune aristocrate devenue veuve, en délicatesse avec sa belle-famille), Julien Thierry (jeune peintre vertueux), Mme André Thierry (sa mère, née de Meuil, pauvre et digne), Antoine Thierry (beau-frère de la précédente, célibataire fortuné au caractère fantasque, entiché de botanique), Marcel Thierry (notaire, cousin et neveu des précédents, soucieux de faire triompher le bon droit), la baronne d'Ancourt, la marquise d'Estrelle. La scène se passe à Paris, rue de Babylone, dans un hôtel particulier du XVIIe siècle avec jardin et dépendances.

1. "(...) il y a *devoir* pour moi à vouloir gagner de l'argent. Mais ce but, ce devoir est de ceux qui m'écrasent, qui me glacent et m'attristent profondément. Je n'ai jamais eu d'entrain que pour les choses au succès (succès d'argent) sacrifié d'avance." (*Ibid.*, p. 162, juin 1862 ; lettre à Paul Meurice.)
2. A la date du 16 juin 1862, George Sand a noté dans son agenda : "Lecture de l'*Antonia* 1re et 2e partie. Ça amuse...", et Manceau, à la date du 10 août : "Dîner, jardin, cochonnet, lecture de la dernière partie du roman *Le Lys* [premier titre envisagé]. C'est très bien fait et intéressant." (*Agendas*, III, Touzot, 1992.)

On l'a compris, tout est en place pour l'une de ces comédies sentimentales que Sand compose alors pour la scène parisienne ou qu'elle fait jouer sur la scène de Nohant. Les personnages sont des types, les dialogues tour à tour emphatiques, dramatiques ou comiques. S'y trouve la suite de rebondissements nécessaires à la bonne marche de l'intrigue : bris de la fleur rare, sautes d'humeur et caprices de l'oncle, coups de tête de Julie, menaces de la belle-famille. Tout est bien qui finit bien dans ce récit marqué en son centre d'une longue scène conduite par le notaire Marcel et fertile en surprises, qui n'est pas sans rappeler *Le Meunier d'Angibault*. Qu'*Antonia* ait été conçu comme un *divertimento* ne fait pas de doute. Le récit est mené tambour battant, le ton est enjoué, voire franchement comique, les dialogues vont *crescendo* jusqu'à la rupture des alliances, la découverte des manigances, l'aveu amoureux. On part à la campagne pour réfléchir, on fomente des vengeances et des renversements d'alliance, on se jure en secret un amour vrai, on oscille entre la détermination et l'accablement, l'attendrissement n'est jamais loin, comme dans *Le Mariage secret*, *Les Noces de Figaro*, *Le Barbier de Séville*. Il y a peu chez Sand de ces romans semblant attendre si nettement une musique, des acteurs pour incarner les personnages, les trois coups annonçant le début de la représentation. Sans doute la légèreté de l'œuvre, son charme discret viennent-ils de là, et de n'exister sans autre prétention ou presque que celle de distraire un instant.

Pour distraire, Sand revient comme naturellement au XVIIIe siècle prérévolutionnaire, à ces temps anciens qu'elle a connus grâce aux récits de sa grand-mère, grâce aussi à ses lectures des romans de Mme de Souza et de Mme de Genlis. Elle y était revenue dès *La Marquise*, nouvelle publiée à la fin de l'année 1832 qui l'avait consacrée écrivain, puis, plus sérieusement, dans *Mauprat* et *Consuelo*. L'époque lui plaît pour toutes sortes de raisons : elle permet ici l'utilisation de toutes les conventions dont la comédie classique a usé tant dans la scénographie que dans le parler, le costume et la psychologie des personnages – on sait que Sand a donné une suite au *Philosophe sans le savoir* de Sedaine dans *Le Mariage de Victorine*[1] ; elle permet aussi le rappel de préjugés puissants sur la naissance, la résurrection de mœurs qui n'ont d'aimable que l'apparence, minées qu'elles sont par l'hypocrisie, le calcul, l'intérêt. Tout est hôtels luxueux et beaux jardins, douairières, voitures et domestiques sans doute, mais tout est faux-semblants. Derrière la façade, il y a le vide des cœurs et des esprits, un égoïsme puissant aiguisé par la crainte sourde de voir "le monde" se fissurer d'abord, s'effondrer ensuite. Selon Sand, l'aristocratie de 1785 répond à cette crainte tantôt par un accueil courtois des philosophes, tantôt par des raideurs qui ne sont déjà plus de saison.

Le divertissement romanesque invite alors, malgré son ton badin, à quelque réflexion. L'écrivain a des pages rapides mais justes sur les philosophes, sur l'état de la société en 1785, sur les figures de Rousseau, Voltaire ou Condorcet[2]. Elle sait peindre la condition de la petite bourgeoisie, parler dépenses et coût de la vie, descendre jusqu'au plus petit détail matériel. Elle sait compter, geste étranger au monde aristocratique, et compter aussi bien avec l'avoué qu'avec la veuve couverte de dettes ou le célibataire riche et avare, comme tout droit sorti d'un roman balzacien. Elle sait enfin évoquer la situation singulière du petit artiste, peintre de fleurs et miniaturiste, que le monde peut enrichir ou condamner à l'obscurité par caprice parce que, mené par l'effet de mode, il est incapable de reconnaître le véritable talent.

L'amour, le grand amour comme l'amour du fils pour sa mère et de la mère pour son fils, est évoqué ici d'une manière "attendrissante" chère au drame bourgeois célébré par Diderot. Il demeure pourtant profondément romantique. La passion exalte ou anéantit : séparés, les deux amants pensent à mourir noyés (reprise d'un thème prégnant dans l'ensemble de l'œuvre) ; réunis, ils savent ce qu'ils doivent à l'honneur et à

1. Cette pièce, jouée pour la première fois le 26 novembre 1851 au théâtre du Gymnase, est reprise dans le deuxième volume du *Théâtre*, Lévy, 1866.
2. Les *Agendas* signalent que Sand "relit du XVIIIe siècle" (III, p. 38).

la pudeur, et Julien tombe aussi naturellement aux pieds de celle qu'il aime que cette dernière s'évanouit de bonheur et d'émotion dans ses bras. Quant à l'affection maternelle, extrêmement rare chez Sand (qui préfère de beaucoup les figures paternelles, et presque toujours les familles monoparentales), elle prend ici un tour inattendu : le fils n'envisage pas sans colère l'extraordinaire dépendance dans laquelle l'affection maternelle l'a placé. Entre l'affection des uns et le comportement lunatique des autres, Marcel enfin, véritable montreur de personnages, tire les ficelles en notaire diligent. Avec une réelle finesse psychologique, il mène chacun à sa guise, et ceci jusqu'à l'heureux dénouement final.

On pourra trouver que quelques scènes du roman prêtent à sourire, ainsi du duel de Julien avec de jeunes aristocrates, de l'arrivée intempestive de l'oncle qui découvre l'*Antonia* brisée, de la visite de la marquise prenant sa belle-fille en flagrant délit de fréquentations plébéiennes ou encore des projets de mariage réitérés de l'oncle. Ce sont des ingrédients romanesques polis par une longue tradition et dont Sand a toujours été prodigue, comme Sue et Dumas, comme Hugo. Si le roman réaliste a travaillé à s'en défaire, ils ont en revanche fonctionné comme les signes de reconnaissance d'un genre que le roman, le roman populaire particulièrement, a exploités tout au long du XIXe siècle.

Antonia est publié en avril 1863, *Mademoiselle La Quintinie* en juillet. Le succès du premier roman est modeste, le *tollé* suscité par les opinions jugées anticléricales du second considérable. Il connaît immédiatement un réel succès et un grand retentissement dans la presse. Les thèses de Sand sont défendues avec chaleur par les libéraux, violemment attaquées par les conservateurs. La préface, dans laquelle l'écrivain dénonce le "labyrinthe d'ambiguïtés, (…) de fantaisies dévotes, de contradictions, (…) de déclamations ardentes et de sous-entendus perfides[1]" de la pratique religieuse catholique, suscite

---

1. *Mademoiselle La Quintinie*, Lévy, 1863, p. X.

15

notamment la réaction haineuse de Baudelaire (qui traite Sand de "latrine[1]"). L'aimable divertissement que constituent les amours de Julie et de Julien est vite offusqué par ce roman sérieux, nourri de considérations religieuses et politiques. La jeune aristocrate et sa liliacée cèdent logiquement le pas à Lucie La Quintinie, raisonneuse intrépide bravant l'opinion de son temps. A la fin de l'année 1863, toute l'œuvre de George Sand est mise à l'Index.

MARTINE REID

---

1. Dans *Mon cœur mis à nu*, in *Œuvres complètes*, Gallimard, Bibliothèque de la Pléiade, 1961, p. 1280.

ANTONIA

à M. Edouard Rodrigues

A vous qui adoptez les orphelins, et qui faites le bien tout simplement, à deux mains et à livre ouvert, comme vous lisez Mozart et Beethoven.

I

C'était au mois d'avril 1785, et c'était à Paris, où, cette année-là, le printemps était un vrai printemps. Le jardin était en fête, les gazons s'émaillaient de marguerites, les oiseaux chantaient, et les lilas poussaient si dru et si près de la fenêtre de Julien que leurs thyrses fleuris entraient jusque chez lui et semaient de leurs petites croix violettes le pavage à grands carreaux blancs de son atelier.

Julien Thierry était peintre de fleurs, comme son père André Thierry, très renommé sous Louis XV dans l'art de décorer les dessus de porte, les panneaux de salle à manger et les plafonds de boudoir. Ces ornementations galantes constituaient, sous ses mains habiles, de véritables objets d'art sérieux, si bien que l'artisan était devenu artiste, fort prisé des gens de goût, grassement payé et fort considéré dans le monde. Julien, son élève, avait restreint son genre à la peinture sur toile. La mode de son temps excluait les folles et charmantes décorations du style Pompadour. Le style Louis XVI, plus sévère, ne semait plus les fleurs sur les plafonds et les murailles, il les encadrait. Julien faisait donc des cadres de fleurs et de fruits dans le genre de Mignon, des coquilles de nacre, des papillons diaprés, des lézards verts et des gouttes de rosée. Il avait beaucoup de talent, il était beau, il avait vingt-quatre ans, et son père ne lui avait laissé que des dettes.

La veuve d'André Thierry était là, dans cet atelier où Julien travaillait et où les grappes de lilas s'effeuillaient sous les caresses d'une brise tiède. C'était une femme de soixante ans, bien conservée, les yeux encore beaux, les cheveux presque noirs, les mains effilées. Petite, mince, blanche, pauvrement mise, mais avec une propreté recherchée, Mme Thierry tricotait des mitaines, et de temps en temps levait les yeux pour contempler son fils, absorbé dans l'étude d'une rose.

— Julien, lui dit-elle, pourquoi donc est-ce que tu ne chantes plus en travaillant ? Tu déciderais peut-être le rossignol à nous faire entendre sa voix.

— Ecoute, mère, le voilà qui s'y met, répondit Julien. Il n'a besoin de personne pour lui donner le ton.

En effet, le rossignol faisait entendre pour la première fois de l'année ses belles notes pures et retentissantes.

— Ah ! le voilà donc arrivé ! reprit Mme Thierry. Voilà un an de passé !… Est-ce que tu le vois, Julien ? ajouta-t-elle pendant que le jeune homme, interrompant son travail, interrogeait de l'œil les bosquets massés devant la fenêtre.

— J'ai cru le voir, répondit-il en soupirant, mais je me suis trompé.

Et il revint à son chevalet. Sa mère le regardait plus attentivement, mais elle n'osa l'interroger.

— C'est égal, reprit-elle au bout de quelques instants, tu as la voix belle aussi, toi, et j'aimais à t'entendre rappeler les jolies chansons que ton pauvre père disait si bien… l'année dernière encore, à pareille époque !

— Oui, répondit Julien, tu veux que je les chante, et puis tu pleures ! Non, je ne veux plus chanter !

— Je ne pleurerai pas, je te le promets ! Dis-m'en une gaie, je rirai… comme s'il était là !

— Non ! ne me demande pas de chanter. Ça me fait mal aussi, à moi ! Plus tard, plus tard ! Ça reviendra tout doucement. Ne forçons pas notre chagrin !

— Julien, il ne faut plus parler de chagrin, dit la mère avec un accent de volonté attendrie, mais vraiment forte. J'ai été un peu faible au commencement ; tu me le pardonnes bien ? Perdre en un jour trente ans de bonheur ! Mais j'aurais dû me dire que tu perdais plus que moi, puisque tu me restes, tandis que je ne suis bonne à rien qu'à t'aimer…

— Et que me faut-il de plus ? dit Julien en se mettant à genoux devant sa mère. Tu m'aimes comme personne ne m'aimera jamais, je le sais ! Et ne dis pas que tu as été faible. Tu m'as caché au moins la moitié de ta peine, je l'ai vu, je l'ai compris. Je t'en ai tenu compte, va, et je t'en remercie, ma pauvre mère ! Tu m'as soutenu, j'en avais grand besoin ; car je souffrais pour toi au moins autant que pour mon propre compte, et, en te voyant pleine de courage, j'ai toujours tenu pour certain que Dieu ferait un miracle pour me conserver ta santé et ta vie, en dépit de la plus cruelle des épreuves. Il nous devait cela et il l'a fait. A présent, mère, tu ne te sens plus faiblir, n'est-ce pas ?

— A présent, je suis bien, mon enfant, en vérité ! Tu as raison de croire que Dieu soutient ceux qui ne s'abandonnent pas et qu'il envoie la force à qui la lui demande de tout son cœur. Ne me crois pas malheureuse ; j'ai bien pleuré ; le moyen de faire autrement ! Il était si aimable, si bon pour nous ! Et il avait l'air d'être si heureux ! Il pouvait vivre longtemps encore… Dieu n'a pas voulu. Moi, j'ai eu une si belle vie, que je n'avais vraiment pas le droit d'en exiger davantage. Et vois ce que la bonté divine me laisse ! le meilleur et le plus adoré des fils ! Et je me plaindrais ? et je demanderais la mort ? Non, non ! je le rejoindrai à mon heure, ton bon père, et il me dira alors : "Tu as bien fait de durer le plus longtemps que tu as pu là-bas et de ne pas quitter trop tôt notre enfant bien-aimé."

— Tu vois donc bien, dit Julien en embrassant sa mère, que nous ne sommes plus malheureux et que je n'ai pas besoin de chanter pour nous distraire. Nous pouvons penser à lui sans amertume et penser l'un à l'autre sans égoïsme.

Ils se tinrent embrassés un instant et reprirent chacun son occupation.

Ceci se passait rue de Babylone, dans un pavillon déjà ancien, car il datait du règne de Louis XIII, et se trouvait isolé au bout de la rue, dont la plus moderne construction – et en même temps la plus voisine dudit pavillon – était la maison, aujourd'hui démolie, qu'on appelait alors l'hôtel d'Estrelle.

Pendant que Julien et sa mère causaient de la manière que nous venons de rapporter, deux personnes causaient aussi dans un joli petit salon dudit hôtel d'Estrelle, salon intime et frais, décoré dans le dernier goût du règne de Louis XVI, un joli grec bâtard, un peu froid de lignes, mais harmonieux et rehaussé de dorures sur fond blanc de perle. La comtesse d'Estrelle était simplement habillée de taffetas gris de lin demi-deuil, et son amie la baronne d'Ancourt était en petite toilette de visite du matin, c'est-à-dire en grand étalage de mousselines, de rubans et de dentelles.

— Mon cœur, disait-elle à la comtesse, je ne vous comprends pas du tout. Vous avez vingt ans, vous voilà belle comme les Amours, et vous vous obstinez à vivre en petite bourgeoise dans une solitude ! Vous en avez fini avec le deuil, et tout le monde sait que vous n'avez point eu lieu de regretter votre mari, le moins regrettable des hommes. Il vous a laissé de la fortune, c'est la seule chose sensée qu'il ait faite en sa vie…

— Et voilà, chère baronne, où vous vous trompez complètement. Le comte ne m'a laissé qu'une fortune grevée de dettes ; on m'a dit que je pourrais, avec quelques sacrifices et quelques privations, me libérer en peu d'années. J'ai donc accepté la succession sans y regarder de bien près, et voilà qu'aujourd'hui, après deux ans d'incertitudes et d'explications auxquelles je ne comprenais absolument rien, mon nouveau procureur, qui est un fort honnête homme, m'assure qu'on m'a trompée et que je suis plus pauvre que riche. C'est à ce point, ma chère, que j'étais ce matin en consultation avec lui pour décider si je pouvais garder, oui ou non, l'hôtel d'Estrelle.

— En vérité ! Vendre votre hôtel ? Mais c'est impossible, ma chère ! Ce serait une honte pour la mémoire de votre mari. Sa famille n'y consentira jamais.

— Sa famille dit qu'elle n'y consent pas ; mais elle dit aussi qu'elle ne m'aidera en rien. Que veut-elle et que voulez-vous que je fasse ?

— C'est une indigne famille ! s'écria la baronne ; mais rien ne devrait m'étonner de la part du vieux marquis et de sa bigote de femme !

En ce moment, on annonça à la comtesse la visite de M. Marcel Thierry.

— Faites entrer, répondit-elle.

Et, s'adressant à la baronne, elle ajouta :

— C'est précisément la personne dont je vous parlais, c'est mon procureur.

— En ce cas, je vous quitte.

— Ce n'est pas nécessaire. Il n'a qu'un mot à me dire, et, puisque vous connaissez ma position…

— Et je m'y intéresse. Je reste.

Le procureur entra.

C'était un homme de quarante ans, plus chauve que son âge ne le comportait, mais d'une bonne figure enjouée et sincère, quoique remarquablement fine et même railleuse. On voyait que l'expérience des hommes aux prises avec leurs intérêts l'avait rendu positif, sceptique peut-être, mais qu'elle n'avait pas éteint en lui un idéal de droiture et de candeur qu'il savait d'autant mieux apprécier et reconnaître.

— Eh bien, monsieur Thierry, lui dit la comtesse en lui montrant un siège, y a-t-il du nouveau depuis ce matin, que vous prenez la peine de revenir ?

— Oui, madame, répondit le procureur, il y a du nouveau. M. le marquis d'Estrelle m'a envoyé son homme d'affaires avec une offre que j'ai acceptée pour vous, sauf votre agrément, que je viens prendre. Il s'agit de vous venir en aide par l'abandon de quelques menues propriétés dont le chiffre total ne couvre certainement pas les dettes qui vous incombent, mais allège pour un moment vos ennuis et retarde la vente de votre hôtel en vous permettant de donner un à-compte aux créanciers.

— Un *à-compte* ! Voilà tout ? s'écria la baronne d'Ancourt indignée. Voilà tout ce que la famille d'Estrelle peut faire pour la veuve d'un prodigue ? Mais c'est une infamie, monsieur le procureur !

— C'est tout au moins une petitesse, répondit Marcel Thierry ; j'ai perdu mes frais d'éloquence, et les choses en sont là. Mme la comtesse n'ayant pas de fortune qui lui soit propre, est forcée, pour conserver un douaire assez médiocre, de subir les conditions d'une famille sans égards et sans générosité.

— Dites sans cœur et sans honneur ! reprit la baronne en déclamant.

— Ne dites rien du tout, reprit enfin la comtesse, qui avait tout écouté avec résignation. Cette famille est ce qu'elle est ; il ne m'appartient pas de la juger, moi qui porte son nom. Je suis à tous autres égards une étrangère pour elle, et j'aurais ici mauvaise grâce à me plaindre, car il n'y a que moi de coupable.

— Coupable ! dit la baronne en reculant de surprise avec son fauteuil à roulettes.

— Coupable ! répéta le procureur avec un sourire d'incrédulité.

— Oui, reprit Mme d'Estrelle. J'ai fait une grande faute dans ma vie. J'ai consenti à ce mariage, contre lequel mon cœur et mon instinct se révoltaient. J'ai été lâche ! J'étais une enfant, on me donnait à choisir entre le couvent et un mari désagréable ; j'ai eu peur de la claustration éternelle, et j'ai accepté l'éternelle humi- liation d'un mariage mal assorti. J'ai fait comme tant d'autres, j'ai cru que la richesse remplaçait le bonheur. Le bonheur ! Je ne savais pas, je n'ai même jamais su ce que c'était. On m'a dit que c'était avant tout de rouler carrosse, de porter des diamants et d'avoir loge à l'Opéra. On m'a étourdie, grisée, endormie avec des présents… Il ne faut pas dire qu'on m'a forcé la main, ce ne serait pas vrai. Il y avait bien derrière moi, en cas de refus, des grilles, des guichets, des verrous, la prison à perpé- tuité du cloître ; mais il n'y avait ni hache ni bourreau, et je pouvais dire *non*, si j'avais eu du courage. Nous n'en avons pas, ma chère baronne, avouons-le ; nous autres femmes, nous ne savons pas donner franchement notre démission et cacher nos printemps sous le voile d'étamine, ce qui serait pourtant plus fier, plus franc et peut-être plus doux que de nous laisser tomber dans les bras du premier étranger qu'on nous présente. Voilà donc ma lâcheté, mon aveuglement, ma sottise, ma vanité, mon oubli de moi-même, ma faute en un mot ! J'espère n'en commettre jamais d'autre ; mais je ne peux pas oublier que je suis punie par où j'ai péché. J'ai laissé l'ambition frivole disposer de ma vie, et, aujourd'hui, je vois qu'on m'avait trompée, que je ne suis pas riche, que je dois vendre diamants et chevaux, et que je risque même de n'avoir bientôt plus sur ma tête le toit d'une maison qui porte mes armoiries. C'est bien fait, je le sens, je le reconnais ; je me repens, mais je ne veux pas qu'on me plaigne, et j'accepterai sans discussion l'aumône que les parents de mon mari voudront bien me faire pour sauver son honneur.

Un silence d'étonnement et d'émotion succéda à cette déclaration de Julie d'Estrelle. Elle avait parlé avec un accent de douleur mal contenue, comme une personne lasse de discuter des intérêts matériels, qui cède au besoin de résumer sa vie morale et de trouver la formule philosophique de sa situation. La fière Amélie d'Ancourt fut plus scandalisée qu'attendrie d'un aveu qui condamnait ses propres idées et les habitudes de sa caste ; de plus, elle trouva cet épanchement de son amie un peu risqué en présence d'un petit robin.

Quant au robin, il fut franchement attendri ; mais il n'en fit rien paraître, habitué qu'il était à voir les explosions du sentiment intime dominer les convenances, même chez les gens les plus haut placés.

— C'est une touchante et sincère créature que ma belle cliente, se dit-il en lui-même ; elle a raison de s'accuser ; il n'y a pas de loi humaine qui puisse faire sortir un oui de la bouche résolue à dire *non*. Elle a péché comme les autres, par convoitise des joujoux qui brillent ; mais elle l'avoue tristement, et en cela elle vaut mieux que la plupart de ses pareilles. Ce n'est pas à moi de la consoler ; je me bornerai à la sauver, si je peux.

– Madame, dit-il après avoir tourné ces réflexions dans sa tête, vous pouvez augurer mieux, pour vos intérêts, de l'avenir que du passé. Le présent vous montre que M. le marquis se décidera difficilement à vous libérer, mais qu'il ne se décidera pas du tout à vous abandonner. Le mince appoint qu'il vous offre n'est pas le dernier, on me l'a fait entendre, et j'en suis certain. Laissez passer quelques mois, laissez les créanciers de son fils vous faire des menaces, et vous le verrez mettre encore la main dans sa poche pour empêcher la vente de l'hôtel. Oubliez ces tracasseries, ne songez point à déménager, fiez-vous au temps et aux circonstances.

— Fort bien, monsieur, dit la baronne, à qui il tardait de donner son avis et de montrer l'orgueil de sa qualité. Vous donnez là un conseil fort sage ; mais, à la place de madame la comtesse, je ne le suivrais pas. Je refuserais net ces petites charités mesquines !… Oui, certes, je rougirais de les accepter ! Je m'en irais fièrement vivre dans un couvent, ou, encore mieux, chez une de mes amies, chez la baronne d'Ancourt par exemple, et je dirais au marquis et à la marquise : "Débrouillez-vous, je laisse vendre. Je n'ai pas fait de dettes, moi, et je ne me soucie pas de celles de monsieur votre fils. Payez-les avec les lambeaux de fortune qu'il m'a laissés, et nous verrons bien si vous supporterez en public le spectacle de mon dénuement." Oui, ma chère Julie, voilà ce que je ferais, et je vous réponds que le marquis, que son second mariage a fort enrichi, reculerait devant la vilenie de ces pourparlers.

— Madame la comtesse d'Estrelle se range-t-elle à cet avis, dit le procureur, et dois-je casser les vitres ?

— Non, répondit la comtesse. Dites-moi en deux mots en quoi consiste la contribution de mon beau-père, et, quoi que ce soit, j'accepte.

— La chose consiste, reprit Marcel Thierry, en une petite ferme du Beauvoisis, d'environ vingt mille livres, et en un pavillon fort ancien, mais non délabré, sis en votre rue, et formant l'extrémité du jardin de votre hôtel.

— Ah ! ce vieux pavillon du temps de Richelieu ? dit la comtesse avec indifférence.

— Une bicoque ! dit la baronne. Cela n'est bon qu'à jeter par terre !

— Possible, reprit Marcel ; mais le terrain a quelque valeur, et, comme voici la rue qui se bâtit, on pourrait vous acheter l'emplacement.

— Et je laisserais s'élever si près de ma maison, dit Julie, une maison ayant vue sur mon jardin et presque sur mes appartements.

— Non, vous exigeriez qu'elle vous tournât le dos, et qu'elle prît ses airs sur la rue ou sur le jardin de mon oncle.

— Qui, votre oncle ? demanda la baronne avec un indéfinissable accent de dédain.

— M. Marcel Thierry est, répondit la comtesse, proche parent de mon voisin, le riche M. Antoine Thierry, dont vous avez certainement entendu parler.

— Ah ! oui, un ancien commerçant.

— Armateur, reprit Marcel. Il a fait sa fortune aux colonies sans jamais mettre le pied sur un navire, et, grâce à d'habiles calculs et à d'heureuses circonstances, il a gagné quelques millions comme qui dirait au coin de son feu.

— Je lui en fais mon compliment, répliqua la baronne. Il habite donc de ce côté-ci ?

— Son hôtel donne sur le nouveau cours ; mais son jardin n'est séparé que par un mur de celui de la comtesse d'Estrelle, et le pavillon se trouve faire un coude entre les deux propriétés. Or, mon oncle pourrait bien acheter ledit pavillon, soit pour régulariser son enclos en le détruisant, soit en le réparant pour en faire une serre ou un logement de jardinier.

— Alors, dit la baronne, le riche M. Thierry convoite ce pavillon, et peut-être vous a-t-il déjà chargé…

— Il ne m'a chargé de rien, répondit Marcel par une interruption assez ferme. Il ignore complètement les affaires de mes autres clients…

— Alors vous êtes aussi son procureur ?

— Naturellement, madame la baronne ; ce qui ne m'empêchera pas de lui faire payer le plus cher possible ce qu'il plaira à madame la comtesse de lui vendre, et il ne m'en saura pas mauvais gré. Il connaît trop les affaires pour ne pas savoir la valeur d'un immeuble à sa convenance.

— Mais je ne suis pas décidée à vendre celui dont nous parlons, dit la comtesse sortant d'une sorte de vague rêverie. Il ne me gêne pas. Il est habité par une personne digne et tranquille, à ce qu'on m'a dit.

— Oui, madame, dit Marcel ; mais c'est un petit loyer qui ne va augmenter votre revenu que de bien peu. Pourtant, s'il vous plaît de le conserver, il sera encore utile, en ce sens qu'il représente une valeur rassurante pour les intérêts d'une de vos dettes.

— Nous verrons cela, monsieur Thierry. J'y penserai, et vous me donnerez conseil. Dites-moi le chiffre total du don que vous m'apportez.

— Trente mille livres environ.

— Dois-je remercier ?

— A votre place, je n'en ferais rien ! s'écria la baronne.

— Remerciez toujours, dit à voix basse le procureur. Un mot de bonté modeste et résignée ne coûte rien à un cœur comme le vôtre.

La comtesse écrivit deux lignes et les remit à Marcel.

— Espérons, dit-il en se levant, que le marquis d'Estrelle sera touché de votre douceur.

— Ce n'est point un méchant homme, reprit Julie ; mais il est bien vieux, bien affaibli, et sa seconde femme le gouverne beaucoup.

— C'est une véritable peste que l'ex-Mme d'Orlandes ! s'écria la baronne.

— N'en dites pas de mal, madame la baronne, reprit Marcel ; elle est de ce monde et de cette opinion que vous regardez certainement comme la loi et les prophètes.

— Comment ça, monsieur le procureur ?

— Elle déteste les idées nouvelles et regarde les privilèges du sang comme l'arche sainte des traditions.

— Ne me faites pas l'affront de me comparer à cette femme-là, dit la baronne : qu'elle pense bien, c'est possible ; mais elle agit mal. Elle est avare, et on prétend que, pour de l'argent, elle trahirait même ses opinions.

— Oh ! alors, dit Marcel avec un sourire de doute que Mme d'Ancourt prit pour un hommage, je comprends qu'elle inspire à madame la baronne une aversion profonde.

Il prit congé et se retira.

— Cet homme-ci n'est pas trop mal élevé ! dit la baronne, qui avait suivi des yeux l'aisance digne et respectueuse de sa sortie. Vous l'appelez Thierry ?

— Comme son oncle le richard, et comme son autre oncle, beaucoup plus avantageusement connu, Thierry, le peintre de fleurs.

— Ah ! le peintre ? Je l'ai presque connu, moi, ce bon Thierry ! Mon mari le recevait le matin.

— Tout le monde le recevait à toutes les heures, ma très chère, du moins les gens de goût et d'esprit : car c'était un vieillard charmant, d'une éducation parfaite et d'un entretien des plus agréables.

— Apparemment le baron d'Ancourt manque d'esprit et de goût, car il ne le voulait pas à dîner…

— Je ne dis pas que le baron manque…

— Dites, dites, ça m'est bien égal, j'en sais plus long que vous là-dessus !

Et, sur cette réponse à deux tranchants, la baronne, qui dédaignait souverainement l'intellect de son mari, mais qui lui pardonnait en faveur de ses hautes prétentions à la qualité, partit d'un grand et franc éclat de rire.

— Reprenons notre propos sur ces Thierry, dit-elle. Vous étiez donc liée avec l'artiste ?

— Non, je ne l'ai pas connu. Vous savez que le comte d'Estrelle est tombé malade aussitôt après son mariage, que je l'ai accompagné aux eaux, et qu'en fin de compte je n'ai jamais reçu personne, puisqu'il n'a fait que languir jusqu'à sa mort.

— C'est ce qui fait que vous n'avez jamais vu le monde et que vous ne le connaissez pas. Pauvre petite, après vous être sacrifiée pour une vie brillante, vous n'avez connu que les devoirs à rendre à un moribond, les crêpes du deuil et les tracasseries d'affaires ! Voyons, il faudrait pourtant sortir de tout cela, ma chère Julie ; il faudrait vous remarier.

— Ah ! Dieu m'en garde ! s'écria la comtesse.

— Vous voulez vivre seule et vous enterrer à votre âge ? Impossible !

— Je ne peux pas vous dire que cela soit de mon goût, je n'en sais rien. J'ai tellement passé à côté de tout ce qui est la vie des jeunes femmes, mariage, fortune et liberté, que je ne me connais guère. Je sais que je me suis consumée deux ans dans la tristesse et les ennuis, et qu'à présent, dans ma solitude, sauf les embarras d'argent qui me répugnent fort, mais que je m'exerce à supporter sans aigreur, je me trouve dans un état plus endurable que ceux par où j'ai passé. Je suis peut-être un caractère sans ressort comme je suis un esprit sans facettes. Forcée de m'occuper pour tuer le temps, j'ai pris goût aux amusements tranquilles. Je lis beaucoup, je dessine un peu, je fais de la musique, je brode, j'écris quelques lettres à d'anciennes amies de couvent. Je reçois quatre ou cinq personnes assez sérieuses, mais bonnes, et toujours les mêmes, ce qui me laisse dans une habitude de calme et de raison. Enfin, je ne souffre pas et je ne m'ennuie pas : c'est beaucoup pour qui a toujours souffert ou bâillé. Laissez-moi donc là, mon amie. Venez me voir le plus souvent que vous pourrez sans faire de tort à vos plaisirs, et ne vous inquiétez pas de mon sort, qui n'est pas des plus mauvais.

— Tout cela est bel et bon pour quelque temps, ma chère, et vous agissez comme une femme d'esprit en faisant contre fortune bon cœur ; mais chaque chose a son temps, et il n'en faut pas trop laisser passer sur l'âge de la beauté et des avantages qu'elle procure. Vous n'êtes pas, soit dit sans vous blesser, de très grande naissance ; mais vous avez gagné à votre triste hymen un beau nom et un titre qui relèvent votre état dans le monde. Vous êtes veuve, ce qui vous permet de vous faire voir et connaître, et sans enfants, ce qui vous laisse toute la fleur de votre jeunesse. Vous n'avez pas de fortune ; mais, comme votre douaire, grevé de dettes, ne sera pas une grosse perte, vous pouvez fort bien en faire bon marché et y renoncer pour un meilleur parti que le premier. Si vous voulez vous fier à moi, je me charge de vous faire faire le genre de mariage auquel vous pouvez parfaitement prétendre.

— Le genre de mariage ? Vous m'étonnez ; expliquez-vous !

— Je veux dire que vous êtes trop charmante pour ne pas être épousée par amour.

— Fort bien ; mais sera-ce quelqu'un que je pourrai aimer, moi ?

— Si l'homme, au lieu d'être un mangeur et un fou, est vraiment riche, bien né, car il faut cela avant tout, et vous ne pouvez descendre sans blâme, s'il a de l'usage, du savoir-vivre et les instincts d'un homme de qualité, enfin si c'est un honnête homme… que pouvez-vous exiger de plus ? Il ne faut pas vous attendre à ce qu'il soit de la première jeunesse et tourné comme un héros de roman… On ne rencontre guère de ces brillants personnages qui soient disposés à choisir une personne de mérite pour ses beaux yeux ; tout le monde est ruiné plus ou moins par le temps qui court !

— Je vous comprends, répondit Mme d'Estrelle avec un sourire triste, vous voulez me faire épouser quelque digne vieillard de vos amis, car je ne suppose pas que vous me proposiez un monstre. Merci, ma chère baronne, je ne veux plus me louer au service d'un malade pour de gros honoraires ; car, pour dire crûment les choses, voilà le bonheur que vous rêvez pour moi. Eh bien, autant je serais capable de servir et de soigner tendrement un père, si j'en avais un, ou seulement un vieux ami qui aurait besoin de moi, autant je suis résolue à ne pas retomber sous le joug d'un étranger infirme et morose. J'ai rempli en conscience ces tristes devoirs auprès de M. d'Estrelle, et tout le monde m'a rendu justice. Me voilà libre, je veux rester libre. Je n'ai plus de parents, il me reste quelques amis. Je ne demande rien de plus, et je vous prie très sérieusement de ne pas chercher à me faire un bonheur selon vos idées, que je ne partage pas. Vous êtes encore, mon amie, comme j'étais à seize ans quand on m'a mariée. Vous avez gardé les illusions qu'on m'avait données, vous croyez qu'on ne peut se passer de richesse et de représentation, vous êtes donc plus jeune que moi. Tant mieux pour vous, puisque le sort vous a liée à un mari qui ne vous refuse rien. C'est tout ce qu'il vous faut, n'est-ce pas ? Moi, je serais plus exigeante, je voudrais aimer. Vous riez ? Ah ! oui, je sais vos théories. "La lune de miel est courte, m'avez-vous dit cent fois ; mais la lune d'or est la lumière qui ne s'éteint pas." Moi, j'ai la folie de me dire que, ne fût-ce qu'un jour, le premier jour de mon mariage, je veux aimer et croire ! Sans cela, je le sais par expérience, le mariage est une honte et un martyre.

— S'il en est ainsi, dit la baronne en se levant, je vous laisse à vos rêveries, ma chère belle, et vous demande humblement pardon de les avoir interrompues.

Elle partit blessée, car elle était pénétrante, quoique sotte, et elle sentait bien que la douce Julie, en cet éclair de révolte, venait de lui dire son fait ; mais elle n'était pas méchante, et, au bout d'une heure, elle ne lui en voulait plus. Même elle se sentait un peu triste et par moments elle était toute prête à se dire :

— Julie a peut-être raison !

De son côté, Julie sentit tomber son courage dès qu'elle se retrouva seule, et sa fierté se brisa dans les larmes. Elle n'était forte que par réactions nerveuses, peut-être par un besoin d'aimer plus âpre qu'elle ne se l'avouait à elle-même. Par nature, elle était timide et même craintive. Elle connaissait trop le bon cœur de la baronne pour croire à une rupture avec elle ; mais elle se disait de son côté :

— Peut-être Amélie a-t-elle raison ! Je demande l'impossible, les convenances de rang et de fortune avec l'amour ! Qui rencontre cela ? Personne dans ma situation. Faute du mieux, je vais peut-être tomber dans le pire, qui est l'isolement et la tristesse.

Elle prit son ombrelle, une de ces ombrelles blanches sans courbure, qui étaient d'un plus joli effet dans les bosquets que nos modernes champignons, et, pensive, posant doucement sur le gazon le talon de ses petites mules, la jupe retroussée avec grâce sur le jupon plat, elle erra sous les lilas de son jardin, respirant le printemps avec une muette angoisse, tressaillant à la voix du rossignol, ne songeant à personne, et pourtant jetée en dehors d'elle-même par une aspiration immense.

De lilas en lilas, elle approcha du pavillon où, une heure auparavant, travaillait Julien Thierry, le fils du peintre, le neveu du richard, le cousin du procureur. Le jardin était grand pour un jardin de Paris et très beau d'arrangement et de végétation. Tous les jours, Mme d'Estrelle en faisait le tour deux ou trois fois, donnant un coup d'œil mélancolique ou affectueux à chacune des corbeilles de fleurs semées dans les gazons. Lorsqu'elle arrivait en vue des fenêtres du pavillon Louis XIII, elle ne se détournait pas et ne s'inquiétait pas des regards, ce pavillon n'ayant pas été habité pendant longtemps. Julien et sa mère n'y étaient installés que depuis un mois ; Mme d'Estrelle s'était plainte à Marcel Thierry du marquis son beau-père, qui, pour ne pas laisser dormir le chétif rapport d'une propriété si modique, y avait mis des locataires inconnus. Marcel l'avait rassurée en lui disant que la nouvelle occupante était la veuve discrète et respectable de son oncle l'artiste. Il n'avait pas parlé de Julien. La comtesse ignorait peut-être que le peintre eût laissé un fils. Dans tous les cas, elle n'avait pas songé à s'en enquérir. Jamais elle ne l'avait aperçu aux fenêtres, d'abord parce qu'elle avait la vue fort basse et que les jeunes femmes de cette époque ne se servaient pas de lunettes, ensuite parce que Julien, averti du voisinage d'une personne de mœurs austères, avait eu grand soin de ne pas se montrer. Quelquefois, aux croisées du premier étage, Mme d'Estrelle avait aperçu, coiffée d'un bonnet blanc, une tête fine et pâle qui la saluait avec une déférence réservée. Elle avait franchement rendu le salut, et même avec respect, à la paisible veuve ; jamais encore on n'avait échangé un mot.

Ce jour-là, Julie, voyant la croisée du rez-de-chaussée entr'ouverte, se demanda pour la première fois pourquoi elle n'avait établi aucune relation de voisinage avec Mme Thierry. Elle examina la façade du petit édifice, et remarqua que la porte qui donnait sur le fond du jardin était restée fermée en dehors, comme lorsqu'il n'était pas habité. Mme Thierry n'avait que la vue des massifs qui lui masquaient l'hôtel et une partie de la pelouse principale. Elle n'avait même pas le droit de s'asseoir au soleil, le long de son mur, au pied de ces arbustes fleuris qui entraient jusque dans son appartement, et qu'elle n'avait pas non plus le droit d'élaguer. A plus forte raison lui était-il interdit, par les conditions de son bail, de faire quelques pas sur le sable de l'allée qui longeait le mur de la rue. Bref, la porte était condamnée, et la locataire n'avait fait adresser aucune demande importune à ce sujet.

Il est vrai de dire que la comtesse avait attendu cette demande avec la résolution d'y souscrire ; mais elle avait à peine remarqué le sentiment de crainte ou de fierté qui avait empêché Mme Thierry de la lui faire. Elle s'en avisa en ce jour de retour sur elle-même et se reprocha de n'avoir pas prévenu le désir présumable de la pauvre veuve.

— Si c'eût été quelque grande dame ruinée, pensa-t-elle, je n'aurais eu garde d'oublier les égards que l'on doit à l'âge ou au malheur. Voilà encore une preuve de ce que je disais à la baronne : on nous fausse l'esprit et on nous dessèche le cœur en nous élevant dans les préjugés du sang. Je me sens égoïste et impolie envers cette personne qu'on m'a dit être infiniment respectable et fort gênée. Comment ai-je oublié ce qui était un devoir ? Mais voici une occasion pour tout réparer et je ne la perdrai pas ; car j'ai besoin aujourd'hui de me réconcilier avec moi-même.

La comtesse approcha résolument de la croisée et toussa deux ou trois fois comme pour avertir de sa présence, et, comme personne ne bougeait, elle se hasarda à frapper contre la vitre dépolie.

Julien était sorti ; mais Mme Thierry était encore là. Surprise, elle parut, et, en voyant cette belle dame qu'elle connaissait bien de vue, mais à laquelle jamais encore elle n'avait adressé la parole, elle ouvrit sa fenêtre toute grande.

— Pardonnez-moi, madame, lui dit la comtesse, cette manière d'entrer en relation avec vous ; mais je suis encore un peu en deuil comme vous voyez, je ne fais pas encore de visites, et j'ai, si vous le permettez, quelque chose à vous dire. Pouvez-vous, d'où vous êtes, me donner audience un instant ?

— Oui certes, madame, et avec un très grand plaisir, répondit Mme Thierry sur un ton d'aisance digne et enjouée qui n'avait rien de la petite bourgeoise éblouie d'une avance.

La comtesse fut frappée de sa figure distinguée, du bon goût de sa tenue, de sa voix douce et de je ne sais quel parfum d'élégance répandu dans toute sa personne.

— Asseyez-vous, je vous prie, lui dit-elle en voyant le fauteuil placé dans l'intérieur de l'épaisse embrasure, je ne veux pas vous tenir debout.

— Mais vous, madame ? reprit la veuve en souriant. Ah ! voici une idée ! Si vous le permettez, je vous passerai un siège !

— Non, ne prenez pas cette peine !

— Si fait ! Voici une chaise de canne fort légère, et, à nous deux…

Toutes deux, en effet, firent passer la chaise de canne par-dessus l'appui de la croisée, l'une la soulevant, l'autre la recevant, et souriant toutes deux de cette opération familière qui leur improvisait une sorte d'intimité.

— Voici ce que c'est, dit Mme d'Estrelle en s'asseyant. Jusqu'à présent, vous demeuriez dans une maison appartenant au marquis d'Estrelle mon beau-père ; mais, d'aujourd'hui, vous demeurez chez moi, M. le marquis m'ayant fait don de cette maison. J'ignore encore les conditions de votre bail ; mais je présume qu'il en est une que vous consentirez à modifier.

— Veuillez me dire laquelle, madame la comtesse, répondit la veuve en s'inclinant légèrement et avec une expression de visage un peu assombrie par la crainte de quelque vexation.

— C'est, répondit la comtesse, cette vilaine porte fermée et verrouillée entre nous qui m'offusque. Si vous m'y autorisez, je la fais ouvrir dès demain. Je vous en remets les clefs, et je vous invite à prendre l'exercice et la distraction de la promenade dans mon jardin autant qu'il vous plaira. Ce sera pour moi un plaisir de vous y rencontrer. Je vis fort seule, et, si vous voulez bien vous reposer quelquefois dans la maison que j'habite, je ferai mon possible pour que vous ne soyez pas mécontente de mon voisinage.

La figure de Mme Thierry s'était éclaircie. L'offre de la comtesse lui faisait un vrai plaisir. Voir à toute heure un beau jardin et n'y pouvoir poser le pied est une sorte de supplice. En outre, elle fut vivement touchée de la grâce de l'invitation, et comprit tout de suite qu'elle avait affaire à une femme de cœur parfaitement aimable. Elle remercia avec une cordialité charmante, sans rien perdre de la dignité douce de ses manières, et tout aussitôt l'entretien s'engagea entre elles comme si elles se fussent toujours connues, tant leur sympathie fut subite et réciproque.

— Vous vivez seule ? disait Mme Thierry ; mais c'est par situation momentanée, et non par goût ?

— C'est aussi par crainte du monde et méfiance de moi-même. Et vous, madame, est-ce que vous l'aimez, le monde ?

— Je ne le haïssais pas, dit la veuve. Je l'ai quitté par amour, je l'ai oublié, puis je l'ai retrouvé sans effort et sans enivrement. Enfin je l'ai quitté de nouveau par nécessité et sans regret. Tout ceci vous paraît un peu obscur ?

— Je sais que M. Thierry avait une grande aisance, de belles relations, qu'il allait dans le monde, et qu'il recevait chez lui l'élite des gens d'esprit.

— Mais vous ne savez pas notre vie d'auparavant ? Elle a fait un peu de bruit dans le temps ; mais c'est déjà loin, et vous êtes si jeune !

— Attendez ! dit la comtesse. Je vous demande pardon de mon oubli. A présent, je me souviens : vous aviez de la naissance ?

39

— Oui, j'étais mademoiselle de Meuil, d'une bonne famille de gentilshommes lorrains. J'étais même assez riche, si je consentais à me marier au gré de mes tuteurs. J'ai aimé M. Thierry, qui n'était alors qu'un petit artisan sans nom et sans avoir. J'ai tout quitté, j'ai rompu avec tout, j'ai tout perdu pour devenir sa femme. Peu à peu il est devenu célèbre, et, en même temps qu'il lui venait des ressources, je recueillais mon héritage. Nous avons donc été récompensés de notre constance, non pas seulement par trente ans d'amour et de bonheur, mais encore par une certaine prospérité dans notre vieillesse.

— Alors, à présent…

— Oh ! à présent, c'est autre chose !… Je suis heureuse encore, mais autrement. J'ai perdu mon bien-aimé compagnon, et avec lui toute aisance ; mais il me reste des consolations si grandes…

Mme Thierry allait parler de son fils, lorsqu'un valet en livrée vint dire à la comtesse que sa vieille amie Mme Desmorges l'attendait à l'hôtel.

— Demain, dit Julie à Mme Thierry en se levant, nous causerons tout à notre aise, chez vous ou chez moi. Je veux savoir tout ce qui vous concerne, car en vérité je sens que je vous aime. Pardonnez-moi de vous le dire comme cela, mais c'est comme cela ! Je vais recevoir une personne âgée que je ne puis faire attendre ; mais en même temps je donnerai des ordres pour que les ouvriers soient ici demain, et pour que votre prison soit ouverte.

Mme Thierry resta enchantée de Mme d'Estrelle. Elle était vive et spontanée, jeune de cœur toujours, enthousiaste, pour avoir vécu dans le foyer d'enthousiasme d'un artiste aimé, et assez romanesque, comme devait l'être une femme qui avait tout sacrifié à l'amour. Dans le premier mouvement, elle eût raconté avec feu à son fils ce qui venait de se passer ; mais il n'était pas là, elle s'ingénia à lui ménager la surprise dont elle venait de jouir. Bien des fois, en passant d'une sorte d'opulence relative à leur état présent de gêne et de souci, Julien s'était alarmé des privations qui menaçaient sa mère. Ils avaient eu à Sèvres une jolie maisonnette, avec un beau jardin où Mme Thierry cultivait elle-même avec amour les fleurs qui servaient de modèles à son mari et à son fils. Il avait fallu tout vendre. Le cœur de Julien s'était serré en voyant la pauvre vieille enfermée, à Paris, dans ce pavillon, loué pour le prix le plus modique. Il avait espéré d'abord qu'elle pourrait jouir au moins des enclos environnants ; mais le bail lui avait appris que ni M. le marquis d'Estrelle, leur propriétaire, ni le riche Thierry, leur proche voisin et leur proche parent, ne les autorisaient à se promener ailleurs que dans la rue, encore encombrée de maçons et de matériaux pour les constructions nouvelles.

— Il s'est plaint amèrement de cette porte condamnée, se disait Mme Thierry en songeant à son fils. Il a eu dix fois l'idée d'aller demander à la comtesse de lever pour moi l'interdit, en s'engageant, lui, sur l'honneur, à ne jamais franchir le seuil du pavillon. Je l'ai empêché de faire une démarche qui ait pu nous attirer des humiliations. Comme il va être content de me voir en liberté ! Mais comment m'y prendrai-je pour faire de ceci un petit coup de théâtre ? Si je lui donnais une commission pour demain matin, pendant le travail des ouvriers ?

Elle arrangeait sa surprise dans sa tête, quand Julien rentra pour dîner. La chaise de canne était encore auprès de l'appui de la croisée. En dehors, et contre cette chaise, par terre, Mme d'Estrelle avait laissé glisser et oublié son ombrelle blanche (on disait alors un parasol.) Mme Thierry était passée dans sa cuisine pour dire à son unique domestique, une grosse servante normande, de rentrer la chaise. Elle n'avait pas aperçu l'ombrelle. Julien vit donc ces deux objets sans être prévenu de rien. Il devina sans comprendre ; il eut un éblouissement, un battement de cœur, et sa mère le trouva si bouleversé, si ému, si étrange, qu'elle eut peur, croyant qu'un malheur venait de lui arriver.

— Qu'est-ce donc ? lui cria-t-elle en accourant vers lui.

— Rien, mère, répondit Julien après un peu de lutte avec lui-même pour surmonter son émotion. Je suis venu vite, j'ai eu très chaud, la fraîcheur de l'atelier m'a saisi. J'ai faim, dînons ; tu m'expliqueras à table ce que signifie la visite que tu as reçue…

Il rentra la chaise, déplia et replia le parasol, le tint longtemps dans ses mains, affectant un air d'insouciance ; mais ses mains tremblaient, et son regard ne pouvait soutenir celui de sa mère.

— Mon Dieu ! se dit-elle intérieurement, est-ce que ce redoublement de tristesse depuis quinze jours, est-ce que ce refus de chanter, ces soupirs étouffés, ces airs un peu bizarres, ce manque de sommeil et d'appétit viendraient ?… Mais il ne la connaît pas, il l'a à peine entrevue de loin… Ah ! mon pauvre enfant, serait-il possible ?…

Ils se mirent à table. Julien questionna sa mère avec assez de calme. Elle lui raconta la visite de la comtesse avec beaucoup de ménagements et en renfermant en elle-même l'élan de cœur qui l'eût rendue éloquente sur ce sujet, sans la découverte qu'elle venait de faire ou le danger qu'elle commençait à pressentir.

Julien se sentit observé par sa mère, il s'observa lui-même. Il n'avait amais eu de secret pour elle ; mais, depuis quelques jours, il en avait un, et la crainte de l'alarmer le rendait dissimulé.

— Cette démarche de Mme d'Estrelle, dit-il, est d'une honnête et sage personne. Elle a compris… un peu tard peut-être, les égards qu'elle te devait… Sachons-lui gré de son bon cœur. Tu lui as dit, j'imagine, que j'avais assez de savoir-vivre pour ne pas me croire compris dans la permission qu'elle t'accorde ?

— Cela allait sans dire. Je ne lui ai pas du tout parlé de toi.

— Au fait, elle ignore probablement que j'existe, et, pour qu'elle ne se repente pas de ses gracieusetés, tu feras peut-être aussi bien de ne jamais lui parler de ton fils.

— Pourquoi ne lui en parlerais-je pas ? Cela viendra ou ne viendra point, selon les hasards de la conversation.

— Tu comptes donc la revoir souvent ? Aller chez elle peut-être ?

— La rencontrer au jardin, c'est indubitable ; aller chez elle, cela dépendra de la durée de son bon accueil.

— Elle a été aimable ?

— Fort aimable et naturelle.

— Elle a de l'esprit ?

— Je ne sais pas ; elle a, je crois, du bon sens.

— Aucune morgue de grande dame ?

— Elle ne m'en a pas montré.

— Est-elle jeune ?

— Mais oui.

— Et assez jolie, à ce qu'on dit ?

— Ah çà ! tu ne l'as donc jamais vue ?

— Si fait, mais de loin. Je ne me suis jamais trouvé près des fenêtres quand elle passait par notre allée.

— Tu sais pourtant qu'elle y passe tous les jours ?

— C'est toi qui me le disais. Tu me crois donc bien curieux de regarder les belles dames qui passent ? Je ne

43

suis plus un écolier, ma petite maman, je suis un homme, et j'ai l'esprit mûri par les catastrophes.

— As-tu donc appris encore quelque chose de fâcheux chez Marcel ?

— Au contraire, l'oncle Antoine a répondu pour nous.

— Ah ! enfin ! et tu ne me le disais pas !

— Tu me parlais d'autre chose.

— Qui t'intéressait davantage ?

— Franchement, oui, pour le moment ! Je suis vraiment heureux des promenades qu'à chaque instant tu pourras faire dans ce jardin. Je ne serai pas là pour te donner le bras, puisque… naturellement cela ne m'est pas permis ; mais je te verrai sortir, et puis rentrer moins pâle, avec un peu d'appétit, j'espère !

— De l'appétit ! C'est toi qui en manques ! Tu n'as encore presque rien mangé aujourd'hui et tu disais avoir faim. Où vas-tu donc ?

— Reporter au suisse de l'hôtel d'Estrelle le parasol de madame. Il ne serait pas poli de n'y pas songer tout de suite.

— Tu as raison, mais Babet va le reporter. Il est fort inutile de te montrer aux gens de l'hôtel. Cela pourrait faire jaser.

Mme Thierry prit le parasol et le mit elle-même dans les mains de sa servante.

— Pas comme cela ! s'écria Julien en le reprenant. Babet va ternir la soie avec ses mains qui ont chaud.

Il enveloppa lui-même l'ombrelle avec soin dans du papier blanc, et l'abandonna à Babet, non sans regret, mais sans hésitation. Il voyait bien l'anxiété de sa mère, qui l'examinait.

Babet resta dehors dix minutes ; c'était plus de temps qu'il n'en fallait pour longer l'enclos par la rue, pour entrer dans la cour de l'hôtel et revenir. Elle reparut enfin avec l'ombrelle et un billet de la comtesse.

Madame, vous avez besoin d'un parasol, puisque vous allez vous exposer au soleil. Soyez assez bonne pour vous servir du mien ; je veux vous ôter tout prétexte pour ne pas venir chez votre servante.

JULIE D'ESTRELLE.

Mme Thierry regarda encore Julien, qui faisait bonne contenance en retirant le papier dont il avait enroulé le parasol. Dès qu'elle eut le dos tourné, il le couvrit de baisers comme un enfant romanesque et passionné qu'il était, malgré sa prétention d'être un homme mûr. Quant à la pauvre mère, méfiante et incertaine, elle se disait tristement que tout plaisir est escorté d'un danger dans ce monde, et qu'elle aurait peut-être à regretter l'aimable avance de sa trop séduisante voisine.

Le lendemain, la porte roulait sur ses gonds, et on remettait les clefs à Mme Thierry, qui, poussée par Julien, se hasardait timidement sur les domaines fleuris de la comtesse. Celle-ci s'était promis de lui faire en personne les honneurs de ses primevères et de ses jacinthes, lorsqu'une inévitable révélation de Marcel changea le cours de ses idées et refroidit un peu son zèle.

Le procureur venait l'entretenir encore de ses affaires. Elle se hâta de lui raconter qu'elle avait fait connaissance avec sa tante, dont elle lui dit tout le bien possible. De là, elle passa aux questions.

— Cette aimable dame m'a dit sa naissance, son inclination, son bonheur passé, et elle allait m'entretenir de ce qu'elle appelle son bonheur présent, lorsque nous avons été interrompues. Je la croyais très malheureuse, au contraire. Ne m'avait-on pas dit qu'elle était forcée de vendre tout ce qu'elle a ?

— C'est la vérité, répondit Marcel ; mais il y a dans le caractère de ma noble tante quelque chose que tout le monde ne peut pas comprendre, et que vous comprendrez pourtant très bien, vous, madame la comtesse. Voici en deux mots l'histoire de son mari et la sienne. Mon oncle l'artiste avait un grand cœur, beaucoup de talent et d'esprit, mais fort peu d'ordre et pas du tout de prévoyance. N'ayant jamais rien possédé dans sa jeunesse et gagnant au jour le jour le nécessaire d'abord, le superflu ensuite, il se laissa entraîner par sa témérité naturelle, et, comme il avait des goûts un peu princiers, des goûts d'artiste, c'est tout dire, il établit bientôt sa dépense sur un pied très agréable, mais très précaire. Il aimait le monde, il y était goûté ; il n'y allait pas à pied, il avait voiture ; il donnait de petits dîners exquis dans ce qu'il appelait sa chaumière de Sèvres, encombrée de fantaisies luxueuses et d'objets d'art qui lui coûtaient gros : si bien qu'il s'endetta. L'avoir de sa femme paya le passé et soutint la continuation de cette vie hasardeuse et charmante. Quand il mourut, la dette s'était reconstituée de plus belle. Ma bonne tante le savait et ne voulait pas attrister, par la moindre prévoyance de l'avenir de son fils, cette vieillesse insouciante et légère. "Mon fils est raisonnable, disait-elle ; il apprend son art avec passion. Il aura autant de talent que son père. Il sera pauvre, et il fera sa fortune. Il passera par les épreuves et les succès que son père a traversés avec honneur et courage, et, tel que je le connais, il ne me reprochera jamais d'avoir mis toute ma confiance dans son bon cœur." La chose est arrivée comme elle l'avait annoncée. A la mort de son père, Julien Thierry, découvrant qu'il ne lui restait que des dettes, s'est mis bravement en mesure de faire honneur à tout, et, loin de s'en plaindre, il a dit à sa mère qu'elle avait bien fait de ne jamais contrarier le meilleur des pères. Moi, ce n'est pas trop mon avis, je le confesse. Le meilleur des pères est celui qui sacrifie ses goûts et ses plaisirs au bien-être de ceux qui lui survivront. Mon oncle le peintre était un grand homme, autant vaut dire un grand enfant. C'est très joli, le génie ; mais le dévouement à ceux qu'on aime est une plus belle chose, et, je vous le dis bien bas, la veuve et le fils de mon oncle me paraissent beaucoup plus grands que lui. Qu'en pense madame la comtesse ?

La comtesse était devenue rêveuse tout en écoutant avec attention.

— Je pense comme vous, monsieur Thierry, répondit-elle, et de tout mon cœur j'admire ces gens-ci.

— Mais il semble, reprit Marcel, que mon récit vous ait attristée ?

— Peut-être : il me donne à penser. Savez-vous que je suis frappée de l'exemple que donnent certaines existences ? Je vois que Mme Thierry est comme moi, dans un cas de veuvage et de ruine ; mais je la vois heureuse quand même, tandis que je ne le suis point. Elle est fière de payer les dettes d'un époux tendrement aimé ; et moi… Mais je ne veux pas revenir sur la confession qui m'est échappée hier devant vous. Je veux vous faire une question. Ce fils, ce très bon fils de la digne veuve, où est-il ?

— A Paris, madame, où il travaille fort bien et commence à se tirer d'affaire en faisant des tableaux presque aussi bons déjà que ceux de son père. Des amis puissants s'intéressent à lui, et le pousseraient plus vite s'il était moins scrupuleux et moins fier ; mais avec un peu de temps il deviendra riche à son tour, et déjà il ne doit plus qu'une misère, dont notre oncle Antoine s'est décidé à répondre, voyant qu'il n'y risquait plus rien.

— Cet oncle enrichi est donc aussi craintif, aussi économe que le marquis mon beau-père ?

— Non, madame ; c'est un tout autre genre d'égoïsme. Ce serait bien long à vous dire, et voici l'heure du palais.

— Oui, oui, une autre fois, monsieur Thierry. Courez à vos devoirs. Voici vos actes signés ; revenez bientôt !

— Dès que vos affaires me le commanderont ; comptez sur mon exactitude, madame la comtesse.

— N'y mettez pas tant de cérémonie. Venez me voir sans motif d'affaires, quand vous en avez le temps. Je vous dois beaucoup, monsieur Thierry. Vous ne m'avez pas seulement donné sur ma situation des idées nettes qui m'étaient bien nécessaires. Vous m'avez donné de bons conseils, où vous n'avez pas égaré ma loyauté pour sauver mes intérêts. Enfin je vois que vous avez de l'estime pour moi, un peu d'amitié peut-être, et je vous en remercie de tout mon cœur.

La comtesse avait une manière de dire ces choses simples qui leur donnait un charme extrême. Chaste et digne en toutes ses actions et en toutes ses paroles, elle avait ce je ne sais quoi d'attendri et d'abandonné qui révélait un cœur trop plein, un cœur qui cherche à bien placer son superflu. Certes, la baronne l'eût trouvée trop affectueuse et trop reconnaissante envers ce petit procureur, trop heureux de la servir. Elle lui eût dit qu'il ne fallait pas gâter des gens de cette espèce en leur montrant qu'ils vous étaient nécessaires. Julie, sûre d'elle-même dans sa touchante humilité, ne craignait pas de placer trop bas son amitié en l'accordant à un homme habile et honnête, et puis il se faisait en elle, on l'a vu, une réaction insensible et pourtant rapide contre le milieu où elle avait jusque-là vécu.

— L'aimable femme ! se disait Marcel Thierry en la quittant. Le diable m'emporte, si je n'étais procureur, marié à la meilleure femme du monde et père d'un assez grand garçon, toutes choses qui donnent bien des garanties à la solidité d'une cervelle d'homme, je serais amoureux de cette comtesse, moi ! oh ! mais amoureux comme un fou, oui-da ! Je raconterai ça ce soir à madame ma femme, et je la ferai bien rire !

— Comment se fait-il, pensait Mme d'Estrelle en ce moment, que je n'aie pas demandé à Thierry ce qu'il va m'importer de savoir ? J'y ai pensé, et puis je l'ai oublié. Il faut pourtant que je m'informe ! Si ce jeune Thierry demeure avec sa mère, il n'est pas convenable que mon jardin devienne son lieu de promenade… Après ça, ce n'est peut-être pas un jeune homme. M'a-t-on dit qu'il fût jeune ? Son père était fort vieux. M'a-t-on dit qu'il fût si vieux ? Je ne me souviens vraiment plus. Voyons, mes gens doivent savoir… Les laquais savent tout…

Elle sonna.

— Camille, dit-elle à sa femme de chambre, Mme Thierry, qui demeure là-bas, dans le vieux pavillon, une très digne personne, je le sais, a-t-elle des enfants ? Je lui ai parlé hier, mais je n'ai pas songé à le lui demander.

— Elle a un fils, répondit Camille.

— De quel âge, à peu près ?

— Sa figure dit vingt-cinq ans.

— Il est marié sans doute ?

— Non, madame.

— Où demeure-t-il ?

— Dans le pavillon, avec sa mère.

— Est-ce un bon sujet ? Que dit-on de lui ?

— C'est un grand bon sujet, madame la comtesse. Tout le monde en dit du bien. Ils sont très pauvres, et ils payent tout sans faire attendre personne. Avec ça, point regardants et ne faisant aucune petitesse. On dirait absolument des gens bien nés.

Camille n'adulait pas sa maîtresse en parlant ainsi. Elle aussi avait des prétentions à la naissance et aux revers de fortune. Elle disait avoir des échevins parmi ses ancêtres.

— Mon Dieu, Camille, la naissance n'y fait rien, dit la comtesse, que les airs de sa suivante impatientaient souvent.

— Pardon, madame la comtesse, reprit Camille piquée ; je croyais que ça faisait tout !

— C'est comme vous voudrez, ma chère. Allez me chercher mon parasol gris. – Ils ont tous tant de morgue par le temps qui court, pensa Mme d'Estrelle, qu'ils me dégoûteront de tout préjugé ; ils me feront aimer Jean-Jacques Rousseau plus que de raison, et vraiment j'arrive à me demander si les grands ne jouissent pas un peu de leur reste et si ces vieilleries ne commencent pas à être bonnes pour amuser nos valets.

Elle prit son parasol gris avec je ne sais quel vague dépit intérieur, et puis elle s'assit dans son salon, ouvert au soleil d'avril, se disant qu'elle ne devait plus aller du côté du pavillon, et peut-être plus du tout dans son jardin.

C'est alors que Mme Thierry, ne la voyant pas venir à sa rencontre, ainsi qu'elle s'y attendait, se hasarda à aller la saluer jusque chez elle pour la remercier. Mme d'Estrelle la reçut avec grande politesse ; mais la veuve était trop pénétrante pour ne pas voir quelque chose d'embarrassé dans son accueil, et elle était à peine assise, qu'elle lui fit son remerciement et se leva pour s'en aller.

— Déjà ? lui dit la comtesse. Vous me trouvez maussade, je parie, et j'avoue que j'éprouve aujourd'hui avec vous un peu de gêne qui me rend sotte. Eh bien, finissons-en tout de suite avec cette niaiserie que vous me pardonnerez bien. Quand j'ai été vous parler hier, je ne savais pas du tout que vous eussiez un fils jeune et fort honnête homme, dit-on, qui demeure avec vous…

— Laissez-moi vous dire le reste, madame la comtesse. Vous craignez…

— Oh ! mon Dieu, je crains qu'on ne jase, voilà tout. Je suis jeune, seule au monde, sans protection immédiate, dépaysée dans une famille qui ne m'a acceptée qu'à regret, je l'ai su trop tard, et qui me blâme de ne pas vouloir passer dans un couvent le temps de mon veuvage.

— Je sais tout cela, madame la comtesse, mon neveu Marcel me l'a dit. Jalouse du soin de votre honneur, je ne veux donc pas que votre bonté vous entraîne. Il ne faut pas que vous veniez auprès du pavillon tant que j'y demeurerai, il ne faut même plus que j'en sorte et que je me présente chez vous. Voilà ce que je venais vous dire. Il n'est pas nécessaire d'ajouter que pas un seul instant mon fils n'a songé à se croire compris dans la permission que vous m'avez si gracieusement octroyée hier.

— Eh bien, s'écria la comtesse, ce dernier point est tout ce qu'il me faut. Je vous remercie de votre délicatesse, qui m'autorise à ne pas vous rendre vos visites ; mais, quant au reste, je ne l'accepte pas. Vous vous promènerez chez moi, et vous viendrez me voir.

— Il vaudrait peut-être mieux que je n'y vinsse pas !

— Non, non, reprit vivement Julie, vous viendrez, je le veux ! et, si vous ne venez pas, il faudra que j'aille vous chercher et frapper encore à votre vitre, ce qui me compromettra. Voyez si vous voulez, ajouta-t-elle en riant, que je me *perde* pour vous ! Je vous avertis que j'en suis capable.

Mme Thierry ne sut pas résister au charme de cette ingénuité généreuse. Elle céda, se promettant de fuir à l'autre bout de Paris, si ce qu'elle pressentait de la passion de Julien n'était pas une rêverie de son imagination maternelle.

— Réglons maintenant, dit la comtesse, et pour en finir avec tout danger de médisance, nos conditions de voisinage. Le pavillon n'a que quatre fenêtres qui donnent sur mon jardin. Les deux d'en bas… Je ne connais pas le local !

— Les deux d'en bas servent d'atelier à mon fils et de salon à moi. Nous nous tenons toujours là ; mais les croisées ont un dormant de quatre vitres dépolies, et nous ne prenons l'air que par les vitres du haut, qui sont souvent ouvertes en cette saison.

— Alors vous ne voyez pas chez moi, comme on dit ! Pourtant, hier, ce dormant à vitres dépolies ne dormait pas, et le châssis était entr'ouvert.

— C'est vrai, madame la comtesse ; il y avait un carreau brisé que vous avez pu remarquer.

— Non, je vois mal, ce qui fait que je regarde peu.

— J'avais donc pu ouvrir le châssis par exception ; mais, dès ce matin, il a été réparé et fixé. Le jour pris d'en bas incommoderait beaucoup mon fils pour peindre, et il étend une toile verte sur le vitrage à l'intérieur. Il faudrait donc qu'il montât sur une chaise pour regarder exprès chez vous, et, comme c'est un homme sérieux, et pas du tout un écolier mal appris…

— Bien, bien ! Me voilà fort tranquille pour le rez-de-chaussée. Les fenêtres d'en haut…

— Sont celles de ma chambre. La chambre de mon fils donne sur la rue.

— Et il ne se tient jamais chez vous ? Jamais personne de chez moi ne verra un homme à vos fenêtres ?

— Jamais cela n'est arrivé, et cela n'arrivera jamais. Je m'y engage.

— Jamais il ne se montrera non plus, fût-ce pour un instant, sur la porte du jardin ? Vous l'avertirez.

— Soyez parfaitement tranquille à cet égard. Mon fils est homme d'honneur.

— Je n'en doute pas. Recommandez-lui le mien, et n'en parlons plus, c'est-à-dire ne parlons plus de moi, car vous défendre de parler de lui serait fort cruel. Je sais qu'il fait votre orgueil et votre bonheur, et je vous en félicite.

Mme Thierry s'était bien promis de ne plus dire un mot sur le compte de Julien, mais il lui fut impossible de se tenir parole. De réticence en réticence, elle arriva à exprimer son idolâtrie pour ce fils adoré et véritablement digne de l'être. La comtesse écouta l'énumération des qualités et des vertus du jeune artiste sans aucun scrupule déplacé. Elle devint pourtant un peu mélancolique à l'idée qu'elle n'aurait peut-être jamais d'enfants pour occuper sa jeunesse et consoler ses vieux jours. Mme Thierry devina sa secrète pensée et parla d'autre chose.

Que faisait Julien pendant qu'on parlait de lui dans le petit salon d'été de l'hôtel d'Estrelle ? Il travaillait, ou il était censé travailler. Il se dérangeait souvent, il avait froid et chaud, il tressaillait au moindre bruit. Il se disait que son nom était peut-être en ce moment par hasard sur les lèvres de la comtesse, qu'elle faisait par politesse quelque question sur son compte sans écouter la réponse. Il approchait de la croisée, dont le châssis inférieur était bien réellement recloué et recouvert d'une toile verte ; mais à cette toile il y avait une fente imperceptible, à cette vitre dépolie il y avait une veine transparente, et par cette fissure perfide, habilement découverte et habilement cachée, il voyait tous les jours Mme d'Estrelle errer à travers les bosquets de son jardin et parcourir l'allée que, du pavillon, on découvrait tout entière. Julien savait, à une minute près, les heures assez régulières de cette promenade. Quand un incident quelconque en dérangeait l'habitude, des pressentiments mystérieux, des instincts divinatoires qui n'appartiennent qu'à l'amour, et surtout aux premières amours, lui faisaient connaître l'approche de Julie. Il avait alors mille prétextes, plus ingénieux les uns que les autres, pour écarter l'œil vigilant de sa mère et pour contempler sa belle voisine, ou bien il avait quelque chose à chercher dans sa chambre, il montait au premier, et, sa mère étant en bas, il entrait dans la chambre de sa mère et regardait à travers la jalousie. Enfin il adorait Julie depuis quinze jours, et Julie pensait qu'il ne l'avait jamais aperçue, et Mme Thierry mentait sans le savoir en disant que son fils ne pouvait rien voir de l'atelier et ne regardait jamais par les croisées de sa chambre.

Il y avait bien pour Julien lui-même quelque chose d'insensé, ou tout au moins d'inexplicable, dans cette passion soudaine qui l'envahissait, lui raisonnable à tous autres égards ; mais, comme à tout effet il y a une cause, c'est à nous de la chercher, et de ne pas admettre trop d'invraisemblance dans les faits humains.

Marcel venait très souvent, avec ou sans sa femme, passer une partie de la soirée chez sa tante Thierry. Julien et lui s'aimaient tendrement, et, bien qu'ils fussent souvent en désaccord, Marcel trouvant Julien trop romanesque, Julien trouvant Marcel trop positif, ils se fussent fait tuer l'un pour l'autre. Marcel parlait volontiers de sa clientèle, qui prenait du développement. Quand Julien lui disait : "Et ton étude, est-ce qu'elle fleurit ?", il répondait : "Elle bourgeonne, mon petit, elle bourgeonne ! J'ai des clients qui me rapportent souvent plus d'honneur que de profit, et ce ne sont pas ceux auxquels je tiens le moins."

Parmi ces clients ennemis des procès, mais qui lui créaient d'utiles ou d'agréables relations, Marcel citait la comtesse d'Estrelle en première ligne. Il la cita si souvent et en si bons termes, il dit et pensa tant de mal de l'indigne mari de cette belle veuve, il maudit si bien l'inhumaine avarice de la famille, il porta tant d'intérêt au doux et noble caractère de Julie, il lui échappa si involontairement de vanter ses charmes, que Julien fut curieux de la voir ; il la vit et l'aima, s'il ne l'aimait déjà avant de l'avoir vue.

Julien n'avait pas encore aimé. Il avait vécu fort sagement ; il venait d'éprouver un grand chagrin, il était dans toute la plénitude de son développement physique et moral ; sa sensibilité était surexcitée par de grands efforts de courage, par un échange continuel de tendresse ardente avec sa tendre mère, par une disposition à l'enthousiasme qui lui venait d'un long contact avec un père enthousiaste. Il vivait dans la retraite, il se refusait toute distraction et travaillait avec acharnement pour conserver l'honneur de son nom et préserver sa mère de la détresse. Il fallait bien que tout cela eût une issue, et que ce généreux cœur fît explosion. Nous n'en dirons pas davantage, et c'est même beaucoup trop pour expliquer cette chose impossible qui se voit tous les jours, une aspiration obstinée, violente, immense, vers un but que l'on sait insaisissable. Il y avait déjà longtemps à cette époque que La Fontaine avait dit tout bonnement ce refrain dès lors proverbial :

> *Amour, amour, quand tu nous tiens,*
> *On peut bien dire : "Adieu prudence !"*

II

Or, pendant que la comtesse causait avec Mme Thierry, et Julien avec lui-même, Marcel Thierry causait non loin de là avec son oncle, Antoine Thierry, le vieux garçon, l'ex-armateur, le riche de la famille.

Lecteur bénévole, comme on disait au temps où se passe cette histoire, veuille nous suivre dans la rue Blomet, en partant de l'hôtel d'Estrelle, rue de Babylone, en longeant pendant cinq minutes le mur du jardin, en passant devant le pavillon Louis XIII, en suivant, le long d'un chemin vert sur les marges, boueux et défoncé par le milieu, destiné à faire la prolongation de la rue, un autre mur d'enclos beaucoup plus grand que celui de Mme d'Estrelle, enfin en tournant à gauche et en gagnant par une autre rue en herbe, c'est le cas de le dire, l'angle de la rue Blomet, où se dresse une grande maison style Louis XIV, ancien hôtel de Melcy, acheté et habité par M. Antoine Thierry. Si M. Antoine Thierry eût consenti à nous laisser traverser son immense enclos, nous eussions pu partir de chez Julien et couper à angle droit à travers les pépinières, jusqu'à la façade intérieure de l'hôtel ; mais l'oncle Antoine veut être maître chez lui, et il ne souffre aucune servitude, même en faveur de la veuve et du fils de son frère. Marcel, en quittant la comtesse, a donc fait à pied cette promenade moitié ville et moitié campagne, et le voilà dans le cabinet du richard, ancien boudoir à plafond peint et doré, encombré de rayons et d'étagères chargés de sacs de graines, d'échantillons de fruits moulés en cire et de corbeilles remplies d'objets et d'outils relatifs à l'horticulture.

Pour arriver à ce cabinet, lieu de délices du propriétaire, il a fallu traverser des galeries et de vastes salons écrasés de dorures en relief d'un grand style, mais noircies par l'abandon et l'humidité, car en tout temps les fenêtres sont fermées, les volets pleins sont clos ; le richard ne s'arrête jamais dans ces appartements majestueux, il n'y reçoit jamais, il ne donne ni fêtes ni repas, il n'aime personne, il se défie de tout le monde. Il aime les fleurs rares et les arbres exotiques, il estime aussi la production des arbres fruitiers, et il médite incessamment sur la taille et la greffe de ses sujets. Il voit et dirige lui-même une vingtaine de jardiniers qu'il paye bien et dont il protège les familles. Ne lui parlez jamais de s'intéresser à d'autres gens que ceux qui flattent ou servent son caprice ou sa vanité.

Cette passion du jardinage lui est venue jadis par hasard. Un des navires qui faisaient à son compte et à son profit les voyages d'échange et de commerce lui a rapporté de Chine diverses graines qu'il a laissées négligemment tomber dans un vase rempli de terre. Les graines ont germé, les plantes ont poussé et se sont couvertes de belles fleurs. L'armateur, qui ne comptait pas sur ce résultat et qui, d'ailleurs, n'avait de sa vie regardé une plante, s'est fort peu ému d'abord ; mais un autre hasard a amené chez lui un connaisseur qui s'est extasié et a déclaré ce précieux végétal absolument nouveau et inconnu dans la science.

Cette découverte a décidé de la vie de M. Antoine. Il avait toujours dédaigné les fleurs : il ne les comprendra peut-être jamais, car il est totalement dépourvu du sens artiste ; mais sa vanité, qui l'étouffait faute d'aliments, a trouvé cette aubaine, et ceci devient la seule gloire à laquelle il puisse atteindre. Il a un frère qui peint les fleurs, qui les interprète, qui les chérit et leur donne la vie ; on admire ce frère, on fait plus de cas d'une légère ébauche de son pinceau que de toutes les richesses de son frère aîné. Cet aîné le sait bien, et il en est jaloux. Il ne peut entendre parler art sans lever les épaules. Il trouve le monde injuste et sot de s'amuser à des bagatelles et de ne pas admirer le savoir-faire d'un homme qui, parti de rien, remue les écus à la pelle. Il est chagrin, soucieux. Mais voilà tout changé : à son tour, il va devenir une notoriété. Les fleurs que son frère fait sortir de la toile, il les fera, lui, sortir de terre, et ce ne seront pas de vulgaires fleurs que tout le monde connaît et nomme en les voyant : ce seront des raretés, des plantes venues des quatre coins du monde, que les savants se creuseront la tête pour définir, classer et baptiser. La plus belle portera son nom, à lui ! On a déjà voulu le donner à plusieurs de ses élèves, mais rien ne presse, puisque chaque année sa collection s'enrichit de quelque merveille arrivée de loin. Il attendra et il attend encore une certaine liliacée qui puisse surpasser toutes les autres, et qui, à son nom de genre, joindra le nom spécifique d'*Antonia thierrii*.

On a le temps de s'y prendre, car l'oncle, âgé de soixante-quinze ans, est encore vert et robuste. C'est un homme trapu, maigre et d'une assez belle figure, mais dont les mains durcies par l'éternel tripotage de la terre, le teint hâlé par l'éternel contact de l'air extérieur, la chevelure négligée et les habits poudreux, le dos voûté par le travail corporel, présentent en plein Paris, au sein d'un palais dont il est le maître insouciant et absorbé, l'image d'un villageois aux manières rustiques, aux préoccupations tenaces, à l'esprit positif et frondeur, au langage incorrect, absolu et tranchant. Il n'a reçu aucune éducation, il est resté stupide à l'égard de tout ce qui est élégance ou poésie. Toute philosophie idéaliste le rend presque furieux. Toute son intelligence, car il en a, et beaucoup, s'est concentrée sur les calculs de prévoyance. C'est par là qu'il s'est enrichi, c'est par là qu'il est un horticulteur émérite.

Marcel salue son oncle avec plus de rondeur que de déférence. Il sait que les hommages seraient peines perdues, que c'est en luttant d'obstination, de rudesse au besoin, qu'on peut amener l'ex-armateur à céder en quoi que ce soit. Il sait que son premier mouvement est de dire non, que non sera peut-être son dernier mot, mais que, pour avoir sur cent non un pauvre oui, il faut batailler sans défaillance. Marcel est bien trempé (il est de la famille), et l'habitude de la lutte, surtout de la lutte contre son oncle, lui a fait trouver une sorte d'âpre plaisir à cette occupation qui en un instant rebuterait un artiste.

— Voilà, dit-il pour commencer, je vous apporte quelque chose à signer.

— Je ne signe rien ; ma parole suffit.

— Oui, avec ceux qui vous connaissent.

— Tout le monde me connaît.

— Presque tout le monde ; mais j'ai affaire à des idiots. Signez, signez, allons !

— Non, c'est comme si tu chantais. Ma parole vaut de l'or ; tant pis pour qui en doute.

— Alors voyez le créancier acquéreur de la maison de Sèvres, il s'en contentera certainement ; mais, jusque-là, il doutera de mes pouvoirs.

— Tu as donc une mauvaise réputation ?

— Apparemment.

— Comme tu dis ça, toi !

— Que voulez-vous que je vous dise ? Si je vous disais le contraire, vous ne signeriez pas, et je veux vous faire signer.

— Ah ! tu veux !… Et pourquoi ?

— Parce que ça m'ennuie, me fatigue et me dérange de retourner à Sèvres pour attendre qu'on se décide à venir vous trouver, tandis que l'envoi de ce papier par mon clerc lèvera toutes les difficultés et m'épargnera des pas et de la dépense. Y sommes-nous ?

— Tu fais de moi ce que tu veux, répondit l'armateur en prenant la plume.

Il la trempa trois fois dans l'encre sans se décider, lut et relut la pièce qui le faisait débiteur responsable d'un reliquat de six mille livres dans la succession de son frère, regarda Marcel dans les yeux pour voir s'il était inquiet ou pressé, et, le voyant impassible, il renonça à regret au plaisir de le faire enrager. Il signa et lui jeta l'acte au visage avec un mauvais rire, en lui disant :

— Va-t'en, gredin ! Tu ne viens chez moi que pour me soutirer toujours quelque chose. Tu pouvais bien répondre à ma place, toi qui es riche !

— Si je l'étais, soyez sûr que ce serait déjà fait ; mais j'achève de payer mon étude, et je ne peux plus tromper Julien sur les sacrifices que je fais pour lui. Il s'en affecte, sa mère s'en désole…

— Oh ! sa mère, sa mère !… dit le richard avec l'accent d'une aversion profonde.

— Vous ne l'aimez pas, c'est connu : aussi ne vous demandera-t-elle jamais rien, soyez tranquille ; mais j'aime ma tante, moi, ne vous en déplaise, et Julien l'adore. A eux deux, à nous trois, s'il le faut, on s'acquittera avant deux ans, et vous n'aurez rien à débourser, je m'en flatte.

— Et moi, je ne m'en flatte pas ! N'importe ! je leur rends ce service, qui sera le dernier.

— Et le premier aussi, mon cher oncle !

Et, comme la pièce était signée, repliée et empochée, Marcel ajouta en appuyant ses coudes sur la table et en regardant son oncle droit au visage :

— Savez-vous, mon petit oncle du bon Dieu, qu'il faut que vous soyez bien chien pour avoir laissé vendre la maison de campagne de votre frère ?

— Ah ! nous y voilà encore ! s'écria M. Antoine en se levant et en assenant sur la table un véritable coup de poing de paysan. Tu voulais me voir employer mon argent, gagné à la sueur de mon front, pour payer les folies d'un dissipateur ! Depuis quand les artistes ont-ils besoin d'avoir des maisons à eux, de les remplir d'un tas de bêtises qui coûtent les yeux de la tête, de se faire des jardins avec des ponts et des kiosques, eux qui ne sauraient pas seulement faire pousser une laitue ? Qu'est-ce que ça me fait, à moi, qu'on vende la folie de mon frère, et que sa veuve n'ait plus de cordon bleu dans sa cuisine ni de grands seigneurs à sa table ? Ont-ils assez fait leurs embarras quand ils recevaient des comtes et des marquis, et que madame disait : "Ma maison, mes gens, mes chevaux !" Je savais bien, moi, où tout ce train-là mènerait la barque ! Et voilà qu'aujourd'hui on a besoin du vieux rat qui vit dans son coin en sage et en philosophe, méprisant le monde, dédaignant le luxe et se consacrant à des travaux utiles ! On baisse la crête, on lui tend la patte, et lui… lui qui ne donnerait pas par pitié – ces gens-là n'en méritent point –, il donne par fierté, et c'est comme ça qu'il se venge. Va, répète ça à ta tante, la belle princesse aux abois : c'est la commission que te confie ton chien d'oncle… Mais va donc, canaille de procurassier ! Que fais-tu là à me dévisager ?

En effet, Marcel, avec ses petits yeux gris et brillants, étudiait la physionomie et l'attitude de son oncle, comme s'il eût voulu percer jusqu'au fond de sa conscience.

— Bah ! dit-il tout à coup en se levant, vous êtes très dur, très chien, je le répète ; mais vous n'êtes pas si méchant que ça ! Vous avez à l'endroit de votre belle-sœur quelque motif de haine que personne n'a jamais pu expliquer, dont vous ne vous rendez peut-être pas bien compte à vous-même, mais que j'arriverai à découvrir, comptez-y, mon cher oncle, car je vais m'y mettre, et vous savez que, quand je veux quelque chose, je suis comme vous, je ne lâche jamais pied.

En parlant ainsi, Marcel examinait toujours le richard, et il saisit une notable altération dans son air. Une pâleur soudaine effaça les brutales rougeurs de sa face, déjà recuite au soleil du printemps nouveau. Ses lèvres tremblèrent, il enfonça son chapeau jusque sur ses noirs sourcils en buisson, et, tournant le dos, il sortit dans son jardin sans mot dire.

Ce n'était pas un jardin à petits rochers, à petites fabriques et à petites vaches en terre cuite couchées dans l'herbe, comme ceux qu'à cette époque on faisait à l'imitation du goût champêtre de Trianon. Ce n'était pas non plus une pelouse ondulée avec des allées tournantes, des bosquets bien distribués, des colonnades tronquées se mirant dans les bassins limpides, comme celui de l'hôtel d'Estrelle, premiers essais pittoresques du moderne jardin à l'anglaise. Ce n'étaient plus les anciens carrés et les longues plates-bandes régulières du temps de Louis XIV ; tout le terrain était remué et coupassé par les essais de M. Antoine. Tout était corbeilles, cœurs, étoiles, triangles, ovales, écussons et trèfles entourés de bordures vertes et de petits sentiers formant labyrinthe. Là brillaient des fleurs de toute sorte, fort belles ou fort curieuses, mais perdant toute grâce naturelle sous les cages de jonc, les réseaux de fil d'archal, les parasols de roseau, les étais et les tuteurs de tout genre qui les préservaient des souillures de la terre, des morsures du soleil ou des blessures du vent. Ses rosiers, taillés et émondés à toute heure, semblaient artificiels à force d'être propres et luisants. Ses pivoines s'arrondissaient en boules comme des pompons de grenadier, et ses tulipes brillaient comme du fer-blanc au soleil. Autour du jardin fleuriste s'étendaient de vastes pépinières tristes comme des rangées de piquets pauvrement feuillus en tête. Tout cela réjouissait la vue de l'horticulteur et dissipa sa mélancolie.

Un seul coin de son jardin, celui qui s'étendait jusque vers le pavillon occupé par Mme Thierry, offrait une promenade agréable. C'était là que, depuis une vingtaine d'années, il avait acclimaté des arbres exotiques d'ornement. Ces arbres étaient déjà beaux et jetaient de l'ombrage ; mais M. Antoine, n'ayant plus de soins minutieux à leur donner, ne s'y intéressait presque plus, et leur préférait de beaucoup une graine de pin ou d'acacia nouveau-levée sur couche.

Sa serre chaude était merveilleusement belle. C'est là qu'il courut ensevelir les amertumes que Marcel avait réveillées dans sa mémoire. Il parcourut la région de ses plantes favorites, les liliacées, et, après s'être assuré de la bonne santé de celles qui étaient en fleur, il s'arrêta auprès d'un petit vase de faïence où un bulbe inconnu commençait à montrer des fleurs effilées d'un vert sombre et brillant.

— Que sera celle-ci ? pensa-t-il. Fera-t-elle époque dans l'histoire du jardinage, comme tant d'autres qui me doivent leur renommée ? Il me semble qu'il y a déjà longtemps qu'aucun événement ne s'est produit chez moi, et qu'on ne parle plus autant de moi qu'on en devrait parler.

Pourtant Marcel s'en allait songeant, car une grande bizarrerie présidait à l'avarice de M. Antoine Thierry. Cette bizarrerie, c'est que M. Thierry n'était point avare. Il n'entassait pas ses écus, il ne faisait pas et n'avait jamais fait l'usure, il ne se refusait rien de ce qui lui plaisait, et même il avait fait quelquefois de bonnes actions par amour-propre. D'où vient qu'il avait laissé échapper une si belle occasion que de racheter pour son neveu la propriété de son défunt frère ? Cette largesse eût fait parler de lui plus et mieux que la future *Antonia thierrii*. Voilà précisément où Marcel cherchait sans trouver le joint. Il savait bien que l'armateur avait toujours été jaloux non du talent qu'il dédaignait, mais de la célébrité et de la vogue mondaine de son frère le peintre ; mais cette jalousie ne devait-elle pas être morte avec le vieux André ? Sa veuve et son fils devaient-ils en recueillir le triste héritage ?

Une pensée traversa l'esprit de Marcel : il revint sur ses pas, et, interrompant les rêveries horticoles de M. Antoine :

— A propos, mon bel oncle, dit-il d'un ton enjoué, voulez-vous acheter le pavillon de l'hôtel d'Estrelle ?

— Le pavillon est en vente, et tu ne me le disais pas, imbécile ?

— Je l'oubliais. Eh bien, combien en donneriez-vous ?

— Qu'est-ce que ça vaut ?

— Je vous l'ai dit cent fois : pour la comtesse d'Estrelle, qui vient d'en accepter la propriété, ça vaut dix mille livres ; pour vous, qui en avez envie et besoin, ça vaut le double. Reste à savoir si la comtesse n'en exigera pas le triple.

— Ah ! voilà bien les grands ! Plus âpres et plus chiches que les parvenus qu'ils méprisent !

— La comtesse d'Estrelle ne méprise personne.

— Si fait ! C'est une sotte comme les autres. Nous sommes séparés par un mur, et, depuis quatre ans qu'elle habite l'hôtel d'Estrelle, jamais elle n'a eu la curiosité de voir mon jardin.

— Peut-être n'entend-elle rien aux plantes rares.

— Dis plutôt qu'elle se croirait déshonorée si elle mettait les pieds chez un *plébéien* !

— Ah ! vous voulez qu'une jeune femme en deuil se compromette en venant se promener chez un garçon de votre âge ?

— Mon âge ? Plaisantes-tu ? Suis-je d'un âge à faire parler ?

— Eh ! qui sait ? Vous avez été un volcan jadis !

— Moi ! Qu'est-ce que tu dis donc là, animal ?

— Vous ne me ferez pas croire que vous n'avez jamais aimé ?

— A quel propos ?... Je n'ai jamais été amoureux, moi ! Pas si bête !

— Si fait ! Vous avez été amoureux, bête si vous voulez, au moins une fois ! Essayez de me soutenir le contraire, ajouta Marcel en voyant l'horticulteur pâlir et se troubler de nouveau.

— Assez de niaiseries ! reprit l'oncle en frappant du pied avec humeur. Tu es le procureur de Mme d'Estrelle : es-tu chargé de vendre le pavillon ?

— Non ; mais j'ai le droit de le proposer. Combien en donneriez-vous ?

— Pas un sou. Laisse-moi tranquille.

— Alors je peux le proposer à un autre acquéreur ?

— Quel autre ?

— Il n'y en a pas d'autre pour le moment. Je n'ai pas le goût du mensonge, et ne trahirai pas les intérêts que vous m'avez confiés ; mais vous savez bien qu'on s'occupe de bâtir la rue, et que, ce soir, demain peut-être, on se disputera le pavillon.

— Que Mme d'Estrelle se donne la peine d'entrer en pourparlers avec moi…

— Vous voulez qu'elle vous reçoive ? Soit !

— Elle me recevrait ? dit M. Antoine, dont les yeux ronds brillèrent un instant.

— Et pourquoi non ? dit Marcel.

— Ah ! oui, elle me recevrait dans sa cour, tout au plus dans son antichambre, debout, entre deux portes, comme on reçoit un chien ou un procureur !

— Vous tenez donc beaucoup aux manières, vous qui ne voulez arracher votre chapeau de dessus votre tête devant qui que ce soit ? Mais tranquillisez-vous : Mme d'Estrelle est aussi polie avec les honnêtes gens de notre classe qu'avec les gens les plus huppés. A preuve qu'elle est dans les meilleurs termes avec ma tante Thierry, et qu'elles sont déjà presque amies.

— Ah !… Eh bien, c'est parce que madame ta tante est noble ! Les nobles, ça s'entend entre eux comme larrons en foire !

— Sapristi ! mon oncle, qu'est-ce que vous avez donc, encore une fois, contre votre belle-sœur ?

— J'ai… que je la déteste !

— Je le vois bien ; mais pourquoi ?

— Parce qu'elle est noble. Ne me parle pas des nobles ! C'est tous des sans cœur et des ingrats !

— Vous l'avez donc aimée ?

Cette question directe bouleversa M. Antoine. Il pâlit de plus belle, et puis rougit de colère, jura, se prit les cheveux et s'écria en fureur :

— C'est elle qui t'a dit ça ? Elle prétend, elle ose raconter…

— Rien du tout. Je n'ai jamais pu lui arracher un mot sur vous ; mais je me doutais, et à présent vous vous confessez. Dites tout, mon oncle, ça vaudra mieux, ça vous soulagera, et vous aurez eu au moins une fois en votre vie un bon mouvement de retour sur vous-même.

Il se passa bien une demi-heure avant que l'ex-armateur eût épuisé contre Marcel, contre Mme Thierry et contre son défunt frère tout le dépit et toute la bile dont son cœur était plein. Quand Marcel, qui le harcelait cruellement, eut réussi à l'épuiser, il en eut raison, et le vieux Antoine lui raconta ce qui suit, à bâtons rompus, se faisant arracher pièce à pièce le secret de sa vie, qui était en même temps celui de son caractère.

Quarante ans avant l'époque où nous plaçons ce récit, mademoiselle de Meuil, enlevée par André Thierry, était venue demander asile avec son fiancé à Antoine Thierry, déjà riche et encore jeune. Jusque-là, les deux frères avaient vécu en bonne intelligence. Cachée à l'hôtel de Melcy, mademoiselle de Meuil avait témoigné à l'armateur une sincère amitié, une confiance sainte. Poursuivi par la famille de Meuil, exposé au danger d'être envoyé à la Bastille, André avait dû quitter Paris pour détourner les soupçons, pendant que des protecteurs puissants s'efforçaient et réussissaient peu à peu à accommoder ses affaires.

Durant cette séparation de quelques mois, mademoiselle de Meuil, livrée à de vives anxiétés, eut plus d'une fois le désir de retourner chez ses parents pour soustraire celui qu'elle aimait aux périls et aux malheurs qui le menaçaient. Plus d'une fois elle en parla à cœur ouvert avec le frère d'André, lui demandant conseil et lui montrant ses terreurs. C'est alors que M. Antoine conçut une idée vraiment baroque, non perfide et nullement passionnée, mais où son amour-propre irritable fut bientôt en jeu. Laissons-le parler un instant.

— Cette fille était perdue, quoiqu'elle n'eût pas encore vécu maritalement avec mon frère ; elle était trop compromise pour être reçue dans sa famille, et tout ce qu'elle pouvait espérer de mieux, c'était de finir ses jours dans un couvent. Mon frère me paraissait encore plus perdu qu'elle. On avait obtenu contre lui la lettre de cachet, qui, dans ce temps-là, ne badinait pas. Il pouvait en avoir pour vingt ans, qui sait ? pour toute sa vie ! Et, comme la demoiselle me disait tout cela elle-même, criant à chaque instant : "Que faire, monsieur Antoine ? mon Dieu ! que faire ?" l'idée me vint de les sauver tous les deux en épousant la demoiselle. Je n'étais pas amoureux d'elle, non ! le diable m'emporte si je mens ! J'en eusse aimé autant une autre, et je n'ai jamais eu les idées tournées au mariage. Si celle-ci n'avait pas été noble, ce qui lui donnait… pas pour moi, qui n'ai pas de préjugés, mais pour beaucoup de gens, un certain relief, je n'aurais pas fait grande attention à elle. Tu ris ? De quoi ris-tu, âne de procureur ?

— Je ne ris pas, dit Marcel. Allez toujours. Vous lui avez dit la belle idée qui vous passait par la tête ?

— Bel et bien, et pas plus sottement que ne l'eût fait monsieur mon frère. Etait-il donc un aigle dans ce temps-là ? C'était un petit barbouilleur, qui n'avait pas su amasser quatre sous, et personne ne faisait attention à lui. Etait-il mieux tourné que moi, plus jeune, mieux élevé ? Nous avions été éduqués l'un comme l'autre ; j'étais l'aîné de cinq ans, voilà tout. Je n'étais pas le plus laid, et il n'était pas beau, lui ! Il savait dire un tas de paroles : il a toujours été bavard. J'en disais moins, mais c'était du solide. Nous n'étions ni plus ni moins roturiers l'un que l'autre, étant frères de père et de mère. J'avais déjà amassé près d'un million que personne ne savait ! Avec un million, on fait bien des choses que mon frère ne pouvait pas faire : on endort la justice, on apaise des parents, on a des protections intéressées qui ne s'endorment pas ; avec un million, on va jusqu'au roi, et on peut très bien épouser une fille noble qui n'a rien. Si le monde crie, c'est parce que chacun voudrait bien avoir le million dans sa poche. Enfin mon million prouvait bien que, si j'étais un peu moins beau parleur que mon frère, ce n'était pas faute d'esprit et de génie. Voilà ce que la demoiselle aurait dû comprendre. Je ne lui demandais pas de m'aimer tout de suite, mais d'aimer assez son André pour l'oublier et l'empêcher d'aller pourrir en prison. Eh bien, au lieu de reconnaître mon bon sens et ma générosité, voilà une prude qui se fâche, qui me trouve grossier, qui me traite de mauvais frère et de malhonnête homme, et qui décampe de chez moi sans me dire où elle va, risquant le tout pour le tout, et me laissant une lettre où, pour tout remerciement, elle me promet de ne jamais dire ma trahison à M. André. J'avoue que je ne lui ai jamais pardonné ça, et que jamais je ne lui pardonnerai. Quant à monsieur mon frère, il a eu là-dessus une conduite qui m'a choqué tout autant que celle de madame. Je n'ai pas voulu attendre que sa bégueule de femme m'eût vendu. Le voyant sauvé de ses peines et marié, je lui ai tout dit, comme je viens de te le dire. Il ne s'est pas fâché, lui : il m'a remercié au contraire de mes bonnes intentions, mais il s'est mis à rire. Tu sais comme il était frivole, une pauvre tête ! Eh bien, il a trouvé mon idée comique, et il s'est moqué de moi. Alors tout a été rompu entre nous, et je n'ai jamais voulu revoir ni la femme ni le mari.

— Enfin ! dit Marcel, nous y voilà donc ! Mais Julien ! Pourquoi en voulez-vous à Julien, qui n'était pas né dans le temps de vos griefs ?

— Je n'en veux pas à Julien ; mais il est le fils de sa mère, et je suis sûr qu'il me hait.

— Sur l'honneur, Julien ne sait rien de ce que vous venez de me dire, et il ne vous connaît que par votre conduite dans ces derniers temps. Pensez-vous qu'il puisse l'approuver ? Ne deviez-vous pas racheter la maison de sa mère, quand il vous jurait sur ce qu'il y a de plus sacré qu'il consacrerait sa vie à s'acquitter envers vous ?

— Belle garantie que la vie d'un peintre ! Où ça a-t-il mené son père, qui était *fameux* !

— Et quand vous auriez perdu une cinquantaine de mille livres, vous qui avez certainement plus de…

— Tais-toi ! Il ne faut jamais dire le chiffre d'une fortune. Quand ces chiffres-là sonnent dans l'air, les murs, les arbres, les pots à fleurs même, ont des oreilles.

— Ce chiffre est donc tel que l'affaire de Sèvres eût été insignifiante, vous en convenez !

— Prétends-tu me faire passer pour un ladre ?

— Je sais que vous ne l'êtes pas ; mais je vais croire que vous êtes méchant, et que vous aimez à voir souffrir ceux que vous croyez hostiles.

— Eh bien, n'est-ce pas mon droit ? Depuis quand est-il défendu de se venger ?

— Depuis que nous ne sommes plus des sauvages.

— Alors je suis un sauvage ?

— Oui !

— Va-t'en, tu m'ennuies à la fin !… Prends garde que je ne me mette contre toi aussi !

— Je vous en défie.

— Pourquoi ça ?

— Parce que vous savez que, malgré vos travers, je suis la seule personne au monde qui ait un peu d'attachement et de dévouement pour vous.

— Tu vois bien ! Tu avoues que Julien me déteste.

— Faites-vous aimer de lui, ça vous fera deux amis au lieu d'un seul.

— Ah ! oui-da ! Tu veux que je rachète la maison ! Eh bien, que Julien devienne orphelin, je m'occuperai de lui, à la condition qu'il ne me parlera jamais de sa mère.

— Vous voulez peut-être qu'il la tue ? Tenez, l'oncle, vous êtes fou, ni plus ni moins. Vous êtes vain à l'excès, et vous avez le préjugé de la noblesse plus qu'aucun de ceux qui ont des ancêtres. Vous n'avez pas été amoureux de mademoiselle de Meuil, j'en suis certain ; mais son rang vous a fait désirer de supplanter votre frère auprès d'elle. Vous avez été jaloux du pauvre André jusqu'à la rage, non à cause de cette belle et aimable personne, mais à cause des parchemins qu'elle lui apportait en dot et de l'espèce de lustre qui rejaillissait sur lui. Bref, vous ne haïssez pas les nobles, vous les adorez, vous les enviez, vous donneriez vos millions pour être né quelque chose, et votre fureur à tout propos contre eux n'est qu'un dépit d'amoureux éconduit, comme votre haine contre ma tante n'est qu'un dépit de roturier froissé et humilié. Voilà votre manie, mon pauvre oncle ; chacun a, dit-on, la sienne, mais celle-ci vous rend mauvais, et j'en suis fâché pour vous.

L'ex-armateur sentit peut-être que Marcel avait raison ; en conséquence, il allait se fâcher d'autant plus fort ; mais Marcel lui tourna le dos en levant les épaules, et s'en alla sans vouloir prendre garde à ses invectives.

Au fond, Marcel était fort content de se voir enfin en possession du fond des pensées et des souvenirs de son oncle. Il se promit d'en profiter pour l'amener à résipiscence. Y parvint-il ? C'est ce que la suite nous apprendra.

— Madame, dit Marcel à la comtesse d'Estrelle, le lendemain matin, il faut vendre le pavillon.

— Pourquoi ? répondit Julie. Il est si vieux, si chétif, et de si peu de valeur !

— Il a une valeur relative que vous ne devez pas dédaigner. Mon oncle vous le payera dix mille écus, peut-être davantage.

— Voici la première fois, mon cher conseil, que vous me conseillez mal. J'ai de la répugnance à rançonner un voisin. N'est-ce pas spéculer sur le besoin qu'il peut avoir de cette vieille bâtisse ?

— Attendez, ma noble cliente ! Mon oncle n'a nul besoin du pavillon ; il en a envie, ce qui est bien différent. Il est assez riche pour payer ses fantaisies. Et que diriez-vous, s'il vous savait gré de vos exigences ?

— Comment cela peut-il se faire ?

— Entrez en relations personnelles avec lui, et il vous offrira un pot-de-vin par-dessus le marché.

— Fi ! Monsieur Thierry ! Je ferais la cour à ses écus ?

— Non, vous leur adresserez un sourire de bonté protectrice, et ils viendront à vous d'eux-mêmes. En outre, vous ferez une bonne action.

— Alors parlez !

— Vous montrerez à mon oncle beaucoup d'estime et d'affection pour ma tante et pour mon cousin, qui sont vos locataires, et vous forcerez ainsi le vieux riche à les aider sérieusement dans leur détresse.

— Alors de tout mon cœur, monsieur Thierry ; mais, si déjà je suis à même d'apprécier madame votre tante, que puis-je dire de votre cousin, que je ne connais pas ?

— N'importe, parlez-en de confiance. C'est un cœur d'or que mon Julien, un esprit de haute race, une âme au-dessus de sa condition ; c'est le meilleur des fils, le plus sûr des amis, le plus honnête des hommes et même le plus raisonnable des artistes. Dites tout cela, madame la comtesse, et, si jamais la vie de Julien donne le moindre démenti à vos paroles, chassez-moi d'auprès de vous et ne m'accordez plus jamais ni estime ni confiance.

Marcel parlait avec tant de feu que Julie en fut frappée. Elle s'abstint de questions ; mais elle écouta, sans en perdre un mot, la suite de l'éloge, et Marcel entra dans des détails dont un cœur impitoyable eût seul pu n'être pas touché. Il raconta les soins de Julien pour sa mère, les souffrances qu'à son insu il s'imposait, jusqu'à se priver de nourriture pour qu'elle n'en fût pas privée. Ici, Marcel fit comme Mme Thierry, il mentit sans le savoir. Julien ne mangeait plus parce qu'il était amoureux, et Marcel, qui ne s'en doutait guère, croyait avoir deviné la cause de cette involontaire austérité. Mais Julien était capable de faire bien plus pour sa mère que de restreindre son appétit. Il eût donné pour elle jusqu'à la dernière goutte de son sang : donc, en ne disant pas la vérité exacte pour le moment, Marcel restait encore bien au-dessous de la vérité.

Le panégyrique de Julien fut si complet et si émouvant que la comtesse autorisa Marcel à exprimer de sa part à l'oncle Antoine le désir de voir ses fleurs rares et de parcourir ses vastes et curieuses plantations. L'oncle Antoine reçut cette communication d'un air hautain et sceptique.

— Fort bien, dit-il, on veut vendre cher, et voilà des avances qui me coûteront les yeux de la tête.

Marcel le laissa gloser et ne fut pas sa dupe. La satisfaction du richard était trop visible.

Au jour convenu, Mme d'Estrelle reprit ses grands habits de deuil, monta dans sa voiture et se rendit à l'hôtel Melcy. Marcel était sur le seuil, il l'attendait. Il lui offrit sa main, et, comme ils montaient le perron, l'oncle Antoine apparut dans toute sa gloire, en tenue de jardinier. Ceci n'était pas trop bête de la part d'un homme aussi sot. Il avait bien roulé dans sa tête, sans en rien dire à Marcel, le projet de se montrer en habit magnifique : il avait le moyen de mettre de l'or sur toutes ses coutures ; mais la crainte du ridicule l'avait arrêté, et, puisqu'il se piquait d'être avant tout un grand horticulteur, c'est dans une tenue sévèrement rustique qu'il eut l'esprit de se présenter.

Malgré la rudesse de son caractère et de ses manières habituelles, malgré le secret besoin qu'il éprouvait de faire preuve devant Marcel de son indépendance d'esprit et de sa fierté philosophique, il perdit tout à coup contenance devant le salut gracieux et le regard sincère et limpide de la belle Julie, et, pour la première fois peut-être depuis trente ans, il ôta son chapeau à cornes, et, au lieu de le replacer immédiatement sur sa tête, il le tint sous son bras gauchement, mais respectueusement, tout le temps que dura la visite.

Julie n'eut pas la petite honte de chercher à flatter son caprice ; elle s'intéressa de bonne foi aux richesses horticoles qui lui furent exhibées. Fleur elle-même, elle aimait les fleurs, et ceci n'est pas un madrigal, pour parler la langue de l'époque. Il y a des affinités naturelles entre toutes les créations divines, et de tout temps les symboles ont été l'expression d'une réalité.

Le richard, qui n'avait rien d'une rose, lui, s'épanouissait pourtant à l'éloge sincère décerné à ses plantes chéries. Peu à peu sa morgue affectée tomba devant la sylphide qui foulait à peine ses gazons et qui passait le long de ses plates-bandes comme une brise caressante. Il attendit avec une entière résignation le chiffre attribué à la cession du pavillon.

— Allons, dit Marcel, qui ne voyait pas Mme d'Estrelle se préoccuper de cette affaire, dites donc à madame la comtesse, mon cher oncle, l'envie que vous avez d'acquérir…

— Oui, au fait, dit le richard sans trop se laisser compromettre, j'ai eu quelque idée dans le temps d'acquérir ce pavillon ; mais, à présent, si madame y tient trop…

— J'y tiens sous un seul rapport, dit Julie. Il est occupé par des personnes que j'estime et que je ne voudrais nullement déranger.

— Elles ont un bail, je pense ? reprit M. Thierry, qui savait fort bien à quoi s'en tenir.

— Eh ! sans doute, dit Marcel ; vous leur devriez une bonne indemnité dans le cas où elles consentiraient à résilier ; car vous savez qu'elles ne font que de commencer la jouissance de ce bail.

— Une bonne indemnité ! reprit l'oncle en fronçant le sourcil.

— Je m'en chargerais volontiers, dit Mme d'Estrelle, si…

— Si je payais en conséquence !

— Ce n'est pas là ce que j'ai voulu dire, reprit Julie avec un accent de dignité qui coupait court à toute discussion. J'ai voulu et je veux dire que, si Mme Thierry, votre belle-sœur, éprouve la moindre répugnance à quitter ce logement, j'entends maintenir ses droits à toute la durée de sa jouissance, et c'est une condition que l'acquéreur ne pourrait éluder sous aucun prétexte.

— Ceci rendra l'acquisition moins prompte et moins avantageuse pour madame, dit M. Antoine, qui mourait d'envie de prononcer le doux nom de comtesse, mais qui ne pouvait encore s'y résoudre.

— Je ne vous dis pas le contraire, monsieur Thierry, répliqua Julie avec une indifférence que le richard crut de bon jeu et de bonne guerre.

— Enfin, reprit-il après un silence, quel serait le prix exigé par... ?

Marcel allait répondre. Julie, qui décidément n'entendait rien aux affaires, n'y prit pas garde et répondit ingénument :

— Oh ! cela, je n'en sais rien. Vous êtes connu pour un homme également habile et délicat ; vous fixerez le chiffre vous-même.

Et, sans faire attention au coup d'œil de reproche de son procureur, elle continua :

— Vous ne pouvez pas croire, monsieur Thierry, que ma visite à votre jardin ait eu pour but de vous faire marchander ma petite propriété. Je sais qu'elle peut vous convenir et vous savez probablement que j'ai des affaires embrouillées : ce n'est pas là une raison pour que nous ayons vis-à-vis l'un de l'autre des exigences outrées ; mais, avant tout, ma loyauté vous devait cette déclaration, que, pour un million, je ne consentirais pas à affliger madame votre belle-sœur, parce que je l'aime et l'honore particulièrement. Ceci posé, vous réfléchirez et vous viendrez me dire ce que vous aurez décidé ; car vous me devez une visite à présent, monsieur mon voisin, et je ne vous en tiens pas quitte, que nous fassions ou non affaire ensemble.

La comtesse se retira, laissant le richard ébloui de sa grâce ; mais, n'en voulant rien montrer à Marcel, il affecta de se réjouir dans un autre sens.

— Eh bien, procureur, lui dit-il d'un air de triomphe, te voilà pris, et bien penaud ! Que me disais-tu donc des prétentions de cette dame ? Elle a plus de bon sens que toi, elle s'en rapporte à mon évaluation...

— Bien, bien, réjouissez-vous de ses bonnes façons, répondit Marcel, et savourez les louanges que vous devez à sa politesse ; mais tâchez de comprendre et d'être à la hauteur du rôle qu'on vous attribue !

— Au fait ! reprit Antoine, qui avait beaucoup de finesse en affaires, quand on dit à un homme comme moi : "Faites ce que vous voudrez", ça veut dire : "Payez en grand seigneur !" Eh bien, mordi ! je payerai cher, et la grande dame verra si je suis un cuistre comme son beau-père le marquis ! Une seule chose m'étonne de la part d'une femme qui ne me paraît pas sotte : c'est l'estime qu'elle fait de madame ma belle-sœur !… Je ne sais pas trop si elle a cru m'être agréable ou me narguer en me disant la chose.

— Elle a cru vous être agréable.

— Sans doute, puisqu'elle a besoin de moi ; mais ma belle-sœur m'aura pourtant fait passer pour un ladre ?

— Ma tante n'a point parlé de vous. Conduisez-vous de manière qu'elle n'ait pas à s'en plaindre.

— Qu'elle se plaigne si elle veut ! Qu'est-ce que ça me fait, à moi ? Qu'ai-je besoin de l'estime et de l'amitié de cette comtesse ?

— C'est juste, dit Marcel en prenant son chapeau, cela vous est fort indifférent ! N'importe, ne cherchez point à passer pour un malotru, et prenons jour pour que j'annonce votre visite.

Antoine choisit le surlendemain, et on se sépara ; mais, dès le lendemain, sans en rien dire à Marcel, il faisait indirectement d'adroites démarches pour racheter sans perte la maison de Sèvres. Etait-il décidé à faire ce cadeau à son neveu, ce plaisir à sa belle-sœur ? Non certes. Nul homme n'était plus vindicatif, parce que rien en lui n'avait usé ses passions bonnes et mauvaises. Rien dans sa vie étroite n'avait eu assez d'importance pour adoucir les aspérités de sa nature. Seulement, le coup était porté à sa vanité secrète, et, sans aucun art, sans aucun calcul, Julie d'Estrelle avait dompté cet esprit sauvage. Il trouvait en elle une grâce irrésistible et un ton d'égalité sans affectation, qu'il attribuait encore à un besoin d'argent, mais qui le flattait comme de sa vie il ne s'était senti flatté. Il était donc résolu à feindre des velléités de commisération pour Mme Thierry. Il craignait véritablement d'être desservi par elle auprès de Julie, et, en rachetant la maison de Sèvres pour son propre compte, il se persuadait qu'il tiendrait son ennemie en respect par l'espoir que ce bienfait était destiné à Julien.

Cependant Marcel continuait à vouloir libérer aussi peu à peu Mme d'Estrelle, et, le soir même de sa visite à M. Antoine, il vint la gronder de son étourderie et insister pour qu'elle tînt la dragée haute à l'acquéreur. Il la trouva peu disposée à se prêter à aucun manège pour obtenir ce résultat.

— Faites comme vous l'entendrez, mon cher monsieur Thierry, lui dit-elle ; mais ne me demandez pas de vous aider. Vous m'avez dit que votre oncle était un peu vain, que, grâce à mon titre, j'aurais facilement un peu d'ascendant sur lui, et que, grâce à cet ascendant, je pouvais l'intéresser au sort de sa belle-sœur. Je me suis hâtée d'essayer ma puissance. Vous me dites que vous en espérez quelque chose ; j'ai fait ce que mon cœur me dictait, ne me parlez pas du reste. Qui vous presse de vendre ce pavillon ? Ne m'avez-vous pas dit que les créanciers de mon mari prendraient patience en me voyant nantie de quelque immeuble de plus, que le marquis ne laisserait jamais vendre l'hôtel d'Estrelle, et que je pouvais, pendant quelque temps, oublier mes ennuis ? Tenez-moi parole, et laissez votre oncle tourner autour du pavillon, puisque cela me servira de prétexte pour plaider la cause de Mme Thierry. J'ai dit la vérité en déclarant que je ne voulais pas qu'elle fût dépossédée de son logement malgré elle, et, à présent, je vous déclare que j'aurais beaucoup de regret en perdant son voisinage.

Marcel, n'ayant pu ébranler ces résolutions, alla voir sa tante Thierry et lui raconta, ainsi qu'à Julien, la démarche et les bons sentiments de la généreuse comtesse à leur égard. Mme Thierry en fut touchée jusqu'aux larmes, et, comme Julien jouait assez bien son rôle pour que certaines craintes fussent dissipées, elle se laissa aller à faire l'éloge de Julie d'Estrelle. Son cœur était plein d'une reconnaissance qu'elle contenait avec effort depuis deux jours. La pauvre mère versa donc elle-même l'huile sur le feu.

Ce ne fut pourtant pas sans quelques retours de méfiance. Elle regardait Julien à la dérobée à chaque mot qui lui échappait, et, chaque fois, elle croyait le voir tranquille ; mais une révélation lui arriva. Comme elle disait à Marcel qu'elle ne voulait pas empêcher Julie de vendre le pavillon, et qu'elle ferait semblant de n'y pas regretter son logement, Julien se récria avec vivacité.

— Encore changer ? dit-il. Nous ne le pouvons pas ! Nous avons dépensé beaucoup, eu égard à nos moyens, pour nous installer ici.

— L'oncle y pourvoira, dit Marcel ; s'il vous fait déloger, je me fais fort, moi, de lui arracher…

— Mon cher ami, reprit Julien toujours très animé, tu es plein de zèle et de bonté pour nous ; mais tu sais bien que ma mère répugne à tes démarches auprès de l'oncle Antoine, que tu les as faites un peu malgré elle, et que, s'il ne s'était agi de moi, elle s'y fût opposée formellement. Qu'elle ait tort ou raison de croire M. Thierry détestable, ce n'est pas à nous d'en juger. Je ferai, moi, dussé-je en souffrir, toutes les concessions possibles au singulier caractère de notre parent ; mais je ne veux pas que ma mère soit blessée dans sa fierté vis-à-vis de lui.

— Non, non ! je n'ai pas de fierté, s'écria Mme Thierry, je n'en ai plus, Julien ! Tu travailles trop, tu tomberais malade si nous refusions de traiter avec M. Antoine. Tout ce que Marcel fera, je l'approuve, et, s'il faut m'humilier, j'en serai heureuse ! Faisons notre devoir avant tout, payons toutes nos dettes. Disons à la comtesse qu'il nous importe peu de demeurer ici ou ailleurs, afin qu'elle se hâte de vendre ; et que Marcel dise à M. Thierry que nous réclamons nos droits ou que nous invoquons sa générosité, tous les moyens me seront bons pour que tu recouvres le repos et la santé.

— Ma santé est excellente, reprit Julien avec feu, et mon repos ne serait troublé que par une nouvelle installation. Mon atelier me plaît, j'ai un travail en train…

— Mais tu parles en égoïste, mon enfant ! Tu ne songes pas que cette dame est, comme nous et plus que nous à présent, aux prises avec des créanciers.

— Et tu crois que M. Antoine la sauvera en lui achetant cette bicoque ? Marcel n'en croit pas un mot !

— Ce que je crois, dit Marcel, c'est que M. Antoine subira toutes les conditions qui lui seront imposées par la comtesse d'Estrelle ; il payera cher et il ne vous chassera point. Laissez-moi faire, et peut-être même l'amènerai-je à quelque chose de mieux.

— A quoi donc ? dit Mme Thierry.

— C'est mon secret. Vous le saurez plus tard, si je n'échoue pas.

— Ah ! mon Dieu ! dit Mme Thierry rompant les chiens, j'ai oublié ma tabatière ; va donc me la chercher, Julien !

Julien monta, et sa mère profita de ce moment qu'elle s'était ménagé pour dire vite à Marcel :

— Prends garde, mon cher enfant ! Un grand malheur nous menace : Julien est amoureux de la comtesse !

— Allons donc ! s'écria Marcel stupéfait ; vous rêvez cela, ma bonne tante, c'est impossible !

— Parle plus bas. C'est possible, cela est. Fais-nous quitter bien vite ce dangereux logis. Trouve un moyen, sans qu'il se doute de ce que je te dis là. Sauve-le, sauve-moi ! Silence ! Le voilà qui redescend !

Julien avait fait la commission en un instant. Il était pressé de reprendre l'entretien ; mais il trouva quelque chose de contraint dans le regard de sa mère, quelque chose d'étonné et de troublé dans l'attitude de Marcel. Il devina qu'il s'était trahi et prit aussitôt un air d'enjouement et d'indifférence qui ne trompa plus Mme Thierry, mais qui rassura le procureur. Celui-ci se retira donc en se promettant de le sonder, mais en se persuadant que sa tante, au milieu de toutes ses émotions, perdait un peu la tête.

Mais Marcel fit bientôt une découverte plus étonnante, si étonnante réellement, que nous prions nos lecteurs de s'y préparer un peu longtemps d'avance.

L'oncle Antoine rendit sa visite à Mme d'Estrelle. Mme d'Estrelle, sans effort ni apprêt, fut aussi charmante, plus charmante peut-être qu'à la première entrevue. Elle reçut l'horticulteur ni mieux ni moins bien qu'une personne de condition semblable à la sienne. Doué d'une pénétration qui suppléait à son manque d'usage, il sentit bien que la réception était parfaite, et que jamais il n'avait été si bien traité par une personne placée si haut. Il reconnut, en outre, que celle-ci était complètement indifférente à la question d'argent et que sa bienveillance ne cachait aucune arrière-pensée, pas même la pensée de le réconcilier avec Mme Thierry, puisqu'elle le lui disait franchement et avec un désir plein de confiance et de cordialité.

Marcel, en voyant la joie que son oncle rapportait de cette entrevue et qu'il ne pensait presque plus à dissimuler, reconnut que la loyauté était en certain cas la meilleure des diplomaties, et que Mme d'Estrelle avait plus fait ainsi pour ses protégés et pour elle-même que si elle y eût mis de l'habileté.

— Or çà, lui dit M. Antoine sans attendre ses questions, il faut régler cette affaire du pavillon. Ça vaut pour moi quarante mille livres, je le sais, je les donne, et, comme j'ai l'intention d'en jouir tout de suite, je dois à Mme Thierry de souscrire à toutes les prétentions qu'elle pourrait élever. Avec cette femme-là, je ne veux pas de discussions. Dis-lui donc que je la tiens quitte des six mille livres dont j'ai répondu pour elle, voilà mon reçu. Avec cela, s'il lui faut encore quelques écus pour déménager, je ne les lui refuserai pas. Va, et qu'elle ne me rompe plus la tête de ses peines ; mais, avant tout, porte à la comtesse mon offre, que je crois assez gracieuse, et ma promesse d'indemniser à souhait ses protégés.

Marcel, stupéfait mais charmé, porta ces bonnes nouvelles d'abord à Mme Thierry, qui remercia la destinée, et faillit bénir son beau-frère pour sa volonté de la faire déménager au plus vite et à tout prix.

Mme d'Estrelle fut moins joyeuse ; elle avait revu l'aimable veuve, elle chérissait déjà son entretien, et puis elle eut des scrupules ; la munificence de M. Antoine lui parut une folie de parvenu qui l'humiliait.

— Il va croire, disait-elle, que j'ai manœuvré pour l'amener à ce sacrifice, et cela me répugne. Non, vrai, je n'accepterai que la moitié. J'aime bien mieux garder son estime et mon influence au profit des pauvres, Thierry. Allez lui dire que je veux vingt mille livres seulement et la continuation du bail de votre belle-sœur.

— Mais ma belle-sœur désire beaucoup déménager, répondit Marcel. Songez donc qu'il y va pour elle d'une somme qui a de l'importance.

— Alors ne vous occupez pas en mon nom de ce qui la concerne, mais occupez-vous bien de ma dignité, dont je vous confie le soin.

Cette réponse, transmise à M. Antoine, amena une explosion qui étonna Marcel.

— Ainsi, s'écria le richard, la voilà qui refuse mes services, car c'était un service que je tenais à lui rendre, connaissant ses embarras, et j'y allais en ami, puisqu'elle m'avait traité en ami ! Ah ! vois-tu, Marcel, elle est hautaine, elle me méprise, et elle a menti en me disant qu'elle faisait cas de moi ! Eh bien, si c'est comme ça, je me vengerai. Oui, je me vengerai cruellement, et elle n'aura que ce qu'elle mérite, et, mort de ma vie, elle sera forcée de m'implorer !

Marcel examinait en silence la figure encore belle et passablement mauvaise du richard exalté.

— Quel est donc ce nouveau mystère ? se disait-il en scrutant ses yeux noirs, arrondis par le dépit qui en faisait jaillir de sombres flammes. La vanité blessée arrive-t-elle à ce délire ? Mon oncle serait-il à la veille de devenir fou ? Cette vie absorbée, solitaire, uniforme, était-elle au-dessus de ses forces, et cette bouderie tendue contre tout ce qui éclaire et réchauffe la vie des autres aurait-elle à la longue amené un désordre dans sa cervelle ?

Antoine reprit avec véhémence, sans faire attention à l'étude que Marcel faisait de sa personne :

— Je devine ce que c'est ! On veut que mes sacrifices profitent à Mme Thierry. Eh bien, je me moque pas mal de mademoiselle de Meuil, moi ! Il y a longtemps que je n'ai plus pour elle ni rancune ni amitié. Qu'elle aille au diable, et qu'on ne m'en parle plus ! Je payerai le pavillon quarante mille livres, ou je ne l'achète pas. Voilà ma façon de penser.

Les choses en restèrent là durant quelques jours : Mme d'Estrelle riant de ce qu'elle regardait comme un accès de démence du vieux parvenu, celui-ci agissant à l'insu de Marcel de manière à mettre le comble à cette démence.

Il acheta sous main toutes les créances qui menaçaient la veuve du comte d'Estrelle, et, sans en rien dire, il se mit en mesure de la ruiner ou de la sauver, selon l'attitude qu'elle prendrait vis-à-vis de lui. Il acheta pour son propre compte, mais sous un nom fictif, avec contre-lettre, la maison de Sèvres avec tout son riche et précieux mobilier. Il ne la loua à personne, et y plaça un gardien pour l'entretenir. Tout cela fut fait en peu de jours et à tout prix ; puis, un beau matin, s'étant adroitement enquis auprès de Marcel des relations intimes de Mme d'Estrelle, il alla trouver la baronne d'Ancourt, qui le reçut du haut de sa grandeur, et daigna pourtant lui prêter une oreille attentive en apprenant qu'il venait la mettre à même de sauver Mme d'Estrelle d'une ruine certaine.

L'entretien fut long et mystérieux. Les laquais de l'hôtel d'Ancourt, qu'une pareille conférence de leur hautaine patronne avec une espèce de paysan intriguait beaucoup, entendirent des éclats de la voix retentissante de la baronne, puis la voix rustique, une déclamation

emphatique et lourde, une dispute enfin avec des alter-
natives de moquerie ou de gaieté ; car la baronne riait
par moments à ébranler les vitres.

Une heure après, la baronne courut chez Mme d'Estrelle.

— Ma chère, lui dit-elle tout émue, je vous apporte
cinq millions ou la misère : choisissez.

— Ah ! ah ! un vieux mari, n'est-ce pas ? dit Julie ;
vous tenez à votre idée ?

— Un très vieux mari ; mais cinq millions !

— Avec un grand nom sans doute ?

— Pas le plus petit nom ! un roturier tout à plat,
mais cinq millions, Julie !

— Un honnête homme au moins ?

— Il passe pour tel ; êtes-vous décidée ?

— Oui, je refuse ! N'en feriez-vous pas autant ?
M'estimeriez-vous si j'acceptais ?

— J'ai dit ce que vous dites là. J'ai envoyé paître
mon homme. Je me suis moquée de lui. Il a répondu
obstinément : "Cinq millions, madame, cinq millions !"

— Et il vous a convaincue, puisque vous voilà !

— Convaincue ou non…, j'ai été surprise, éblouie,
j'ai dit comme la reine : "Vous m'en direz tant !"

— Alors vous me conseillez de dire oui ?

— Ne dites pas oui, dites *peut-être*, et vous réfléchirez,
et je réfléchirai aussi pour vous ; car, en ce moment-ci,
je n'ai pas bien ma tête ; ces millions m'ont grisée. Que
voulez-vous ! L'homme est vieux, avant peu vous seriez
libre ; on aurait fini de crier contre la mésalliance ;
d'ailleurs, on sait que, par vous-même, vous n'avez pas
grande origine. Vous ouvririez des salons qui écrase-
raient tout Paris, et où tout Paris s'écraserait pour
prendre part à vos fêtes ; car, au bout du compte, tout
Paris n'a qu'une chose en tête, qui est de s'amuser et

d'aller où l'on s'amuse. Vous auriez chez vous bals, concerts et spectacles, des artistes, de beaux chanteurs et de beaux parleurs, enfin des gens d'esprit pour secouer et divertir les gens de qualité qui n'ont pas d'esprit. Ah ! si j'avais cinq millions, moi, si j'en avais seulement deux, je saurais bien quoi en faire ! Voyons, ne me jugez pas folle et ne soyez pas poltronne. Acceptez la roture et l'opulence.

— Et la vieillesse du mari ?

— Raison de plus !

Julie s'indigna, Amélie se piqua ; elles furent brouillées. Mme d'Ancourt n'avait pas nommé le prétendant ; Julie n'avait pas songé à s'en enquérir. Elle en chargea Marcel, voulant que son refus pût être clairement notifié. Elle craignait que, par dépit, son impétueuse amie ne la compromît en laissant des espérances à son protégé. Marcel alla chez Mme d'Ancourt pour savoir le nom de l'homme aux cinq millions.

— Ah ! on se ravise ? s'écria la baronne.

— Non, madame, au contraire.

— Eh bien, vous ne saurez rien. J'ai donné ma parole d'honneur de taire le nom, si on repoussait la demande.

Marcel alla chez son oncle. Il flairait la vérité ; mais il n'avait pas osé la faire pressentir à Mme d'Estrelle, pensant avec raison qu'elle lui reprocherait de l'avoir mise en relation avec un vieillard insensé. Et puis il ne connaissait de la fortune de son oncle que les deux millions qu'il avouait, et ce chiffre, qui, souvent répété à Julie, avait empêché celle-ci de rien soupçonner, déroutait notablement les soupçons de Marcel.

— Mon petit oncle, lui dit-il brusquement dès son entrée, vous avez donc cinq millions ?

— Pourquoi pas trente ? s'écria le vieillard en levant les épaules ; es-tu devenu fou ?

Marcel le harcela vainement de questions ; l'oncle fut impénétrable. D'ailleurs, un grand événement venait de se produire chez lui, et il était bien sérieusement distrait de ses rêves de mariage. La mystérieuse liliacée qu'il avait si souvent contemplée, épiée, soignée et arrosée dans l'espérance de pouvoir lui donner son nom, venait, durant quelques jours d'oubli et d'abandon, de pousser à l'improviste une hampe vigoureuse déjà chargée de boutons bien renflés ; un de ces boutons s'était même déjà un peu entr'ouvert et montrait un intérieur de corolle satinée d'une blancheur et d'un luisant incomparables, tigrée de rose vif. Cette plante exotique surpassait en rareté et en beauté toutes ses congénères, et l'horticulteur hors de lui, ranimé, consolé presque de sa mésaventure matrimoniale, s'écriait à chaque instant, en arpentant sa serre avec agitation et en revenant savourer l'éclosion de sa plante :

— Voilà, voilà ! je suis fixé. Celle-ci sera l'*Antonia thierrii*, et tous les amateurs de l'Europe en crèveront de rage si bon leur semble !

— Voyons, voyons ! se disait Marcel, est-ce de l'Antonia, est-ce de la comtesse que mon oncle est épris ?

III

Marcel, voyant que la vanité horticole reprenait le dessus et pensant qu'il pourrait exploiter la joie de son oncle au profit de ses protégés, donna les plus grands éloges à la future *Antonia*.

— Vous comptez sans doute en faire hommage au Jardin du Roi ? lui dit-il. MM. les savants doivent vous tenir en grande estime !

— Oh ! pour celle-ci, bernique ! répondit M. Antoine : ils pourront la regarder tout leur soûl, la décrire dans leur beau langage, la *spécifiquer*, comme ils disent ; mais l'exemplaire est unique, et je ne m'en séparerai point avant que j'aie beaucoup de caïeux.

— Mais si elle meurt sans se reproduire ?

— Eh bien, mon nom vivra dans les catalogues !

— Ce n'est point assez ! A votre place, en cas d'accident, je la ferais peindre.

— Comment peindre ? Est-ce qu'on peint les fleurs, à présent ? Ah ! j'entends, tu veux dire que je devrais la faire tirer en portrait ? J'ai bien songé à ça pour d'autres plantes rares ; mais j'étais brouillé avec mon frère, et, quand j'ai fait travailler d'autres peintres, je n'ai jamais été content de leur barbouillage de fous. J'ai payé cher, et, après, j'ai crevé la toile ou déchiré le papier.

— Et vous n'avez jamais pensé à Julien ?

— Bah ! Julien ! un apprenti !

— Avez-vous vu quelque chose de sa façon ?

— Ma foi, non, rien !

— Voulez-vous que je vous apporte… ?

— Non, rien, je te dis. Nous sommes brouillés.

— Pas du tout ! Il vous a rendu visite tous les ans au 1er janvier, et vous n'avez jamais été mécontent de ses manières avec vous.

— C'est vrai, il est bien élevé, il n'est pas sot, ni mal tourné ; mais, depuis que j'ai refusé de lui avancer de quoi racheter la maison de Sèvres…

— Julien n'a pas dit un mot de blâme ni de mécontentement, je vous l'atteste sur l'honneur.

— Tout ça ne fait pas qu'il ait le talent qu'il faudrait…

— Tenez ! un petit échantillon en dit aussi long qu'un grand. Prenez votre loupe et regardez ça !

Marcel tira de sa poche une jolie tabatière d'écaille, sur laquelle était encadré un bouquet peint en miniature par Julien. Bien que ce ne fût pas sa partie, il s'était appliqué à la reproduction microscopique d'une de ses toiles pour faire ce cadeau à Marcel, et c'était véritablement un petit chef-d'œuvre.

L'oncle Antoine ne s'y connaissait pas assez pour en apprécier les qualités sérieuses ; mais il connaissait l'anatomie de chaque détail d'une plante aussi bien qu'un botaniste consommé, et, avec sa loupe, s'il ne put compter les étamines de chaque fleur et les nervures de chaque feuille, il put du moins constater que, dans les sacrifices faits par l'artiste à l'effet général, il n'y avait aucune erreur, aucune fantaisie, aucune hérésie, si minime qu'elle fût, contre les imprescriptibles lois de la création. Il regarda longtemps, puis il demanda ingénument si Julien était capable de faire aussi grand que nature, et, sur la réponse affirmative de Marcel, il décida que Julien ferait le portrait de l'*Antonia thierrii*, mais sous ses yeux, afin qu'il pût veiller sur l'exactitude des plus petites choses.

— Ces peintres, dit-il, je sais ce que c'est ! Ça veut deviner, ça veut faire mieux que ce qui est. Ça vous donne des raisons d'*air*, de *lumière*, d'*effet* ! Oh ! j'ai retenu tous leurs bêtes de mots ! Si Julien veut être obéissant, à nous deux nous réussirons peut-être à faire quelque chose de beau ! Va-t'en l'avertir, afin qu'il se tienne prêt à venir passer une heure ici après-demain ; ce sera le beau moment de la floraison.

Marcel alla consulter Julien et revint dire à l'oncle que l'artiste voulait deux jours au moins pour étudier son modèle, et qu'il fallait le laisser dessiner sans lui faire d'objections, jusqu'au moment où il en demanderait avec l'intention de s'y rendre, si elles lui semblaient justes.

— Il est bien fier ! dit l'oncle avec humeur. Le voilà qui fait déjà des embarras comme son père ! Croit-il que je lui demande ça comme un service ? J'entends le payer, et tout aussi cher que n'importe qui. Qu'est-ce que ça vaut, une journée de travail de ce monsieur ?

— Il ne veut pas être payé. Il vous demandera votre pratique, si vous êtes content de lui.

— On sait ce que ça veut dire, il me demandera…

— Rien. Vous réglerez tout vous-même. On vous sait généreux quand vous ne haïssez pas les gens, et vous ne haïrez pas Julien quand vous le connaîtrez mieux.

— Eh bien, qu'il vienne tout de suite, qu'il commence !

— Non, il a de l'ouvrage qui presse ; demain, il vous donnera quelques heures pour commencer.

Le lendemain, en effet, Julien commença à regarder la plante, et il en fit plusieurs croquis en la prenant dans tous ses aspects. M. Antoine, fidèle aux conventions tracées, ne vit ces essais que lorsque l'artiste les lui soumit. Il en fut plus satisfait qu'il ne voulut le dire. Cette manière consciencieuse d'étudier la structure et l'attitude l'étonnait et lui plaisait. Julien parlait peu, il regardait toujours, et il avait l'air d'aimer passionnément son modèle. L'horticulteur conçut dès lors quelque estime pour lui, et, comme jamais Mme Thierry n'avait révélé à son fils la folle conduite de son beau-frère envers elle, comme rien dans la physionomie et les manières du jeune homme ne trahissait la moindre aversion, Antoine, qui avait d'autant plus besoin de s'attacher à quelqu'un qu'il était devenu plus égoïste, le prit en une sorte d'amitié latente et sourde, si l'on peut ainsi parler.

Le second jour, Julien commença à peindre ; mais, cette fois, l'oncle ne comprit plus rien, et commença à s'inquiéter. Ce fut bien pis quand Julien lui déclara qu'il avait besoin de finir son travail dans son atelier, où il avait des conditions de lumière disposées à son gré, et une foule de petits objets qu'il ne pouvait transporter sans en oublier quelques-uns. Il y avait loin du pavillon à la serre de l'hôtel Melcy, et, le lendemain, on n'aurait pas de temps à perdre en allées et venues ; il fallait saisir au vol l'expression de la plante dans son état de floraison complète.

Mais faire voyager le modèle, c'était le compromettre ; c'était hâter sa floraison, fatiguer sa tige, ternir sa fraîcheur ! L'oncle Antoine, trouvant l'artiste inébranlable, se résolut à porter lui-même la précieuse *Antonia* à son atelier avec tous les soins possibles, au risque de rencontrer Mme Thierry et d'être forcé de la saluer.

En imposant ce dur sacrifice à l'oncle Antoine, Julien n'avait pas cédé aux petites manies d'un artiste vétilleux. Il avait suivi le conseil de Marcel, qui voulait amener une sorte de réconciliation entre les parties, et qui, désespérant d'entraîner Mme Thierry à la moindre avance, avait jugé nécessaire de la surprendre par une entrevue fortuite avec son ennemi.

Mme Thierry, que nous vous avons montrée parfaite, et qui l'était autant que possible, avait pourtant un petit travers : sans coquetterie, sans prétention, et sans se croire jeune, elle ne s'était jamais bien dit : "Je suis vieille." Quelle femme de son temps était plus raisonnable et plus clairvoyante ? Sa jeunesse avait fleuri dans les madrigaux, les paroles et les façons galantes. Elle avait été si jolie, et elle était si bien conservée ! Son mari, tout en la ruinant par son imprévoyance, avait été amoureux d'elle jusqu'à son dernier jour, et vraiment on eût dit que ce vieux couple était destiné à faire revivre Philémon et Baucis. A force de s'entendre dire qu'elle était toujours charmante, ce qui était vrai relativement à son âge, la bonne Mme Thierry se croyait et se sentait toujours femme, et, après trente-cinq ans écoulés, elle n'avait pas oublié combien les prétentions de l'armateur l'avaient blessée dans sa dignité et dans son amour-propre. Cet homme grossier, qui avait eu l'audace de lui dire : "Me voilà, je suis riche, vous pouvez m'aimer à la place de mon frère", lui avait causé la seule mortification réelle attachée à ce que le monde avait, dans ce temps-là, appelé sa faute. Plus tard, l'agrément et la sûreté de son commerce l'avaient fait rechercher par les admirateurs de son mari. Elle avait pu relever la tête, triompher du préjugé, prendre une place réservée, exceptionnelle et des plus agréables dans l'opinion. Elle avait donc été heureuse, sauf une seule amertume restée saignante au fond de son cœur. Il lui semblait avoir été souillée une fois en sa vie, et cela par les offres et les espérances de M. Antoine.

Marcel ne sut pas pénétrer le labyrinthe de ces délicatesses féminines. Il crut que le temps avait fait justice de cette ridicule aventure, et que Mme Thierry disait la vérité en déclarant qu'elle était prête à tout pardonner pour assurer à Julien les bonnes grâces de son riche parent.

Julien n'était pas homme à convoiter les richesses de l'oncle Antoine. Il ne s'était jamais dit qu'en l'adulant il pouvait prétendre à une bonne part dans son héritage. Longtemps il avait repoussé même l'idée de lui demander un léger service ; mais le désir de recouvrer pour sa mère, à force de travail, la maison où elle avait été si heureuse avait vaincu sa fierté. Résolu à consacrer toute sa vie, s'il le fallait, au soin de s'acquitter, il ne rougissait plus des démarches que faisait Marcel pour obtenir d'Antoine l'avance des fonds nécessaires.

Pourtant, au moment de voir arriver l'oncle, Julien eut quelque scrupule de tromper sa mère. Il craignit qu'elle ne fût trop surprise, et il essaya de la préparer à la visite qu'il attendait. Mme Thierry fit contre fortune bon cœur ; mais elle eut à peine salué M. Antoine, qu'elle monta dans sa chambre sous le premier prétexte venu, et s'y tint renfermée, ne pouvant prendre sur elle d'affronter la présence de cet antipathique personnage. Antoine, qui ne l'avait pas vue depuis une trentaine d'années, ne la reconnut pas tout de suite, et n'eut pas la présence d'esprit de s'en excuser. Il était venu à pied à travers son enclos, dont une porte de service donnait sur la rue de Babylone, tout près du pavillon. Ne se fiant qu'à lui-même du soin de toucher à son lys panaché, il l'avait apporté lui-même. Il le déposa lui-même sur la table du petit atelier. Il enleva lui-même le vaste cornet de papier blanc qui le protégeait, et, quand il vit l'artiste à l'œuvre, il prit une gazette que Mme d'Estrelle envoyait tous les matins à Mme Thierry, et s'assoupit dans un coin de l'atelier.

Julien attendait Marcel, qui lui avait promis d'essayer le rapprochement provoqué par lui ; mais Marcel, retenu par une affaire imprévue, n'arrivait pas. Mme Thierry ne descendait pas. Julien sentait qu'il ne pouvait rompre la glace sans l'initiative de son cousin ; il ne disait mot, travaillait, faisait de son mieux, et pensait à Julie.

L'oncle Antoine ne dormait que d'un œil. Il se sentait ému, contraint, agité dans la demeure de celle qu'il haïssait, et en vue de l'hôtel d'Estrelle, où sa nouvelle fantaisie s'était logée. Il se leva, marcha en faisant crier ses gros souliers, se rassit, et, oubliant un peu son lys, il essaya de causer avec Julien.

— Est-ce que tu as beaucoup d'ouvrage ? lui dit-il.

— Beaucoup, répondit Julien.

— Et on te paye cher ?

— Assez cher. Je n'ai pas à me plaindre.

— Combien gagnes-tu par jour ?

— Une dizaine d'écus, l'un dans l'autre, dit Julien en souriant.

— Ce n'est guère ; mais, à ton âge, ton père n'en gagnait pas tant, et tu augmenteras tes prix d'année en année ?

— Je l'espère et j'y compte.

— Tu as de l'ordre, toi, à ce qu'on dit ?

— Oui, mon oncle, je suis forcé d'en avoir.

— Tu ne vas pas dans le monde, je pense ?

— Je n'ai pas le temps d'y aller.

— Mais tu connais des gens de qualité ?

— Ceux qui fréquentaient mon père ne m'ont pas oublié.

— Tu rends quelquefois des visites ?

— Rarement, et seulement quand il le faut.

— Connais-tu la baronne d'Ancourt ?

— Je connais son nom, rien de plus.

— N'est-ce pas une amie de Mme d'Estrelle ?

— Je n'en sais rien.

— Mais Mme d'Estrelle, tu la connais ?

— Non, mon oncle.

— Tu ne l'as jamais vue ?

— Jamais.

Julien fit ce mensonge avec résolution. Il lui semblait que tout le monde voulût pénétrer son secret, et il était bien décidé à le renfermer avec une méfiance farouche.

— C'est drôle ! reprit l'oncle Antoine, qui avait peut-être aussi quelque soupçon sur son compte, pour ne pas perdre l'habitude de soupçonner tout le monde. Ta mère passe des heures et des jours dans son jardin, on dit même dans son salon, et toi…

— Moi, je ne suis pas ma mère.

— Tu veux dire que tu n'es pas noble ?

— Je veux dire que je ne suis pas d'âge à me présenter chez une personne qui ne reçoit que des gens âgés.

— Et tu regrettes peut-être d'être trop jeune, toi.

— Moi, j'aime beaucoup à être jeune, je vous assure ! répondit Julien riant des réflexions bizarres de son oncle.

L'oncle, dérouté, recommença à marcher par la chambre d'un pas saccadé et agaçant ; puis il dit à Julien :

— Tu en as pour longtemps encore ?

— Pour deux ou trois heures.

— Peut-on regarder ?

— Si vous voulez.

— Eh ! eh ! ça n'est pas mal, ça commence à venir ; mais tu barbouilles tout le fond : où mettras-tu le nom de la plante ? Je le veux en grosses lettres d'or.

— Alors je ne le mettrai nulle part. Cela nuirait à mon effet.

— Ah ! par exemple ! je veux mon nom, pourtant !

— Vous le ferez mettre en grosses lettres noires sur un médaillon en relief, en haut ou en bas du cadre doré.

— Ah bien ! c'est une idée, ça ! Si tu me fais un chef-d'œuvre, je t'inviterai à la cérémonie du baptême.

— Bah ! une cérémonie ?

— Oui, ces messieurs du Jardin du Roi viennent demain déjeuner chez moi. Je les ai invités. Je les attends, et, comme ça m'ennuie de rester en place les bras croisés, je m'en vais voir un peu chez moi si on fait bien les choses, car je veux une espèce de fête. Aie bien soin de mon lys, ne te laisse pas déranger, travaille sans désemparer. Je reviens dans une heure.

Et, comme chaque coup de pinceau, donné désormais avec entrain et certitude par Julien, semblait faire passer sur la toile la vie de la plante merveilleuse, l'oncle en fut frappé, sourit, et s'humanisa jusqu'à taper sur l'épaule du jeune homme en disant :

— Courage, mon garçon, courage ! Contente-moi, tu ne t'en repentiras peut-être pas.

Il sortit ; mais, au lieu de rentrer dans son enclos, il se dirigea machinalement vers l'hôtel d'Estrelle. Un monde d'idées confuses, riantes, chagrines, hardies, faisait extravaguer cette tête affaiblie en même temps qu'exaltée par la solitude, la richesse, l'ennui et la vanité.

— J'ai eu tort, se disait-il, de confier ma demande à cette folle de baronne. Elle s'y est mal prise : elle ne m'a pas seulement nommé ! Elle a dit que j'étais un vieux roturier, voilà tout, et la petite comtesse n'a pas deviné du tout qu'il s'agissait d'un homme bien conservé, qu'elle a loué elle-même de sa bonne santé et de sa bonne mine, d'un homme qu'elle sait généreux et grand, et dont les talents comme amateur de jardins et producteur de raretés ne sont pas à dédaigner. J'en veux avoir le cœur net. Je veux me déclarer moi-même ; je veux savoir si je dois aimer ou haïr.

Il entra résolument dans l'hôtel, et demanda à parler d'affaires à la comtesse. Elle hésita un peu à le recevoir ; elle le savait bizarre et le jugeait maniaque. Elle eût souhaité que Marcel fût présent à l'entrevue ; mais elle connaissait la susceptibilité de son vieux voisin, et elle craignait de nuire aux intérêts de Mme Thierry en refusant de le voir. Elle le fit entrer. Elle était seule, mais elle pensa qu'il serait de la dernière pruderie de s'alarmer d'un tête-à-tête avec un vieillard dont l'austérité de mœurs était avérée.

Le richard arrivait avec des idées de lutte ; il s'imaginait devoir batailler pour obtenir ce tête-à-tête. Quand il s'y trouva tout porté, et sans autre obstacle que deux minutes d'attente, quand il vit l'accueil un peu réservé, mais toujours poli et affable, de sa belle voisine, son courage l'abandonna. Comme tous les gens livrés à des pensées sans échange et sans contrôle, nul n'était plus audacieux que lui en projets : c'est cette audace qui l'avait enrichi, et il s'y fiait ; mais, comme jamais il n'avait agi que derrière la toile, il était aussi incapable de faire quelques pas en personne sur la scène du monde et de parler à une femme qu'il l'eût été de commander un navire et de traiter avec les Algonquins. Il pâlit, balbutia, remit sur sa tête le chapeau qu'il avait ôté, et tomba dans un si grand trouble, que Mme d'Estrelle, inquiète et surprise, fut forcée de venir à son aide en lui parlant la première de ce qui, selon elle, faisait l'objet de sa visite.

— Nous voilà donc en délicatesse, mon voisin, lui dit-elle avec bonté, à propos de ce malheureux pavillon, qui devait, c'était mon espoir, nous établir sur un pied de bon voisinage et de bonne intelligence ? Savez-vous que j'ai envie de vous gronder, et que je ne vous trouve pas raisonnable ?

— Je suis fou, c'est connu, répondit Antoine d'un ton bourru. A force de me le dire, on finira par me le faire croire !

— Je ne demande qu'à être détrompée, reprit Julie ; mais donnez-moi quelque bon motif pour me faire accepter l'espèce de cadeau que vous m'offrez : je vous en défie !

— Vous m'en défiez ? Alors vous voulez que je parle ? C'est assez clair… Je m'intéresse à vous !

— Vous êtes bien bon ! dit Julie avec un imperceptible sourire de raillerie ; mais…

— Mais c'est comme ça, madame la comtesse, vous êtes faite pour qu'on pense à vous… et j'y pensais, que diable !… Je me disais : "C'est dommage qu'une personne si… une dame qui, enfin quelqu'un de bien, soit sous le pourchas des recors… Je ne suis qu'un roturier, mais je me sens moins ladre que les beaux messieurs et les belles dames de sa famille." C'est pourquoi j'ai dit ce que j'ai dit, et vous l'avez pris de travers, ce qui prouve que vous me méprisez.

— Oh ! pour cela, non ! s'écria la comtesse. Vous mépriser pour une bonne action que vous vouliez faire ? Non, cent fois non ! Vous savez bien que c'est impossible !

— Alors… pourquoi refuser ?

— Ecoutez, monsieur Thierry, voulez-vous me donner votre parole d'honnête homme que vous me connaissez bien, que vous êtes bien sûr de la sincérité, du désintéressement personnel de ma démarche auprès de vous ?

— Oui, madame, je vous en donne ma parole d'honneur. Est-ce que sans ça, mordié ! je reviendrais vous voir ?

— Eh bien, j'accepte, dit Julie en lui tendant la main, mais à une condition, c'est que vous me rendrez votre bienveillance.

Le vieux Antoine perdit la tête en sentant cette petite main douce dans sa main sèche et dure. Il eut comme un éblouissement, et, ne sachant que faire de cette main de femme qu'il ne croyait pas devoir baiser et qu'il n'osait pas serrer, il la laissa retomber, et bégaya un remerciement fort embrouillé, mais empreint d'une sorte d'effusion.

— Puisque vous me traitez comme si vous étiez mon obligé, reprit Mme d'Estrelle, je vous avertis que je deviens exigeante. Je n'ai besoin, en réalité, pour le moment que de vingt mille livres. Autorisez-moi à offrir les vingt mille autres de votre part à Mme Thierry.

— Oh ! ça, ce n'est pas possible ! dit Antoine avec humeur. Elle refusera… En voilà une qui me déteste ! Je viens de lui rendre visite… Elle m'a tourné les talons et s'est sauvée dans son grenier !

— Vous avez donc eu quelque tort envers elle, mon voisin ?

— Jamais !… Si elle a voulu le comprendre autrement… Qu'elle dise ce qu'elle voudra, je suis un honnête homme.

— Elle ne m'a jamais dit le contraire.

— Elle ne vous a jamais parlé de moi ? Voyons, là, sur l'honneur, vous aussi !

— Sur l'honneur, jamais !

— Alors… tenez ! Dites-lui de me respecter comme elle le doit, et ne parlez pas de lui donner un argent qui est à vous ; car, le diable m'emporte ! si vous voulez faire cas de moi et ne pas rougir de mon amitié, je lui flanque… oui, je lui campe un joli cadeau ! Je lui rachète sa maison de Sèvres. Hein ! qu'est-ce que vous diriez de ça ?

— Je dirais, mon voisin, s'écria Mme d'Estrelle, vivement touchée, que vous êtes le meilleur des hommes !

— Le meilleur, vrai ? dit le richard flatté dans son orgueil jusqu'à l'ivresse : le meilleur, vous dites ?

— Oui, le meilleur riche que je connaisse.

— Alors ça vaut fait ! Voulez-vous venir dîner chez moi demain avec des savants, des gens d'esprit très fameux, et assister à un baptême ? Voulez-vous être marraine et m'accepter pour votre compère ?

— Oui, à quelle heure ?

— A midi.

— J'irai ! Mais avec quelqu'un, puisque vous avez des personnes qui ne me connaissent pas. J'irai avec…

— Avec ma belle-sœur, je vous vois venir !

— Eh bien, vous me le défendez ?

— Vous le défendre ? Savez-vous que vous parlez comme si j'étais votre maître, dit-il avec une sorte de fatuité mystérieuse.

— Comme si vous étiez mon père, répondit Julie avec candeur.

Un vieillard sans chasteté eût été blessé de cette parole ; mais Antoine était chaste dans sa folie, et, nous pouvons l'affirmer, il n'était pas amoureux de Julie. La comtesse seule était l'objet de sa passion. Qu'elle fût sa fille adoptive ou sa femme, peu lui importait. Pourvu qu'il pût la montrer à son austère compagnie du lendemain, à Marcel, à Julien, à Mme Thierry surtout, et à tous ses jardiniers, appuyée sur son bras ou assise à sa table, et lui témoignant une amitié filiale sans s'inquiéter du qu'en dira-t-on, il lui semblait qu'il serait parfaitement heureux ainsi.

— Et si je ne suis pas encore content, se disait-il parlant de lui-même à lui-même avec une tendresse sans bornes, je serai toujours à temps de l'apprivoiser et de l'amener au mariage, au sacrifice de son titre pour le nom de Thierry aîné, qui alors vaudra bien celui de monsieur mon frère, Thierry le peintre ! – Puisque vous êtes si gentille, dit-il à Julie, moi, je vais être gentil. Je vais faire tout ce que vous souhaitez. Chargez-vous, par exemple, d'inviter pour moi Mme André Thierry, et dites-lui que, si, par sa faute, vous manquiez au rendez-vous de demain, je ne le lui pardonnerais de ma vie.

— Je me charge d'elle, mon voisin. A demain, soyez tranquille !

— Ça vous ennuierait de dire *mon ami* ? reprit Antoine, dont la langue se déliait sous le coup du bien-être intérieur.

— Ça ne m'ennuie pas du tout, répondit Julie en riant ; mais je vous dirai ce mot-là demain, si vous tenez parole.

— Vous me le direz… publiquement ?

— Publiquement, et de tout mon cœur.

Le vieillard s'en alla en trébuchant comme un homme ivre. Dans la rue, il parlait à demi-voix tout seul, avec des yeux étincelants et des gestes emphatiques. Les passants le prenaient pour un échappé des petites-maisons.

Il suivait le mur du jardin de l'hôtel d'Estrelle, retournant machinalement voir si Julien travaillait et si son lys se portait bien. Tout à coup il se rappela que Mme d'Ancourt pouvait faire tout manquer si elle révélait à Mme d'Estrelle le nom du prétendant qu'elle lui avait signalé. Evidemment Julie ne se doutait de rien ; évidemment elle n'entendait pas malice à l'attachement du vieux voisin. Peu à peu elle pourrait bien en venir à l'accepter pour mari à force d'éprouver sa magnificence ; mais il avait voulu aller trop vite : il avait failli tout gâter. Il fallait, puisque la baronne ne lui était pas contraire, courir chez elle avant tout autre soin, lui dire où en étaient les choses et lui recommander le silence. Il sauta dans un fiacre qu'il rencontra vide, et se fit conduire à l'hôtel d'Ancourt.

Julie était vivement émue ; comme tout cœur généreux qui vient de provoquer et de mener à bien une bonne action, elle se sentait heureuse dans un sincère oubli de sa personnalité. Cet oubli fut si complet qu'elle jeta sur ses épaules un léger mantelet de soie violette et courut vers le pavillon, impatiente d'annoncer la grande nouvelle à Mme André, et de lui faire promettre de la chaperonner au repas de l'hôtel Melcy. Elle ne pensa pas plus à Julien que s'il n'eût jamais existé, ou, si elle y pensa, elle ne s'avisa pas du danger qu'elle courait de le rencontrer. Ce danger, dont, au reste, elle ignorait la gravité, lui semblait bien peu de chose au prix de l'événement qui la poussait vers sa mère. D'ailleurs, elle était seule. Personne dans son salon, personne dans le jardin. Les roses seraient-elles scandalisées de sa démarche, et les rossignols iraient-ils crier par-dessus les murs que Mme d'Estrelle entrait dans une maison où pouvait se trouver un jeune homme qu'elle n'avait jamais vu ?

Julien n'avait pas en ce moment le loisir de guetter l'approche de Julie. Il fallait peindre vite et sans distraction. Le lys ne pouvait point s'engager à ne pas se ternir et se déformer avant le dernier coup de pinceau. Mme Thierry était dans sa chambre avec Marcel, qui, après avoir échangé quelques mots avec Julien, voulait sermonner, confesser et convaincre sa tante en tête-à-tête, le sujet de sa vindicte étant resté et devant rester caché au jeune artiste.

Mme d'Estrelle frappa légèrement à la porte du pavillon. Une grosse voiture chargée de moellons passait en ce moment-là dans la rue. Le poids des roues, les cris du charretier et les claquements du fouet couvrirent le faible bruit de son signal. Pressée de voir Mme Thierry avant qu'elle fût avertie et mal disposée par quelque message bourru du bizarre Antoine, Mme d'Estrelle ouvrit résolument une première porte, puis une seconde, et se trouva dans l'atelier de Julien, seule et face à face avec lui ; car son modèle était placé dans le jour projeté de la fenêtre sur cette porte, et Julie apparut à l'artiste en pleine lumière, comme si elle venait à lui dans un rayon de soleil.

Julien s'attendait si peu à cette vision qu'il faillit tomber foudroyé. Tout son sang se porta à son cœur, et sa figure devint plus blanche que le lys de M. Antoine. Il ne put ni parler ni saluer, il resta debout, la palette en main, l'œil fixe et dans une attitude véritablement pétrifiée.

Que se passa-t-il donc d'analogue dans l'âme et dans les sens de la belle comtesse ? Il est certain qu'à la vue de ce jeune homme d'une beauté accomplie et d'un type où la noblesse des lignes ne le cédait qu'à l'intelligence de l'expression, elle se sentit saisie d'une sorte de respect instinctif ; car il n'était pas un inconnu pour elle. Elle savait toute sa vie honnête et digne, son labeur tenace à la fois ardent et régulier, son amour filial, ses sentiments généreux, l'estime et l'affection qu'il méritait, et que nul de ceux qui le connaissaient ne pouvait lui refuser. Elle avait peut-être eu quelquefois la curiosité de le voir, et sans doute elle s'était interdit d'y céder, soit qu'elle eût trouvé ce désir puéril, soit qu'elle eût pressenti quelque vague danger pour elle-même.

N'en cherchons pas plus long. Elle était apparemment toute préparée à l'invasion du sentiment qui devait décider de sa vie. Elle en reçut comme une commotion terrible ; le trouble qui paralysait Julien la saisit tout entière, et elle resta un instant aussi muette, aussi immobile que lui.

Quiconque eût vu ce beau couple sorti des mains de Dieu dans quelque région inaccessible aux préjugés sociaux, et se rencontrant dans les conditions naïves et magnifiques de la logique suprême, se fût dit sans hésiter que cette logique de Dieu avait fait cet homme superbe pour cette femme charmante, et cette femme sensible et vraie pour cet homme ardent et fier. Tout était charme et douceur dans la grâce de Julie, tout était passion et magnanimité dans la beauté de Julien. En rencontrant enfin le regard l'un de l'autre dans ce rayon du soleil de mai, tout moite des parfums de la vie nouvelle, chacun d'eux prononça intérieurement, comme un cri d'irrésistible amour, les noms que le hasard leur avait donnés, *Julie*, *Julien*, comme s'ils eussent été destinés à n'en avoir qu'un pour deux.

Il fallut donc un grand effort de volonté pour qu'ils se souvinssent de ce qui séparait leur existence sociale.

— Au fait, pensa Julie, c'est ce jeune peintre ; j'ai cru voir un demi-dieu.

— Hélas ! se dit Julien, c'est cette grande dame ; j'ai cru voir la moitié de moi-même.

Elle le salua la première et lui demanda s'il était M. Julien Thierry. Il s'inclina profondément en disant d'un air de doute hypocrite :

— Madame la comtesse d'Estrelle ?

Dérision ! comme s'ils avaient à se questionner pour prendre possession l'un de l'autre !

— Est-ce que madame votre mère est sortie ? dit la comtesse.

— Non, madame, je vais l'appeler.

Et Julien ne bougeait pas ; ses pieds étaient comme cloués au carreau.

— Elle est avec mon cousin Marcel Thierry, ajouta-t-il ; dois-je lui dire, à lui aussi, de descendre pour prendre les ordres ?...

— Que personne ne descende ! Je vais monter, si vous me montrez le chemin ; mais attendez ! ajouta-t-elle en voyant que Julien était incapable de se mouvoir. Il serait peut-être bon de prévenir madame votre mère : je ne l'ai pas vue hier ; peut-être n'est-elle pas bien portante ?

— Elle souffrait un peu en effet, répondit Julien.

— Alors... oui, vous devez la préparer à une émotion... agréable, Dieu merci, et qui pourtant peut la saisir. Faites-lui entendre doucement que je lui apporte de grandes et bonnes nouvelles de M. Antoine Thierry, relativement à la maison de Sèvres.

Julien ne sut pas et ne crut pas devoir résister au désir de remercier Mme d'Estrelle. La présence d'esprit lui étant un peu revenue, il la bénit de ce qu'elle faisait pour sa mère en des termes si émus et si délicatement sentis, qu'elle en fut pénétrée, mais non surprise. Avec sa bonne renommée et sa physionomie irrésistible, Julien ne devait pas et ne pouvait pas s'exprimer autrement. Alors la glace fut rompue et toute roideur d'étiquette fut oubliée, comme si la méfiance eût été une mutuelle injure, et ils se parlèrent un instant avec un abandon extraordinaire.

— Je suis heureuse d'avoir sauvé votre mère, dit Julie ; vous le savez bien ! Elle n'a pas pu ne pas vous dire combien je l'aime !

— Vous avez raison de l'aimer, vous ne vous en repentirez jamais. C'est un cœur digne du vôtre.

— Je voudrais pouvoir dire que le mien est, en effet, digne de sa confiance. Oh ! elle m'a bien parlé de vous !

Vous l'adorez, je le sais, et, pour ce grand amour filial, Dieu vous bénira.

— Il me bénit déjà, puisque c'est vous qui me le dites.

— Et je vous le dis de toute mon âme. Pourquoi donc ne vous le dirais-je pas ? Il y a si peu de personnes à estimer sans réserve !

— Il y en a dont l'estime est un si grand bienfait, que, pour l'obtenir, on accepterait la haine et le mépris de toutes les autres.

— Oh ! c'est une politesse que vous dites là ; vous ne me connaissez pas assez…

— Je vous connais, madame, par vos bontés, par vos grandeurs d'âme et vos délicatesses de cœur. Il faudrait être sourd pour ne pas vous connaître, aveugle pour ne pas vous comprendre, et une affection, une bénédiction de plus ou de moins autour de vous ne peut pas vous étonner, pourvu qu'elle soit humble et à jamais prosternée.

Julie sentit que le feu prenait à l'atmosphère qu'elle respirait. Elle essaya machinalement de se ravoir, mais sans trouver en elle le courage de se soustraire à ce dangereux entretien.

— Etes-vous content aussi, lui-dit elle, de recouvrer cette maison où vous avez été élevé ?

— Content pour ma pauvre mère, oh ! oui, mais pour moi… non !

— Vous aimez Paris ?

— Non, pas du tout ; mais…

Les yeux embrasés et noyés de Julien disaient assez ce qu'il pensait. Julie ne l'entendit que trop. Elle voulut parler d'autre chose ; elle regarda les toiles de l'artiste, elle loua son talent, qui se révélait à elle en même temps que son amour, et elle crut lui dire qu'elle comprenait son art ; mais en fait c'était sa passion qu'elle comprenait,

et chacune de leurs paroles trahissait la vraie préoccupation de leurs âmes. Il se fit rapidement de part et
d'autre un si grand trouble qu'ils ne savaient plus de
quoi ils parlaient, et que Mme d'Estrelle s'en prit au lys
de M. Antoine pour avoir l'air de parler de quelque chose.

— Ah ! que voilà une belle fleur, dit-elle, et comme
elle sent bon !

— Elle vous plaît ? s'écria Julien.

Et, avec l'impétuosité d'un amant ivre de joie, il brisa
la tige de l'*Antonia thierrii* et offrit l'épi superbe à Julie.

Julie ne savait rien de l'importante affaire de cette
plante ; elle n'avait pas vu Marcel depuis trois jours, et,
comme Mme Thierry évitait avec soin de prononcer le
nom de M. Antoine, rien ne lui avait été raconté. Conviée
à un baptême pour le lendemain à l'hôtel Melcy, elle
s'imaginait naturellement qu'il s'agissait d'un enfant
de quelque jardinier émérite. Enfin elle était à cent
lieues de deviner qu'en brisant cette fleur Julien brisait
tout lien avec son oncle, et jetait peut-être tout un avenir de richesse aux pieds de son idole.

Elle fit pourtant un cri d'effroi et de surprise en voyant
l'action emportée de l'artiste.

— Ah ! mon Dieu, dit-elle, que faites-vous là ? Votre
modèle !

— J'ai fini, répondit vivement Julien.

— Non, vous n'avez pas fini, je le vois bien !

— Je finirai sans modèle ; je le sais par cœur !

Et, comme, ressaisi un instant par l'amour de son
art, il jetait sur le lys un dernier regard de possession
intellectuelle, Julie replaça le lys sur sa tige en tenant
dans sa main la solution de continuité et en disant, avec
une grâce enjouée, pleine d'oubli et d'abandon :

— Je le tiens, achevez-le ; il ne se flétrira pas tout
de suite. Allons, dépêchez-vous. C'était si beau, cette

peinture ! Je ne me pardonnerais pas de vous l'avoir fait abandonner. Travaillez, je le veux !

— Vous voulez ? dit Julien éperdu.

Et, comme il y avait une autre toile blanche placée derrière son tableau, il dessina et peignit avec ardeur, avec *furia*, la délicate et charmante main de Mme d'Estrelle. Le lys n'avançait pas. Il posait là pour rien à l'insu de Julie, en attendant qu'il penchât sa tête altière pour ne plus la relever.

O oncle Antoine, où étais-tu pendant qu'un pareil forfait se commettait sans remords et sans terreur sous l'œil de la Providence endormie ou malicieuse ?

Un bruit qui se fit dans l'escalier rappela Julie à elle-même ; c'était Marcel qui descendait pour dire à Julien que sa mère consentait à revoir M. Thierry lorsqu'il rentrerait. Mme d'Estrelle, honteuse d'être surprise dans ce tête-à-tête et dans cette intimité inouïe avec l'artiste, planta précipitamment la tige de l'*Antonia* dans la terre légère et mouillée du vase. L'*Antonia* ne parut s'être aperçue de rien et continua d'être belle et fraîche. Marcel entra et ne prit nullement garde à la catastrophe.

Il avait bien assez à s'étonner de la présence de la comtesse. Celle-ci se sentait très honteuse devant lui, et Julien s'en aperçut. Aussitôt il surmonta virilement toute émotion, et, avec un sang-froid imperturbable, il annonça à Marcel que madame la comtesse venait d'entrer et qu'elle désirait parler à sa mère. En même temps, il avançait un fauteuil à Julie, comme si elle ne se fût pas encore assise, et il sortait pour avertir Mme Thierry, en saluant son hôtesse avec une aisance respectueuse.

Mme d'Estrelle sut un gré infini à l'artiste de cette soudaineté de résolution. Elle sentit à ce léger indice que ce n'était pas là un enfant capable de la compromettre par des ingénuités fâcheuses, mais un homme tout prêt et tout armé pour la protéger envers et contre tous, pour la préserver au besoin de ses propres témérités. Elle l'en aima tout à fait, mais elle sentit bien aussi qu'il était le maître de sa destinée, puisqu'il y avait déjà entre eux un secret à cacher au regard investigateur de leurs amis communs.

Pendant qu'elle essayait de résumer rapidement à Marcel sa conversation avec M. Antoine, Julien entrait chez sa mère. Elle vit sur son visage un tel rayonnement, qu'elle s'écria :

— Mon Dieu, que tu as de beaux yeux ce matin ! Qu'est-ce qui vient donc d'arriver ?

— Mme d'Estrelle est en bas, dit Julien. Elle t'apporte la joie et la consolation. Elle a amené M. Antoine à te racheter ta chaumière. Vite ! Relève tes coiffes et viens remercier ton bon ange.

Mme Thierry, surprise, ravie et en même temps désolée, car l'œil de la mère ne pouvait plus s'y méprendre et voyait bien la passion contenue sous l'apparente franchise de Julien, éprouva un tel saisissement qu'elle fondit en larmes.

— Eh bien, eh bien, dit Julien, qu'est-ce que c'est ? Pauvre mère, si courageuse dans le malheur, ne peux-tu supporter la joie ? Allons, laisse pendre tes coiffes, puisque tu ne peux pas les relever, et descends comme tu es… Mme d'Estrelle te verra pleurer de plaisir, et cela ne lui fera pas de peine, va !

— Julien ! Julien ! dans mon plaisir, j'ai de la peine, moi ! et de la peur surtout !

— Tu crains d'avoir à remercier M. Antoine ? Allons, boudeuse ! c'est se montrer trop enfant !

Mme Thierry était près de s'évanouir. Julien s'impatientait presque contre elle, car cette émotion lui faisait perdre des minutes, des secondes qu'il eût pu passer auprès de Julie. Marcel, qui était ravi des bonnes nouvelles apportées par elle, s'impatienta aussi du retard de sa tante, et monta pour hâter son apparition. Julie resta donc seule quelques instants dans l'atelier.

Ces instants, rapides à coup sûr, comptèrent plus tard dans ses souvenirs comme un siècle de vie, car la lumière se fit dans son âme d'un seul jet éblouissant. "Ton bonheur est trouvé, lui disait une voix intérieure douée d'une autorité souveraine : il est ici. Il n'est point ailleurs que dans la possession d'un amour immense, au sein d'une existence cachée et enfermée étroitement. La mère de Julien a connu et savouré ce bonheur durant toute sa jeunesse. Le commerce du monde et l'aisance n'ont rien ajouté à sa félicité. Ils l'ont plutôt amoindrie par des préoccupations étrangères à l'amour. Oublie le monde, tu en vaudras mieux. Compte avec tout ton passé, qui t'a leurrée et mise en guerre contre toi-même. Réconcilie-toi avec tes origines, qui tiennent plus au tiers qu'à la noblesse ; avec ta conscience, qui te reproche d'avoir écouté les conseils de la fausse gloire et cédé aux menaces de parents ambitieux ; rentre en grâce auprès de Dieu qui abandonne les âmes éprises des faux biens, sois vraie, sois forte comme ce jeune homme qui t'adore, et qui vient de te révéler dans un regard la plus grande et la plus noble passion que tu inspireras jamais."

Et, tout en écoutant cette voix mystérieuse de son propre cœur, Julie regardait autour d'elle et s'étonnait de sentir un calme divin succéder aux agitations qui l'avaient bouleversée. Elle savourait le charme d'un petit phénomène bien simple. Sa vue courte saisissait, dans un local beaucoup plus étroit que ceux auxquels elle était habituée, le détail de tous les objets environnants. C'était une bien humble demeure que ce pavillon

Louis XIII ; mais elle était rajeunie par un goût d'arrangement qui révélait l'artiste amoureux d'élégance jusque dans la pauvreté. La construction n'était pas laide par elle-même. La profonde et large embrasure de la fenêtre où la veuve avait installé, comme dans un petit sanctuaire, son fauteuil, son rouet, son guéridon et son coussin de pied, donnait un aspect d'intimité flamande à cette partie de l'atelier ; le reste avait été restauré assez récemment, mais dans les conditions d'une stricte économie. Des boiseries grises toutes nues, avec quelques encadrements en relief, des lignes droites partout, mais dessinant des proportions harmonieuses, un plafond blanc peu élevé, mais n'écrasant rien ; au-dessus des portes, un ovale en guirlande sculpté sur bois et très sobre de feuillage, peint, ainsi que les baguettes des panneaux, en gris plus foncé que le reste ; deux ou trois belles toiles de fleurs et de fruits, ouvrages estimés d'André Thierry, quelques ébauches et deux petites études de Julien, une grande vasque de faïence de Rouen, posée sur une console, contre une glace, et toute remplie de fleurs naturelles et de grands rameaux jetés avec grâce et pendant jusqu'à terre ; un petit tapis devant le canapé, deux ou trois chevalets, des coquilles, des boîtes d'insectes, des statuettes et des gravures sur une grande table ; un ameublement tout en bois de chêne, à fond de canne, une petite harpe, seul objet brillant qui fit chatoyer ses vieilles dorures dans un coin sombre : certes il n'y avait rien dans tout cela qui sentît un grand bien-être ; mais sur tout cela il y avait un vernis de propreté assidue et une fraîcheur en même temps qu'une douceur d'éclairage qui disposait à la rêverie. L'atelier était un peu assombri par les lilas trop voisins et trop touffus du jardin ; mais ce jour verdâtre avait une poésie étrange, et il y planait je ne sais quel recueillement ému dont Julie se sentit pénétrée. Que fallait-il de plus que cette retraite si petite et si humble pour savourer les joies de l'âme et les ivresses sans fin de la sécurité morale ? De quoi servait à Julie d'avoir des meubles somptueux, mille babioles qu'elle ne regardait jamais sur ses étagères, des plafonds bleus à étoiles d'or sur sa tête, des tapis des Gobelins sous ses pieds, des vases de Sèvres pour mettre ses bouquets, des laquais galonnés pour lui annoncer ses amis, des éventails de Chine plein ses poches et des diamants plein ses écrins ? Tout cela ne l'avait amusée qu'un jour, et quels jouets peuvent distraire un cœur qui s'ennuie ? Cette vie austère et laborieuse de Julien, son touchant tête-à-tête perpétuel avec sa mère, son amour caché, prosterné, comme il l'avait dit lui-même, n'était-ce pas quelque chose de plus pur et de plus grand que l'existence et l'hommage d'un grand seigneur frivole ou blasé ?

Un moineau apprivoisé par Julien, et qui vivait en liberté sur les arbres voisins, entra dans l'atelier et vint se poser familièrement sur l'épaule de Julie. Etonnée un instant, elle crut à quelque prodige, à un augure antique, présage de bonheur ou de victoire. Elle était réellement enivrée.

Mme Thierry entra enfin toute troublée et tout attendrie. Elle avait exigé qu'on la laissât seule un instant avec la comtesse. Elle se jeta à ses pieds, et, forcée par elle de se relever bien vite, elle lui parla ainsi :

— Vous êtes bonne comme les anges, ma belle voisine. Soyez mille fois bénie ! Mais voyez ma douleur en même temps que ma joie : mon fils, mon cher Julien est perdu s'il ne renonce bien vite à l'espérance de vous revoir jamais. Il vous aime, madame, il vous aime éperdument ! Il m'a trompée, il m'a dit qu'il vous avait à peine aperçue de loin ; mais il vous voit tous les jours, il vous contemple à la dérobée, il s'enivre, il se tue à vous regarder. Il ne mange plus, il ne dort plus, il n'a plus de gaieté, ses yeux se creusent, sa voix sonne la fièvre. Il n'a jamais aimé, mais je sais comment il aimera, comment il aime déjà. Hélas ! c'est un caractère exalté avec un esprit d'une constance extraordinaire. Découragez-le, madame, s'il est possible, en ne le regardant pas, en ne lui disant pas un mot, en ne le revoyant jamais. Ayez pitié de lui et de moi, ne venez plus chez nous ! Dans quelques jours, nous partirons ; l'absence le guérira peut-être… Si elle ne le guérit pas, je ne sais pas ce que je ferai pour ne pas mourir de douleur.

Mme Thierry pleurait à sanglots, et ses larmes avaient une éloquence de conviction qui porta le dernier coup à Julie. Tout son rêve de bonheur semblait devoir s'évanouir devant ce désespoir maternel. Cette délicieuse rêverie qui l'avait bercée, n'était-ce pas une divagation dont elle-même sourirait en franchissant le seuil de son hôtel ? Etait-elle décidée à briser tous les liens du monde pour se jeter dans les bras d'un homme qu'elle venait de voir pour la première fois ? Cela était absurde à se persuader, et Mme Thierry avait mille fois raison de le regarder comme impossible. Julie fit un effort pour penser comme elle et pour chasser le vertige qu'elle venait de subir ; mais il faut croire que le charme en avait été bien puissant, car il lui sembla que la raison venait lui arracher le cœur de la poitrine, et, au lieu de trouver quelque chose de digne et de sensé à répondre pour rassurer cette pauvre mère, elle se jeta dans ses bras, et, comme elle, fondit en larmes.

Ces pleurs causèrent à Mme Thierry une surprise à perdre la tête. Elle n'osa pas en demander l'explication ; elle n'en eut pas le temps d'ailleurs, Julien rentra avec Marcel.

— Voyons, chère mère, dit-il, tu pleures trop, et je suis sûr que tu oublies de remercier madame et de prendre un parti. Marcel vient de me dire qu'il te fallait remercier aussi M. Thierry en personne, et aller chez lui demain pour…

En ce moment, Julien, qui s'efforçait de voir le visage de Julie, tourné vers la fenêtre, aperçut le mouvement furtif qu'elle faisait pour cacher et essuyer ses larmes. Il retint un cri et fit involontairement un pas vers elle. Marcel, qui vit ce trouble étonnant des deux femmes, et qui n'y comprit rien, sinon que Mme Thierry avait mal aux nerfs, et qu'elle avait dit je ne sais quoi de trop émouvant à la comtesse, essaya de reprendre la phrase interrompue de Julien pour renouer la conversation.

— Oui, oui, dit-il, nous assistons demain au baptême de…

Mais il fit comme Julien, il resta l'œil fixe et la bouche entr'ouverte, sans pouvoir articuler un mot de plus ; car il venait de jeter un coup d'œil non sur Julie, mais sur la plante qu'il allait nommer, et il la voyait réduite à un paquet de fleurs caulinaires d'où sortait une hampe brisée, humide d'une sève qui retombait en larmes.

— Où est-elle ? s'écria-t-il avec stupeur. Qu'en as-tu fait, grand Dieu ? Julien, où est l'*Antonia* ?

Personne ne répondit. Mme Thierry regardait Julien, qui ne regardait que Mme d'Estrelle, et Mme d'Estrelle, qui n'était au courant de rien, ne savait que penser de l'épouvante ingénue de son procureur.

— Que cherchez-vous donc ? dit-elle en se levant.

Et, en se levant, elle fit tomber à ses pieds l'*Antonia*, que, dans le moment où elle s'était trouvée seule, elle avait reprise au vase et posée assez tendrement sur ses genoux. Mme Thierry comprit tout de suite ; Marcel ne fit que constater. Il ne devina nullement.

115

— Ah ! madame ! s'écria-t-il, à une autre que vous je dirais qu'elle nous ruine ! Mais à vous que peut-on dire ?… Et, après tout, quand il s'agit de vous, que peut-on craindre ? L'oncle Antoine pourra-t-il vous en vouloir, puisque vous ne saviez pas ? Julien ne vous avait donc rien dit ?

— Sans doute, dit Mme Thierry, Julien n'a rien expliqué à notre bienfaitrice ; mais elle doit bien voir que tout le monde ici n'est pas raisonnable, et qu'en voulant nous faire du bien, elle risque d'aggraver nos maux.

— C'est toi, mère, qui n'es pas raisonnable, s'écria Julien avec vivacité. Vraiment je ne te comprends pas aujourd'hui ! Tu es trop émue ; tes paroles trahissent tes pensées… Il semble qu'au lieu de remercier Mme d'Estrelle, tu lui fasses part de je ne sais quels rêves…

Julien grondait sa mère, qui se reprenait à pleurer. Marcel, voyant la stupeur de Mme d'Estrelle, la prit à part et lui donna en trois mots la clef du mystère, en même temps que la preuve pour ainsi dire palpable de l'ardente passion du jeune artiste. Profondément touchée d'abord, elle rassembla ses forces et retrouva sa présence d'esprit pour conjurer le coup qui menaçait la famille.

— Laissez-moi faire, dit-elle à Mme Thierry en s'efforçant d'être gaie ; je prends tout sur moi. C'est moi qui ai commis la faute, c'est à moi de la réparer.

— La faute ! Quelle faute ? s'écria Julien.

— Oui, oui, c'est moi qui ai pris envie de cette fleur et qui vous l'ai demandée !… Non ! qu'est-ce que je dis ? je perds l'esprit ! C'est moi qui l'ai brisée, oui, moi-même, une sotte fantaisie… une distraction ! Vous n'étiez plus là… Je suis maladroite, je ne vois pas bien clair… Enfin j'expliquerai tout cela à votre oncle. Eh ! mon Dieu, que voulez-vous qu'il fasse ? Il ne me battra pas. Je lui demanderai humblement pardon ; il n'est pas si méchant !

— Hélas ! dit Mme Thierry, il est malheureusement fort méchant quand on le blesse, et, s'il savait que Julien a commis ce sacrilège…

— C'est donc Julien décidément ? dit à son tour Marcel ébahi. Voilà qui est bien étrange !

— Eh bien, oui, c'est moi, c'est moi seul ! reprit Julien avec feu, et il n'y a rien d'étrange à cela…

— Si fait ! lui dit tout bas Marcel, qui ouvrait enfin les yeux sur le fond de la mésaventure. Tu es un peu trop fou, mon garçon, et il faut que ton cœur soit devenu aussi léger que ta cervelle pour sacrifier ainsi l'avenir de ta mère et le tien, sans compter que Mme d'Estrelle est trop bonne, et qu'elle eût mieux fait de te remettre à ta place.

— Tais-toi, Marcel, tais-toi ! dit Julien, tu déraisonnes ; tu ne comprends pas…

— Je comprends trop, reprit Marcel, et, par ma foi, je suis comme ta mère à présent, je dis que tu perds l'esprit !

Ce dialogue à voix basse se passait dans l'embrasure de la fenêtre, tandis que les deux femmes parlaient ensemble auprès du vase où Mme Thierry essayait de replanter de nouveau la tige du lys décapité, parlant au hasard et sans rien dire qui eût le sens commun : car le plus grand sujet de son trouble n'était pas l'*Antonia*, mais bien plutôt l'orage de passion qui avait amené sa perte. Tout à coup Julien, qui avait l'habitude de toucher le rideau et d'interroger la fente par laquelle il voyait dans le jardin, imposa brusquement silence à Marcel en lui saisissant le bras et en lui disant tout à fait bas :

— Pour Dieu, tais-toi donc ! Il y a là quelqu'un qui nous écoute !

IV

Il y avait quelqu'un en effet, et il était trop tard pour se taire. L'oncle Antoine avait tout entendu. Comment il se trouvait là, furtif, espionnant, dans le jardin de Mme d'Estrelle, c'est ce que nous saurons bientôt. Marcel saisit le mouvement de Julien, distingua la fente du rideau, et, se penchant à son tour, il vit le Croquemitaine aux écoutes. Il quitta la croisée et avertit Mme d'Estrelle. Un instant on se parla en pantomime. On n'avait encore pu prendre aucun parti lorsque Antoine, n'entendant plus rien, frappa à la porte du jardin.

C'était un peu comme l'arrivée de la statue au festin de Pierre. Julien allait résolument lui ouvrir, quand Mme d'Estrelle s'avisa rapidement de la scène ridicule que provoquerait sa présence, ou de l'éclat fâcheux que son absence pourrait autoriser. Elle prit son parti à l'instant, retint d'autorité Julien en posant sa main sur le bras frémissant du jeune artiste, et, faisant à lui et aux autres le signe de ne pas bouger, elle passa dans le vestibule, ouvrit elle-même la porte et se trouva en face de M. Antoine. Bien qu'il eût préparé son rôle, il se trouva un peu surpris, lui qui croyait surprendre son monde.

— Vous, mon voisin ? lui dit Julie jouant l'étonnement. Que faites-vous donc là ? Vous êtes donc revenu à l'hôtel ? Qui vous a dit où j'étais ? Et quelle idée avez-vous de traverser mon jardin ?…

Et, sans écouter sa réponse, elle passa son bras sous celui de l'horticulteur et l'entraîna à une certaine distance du pavillon, au bord de la petite pièce d'eau qui marquait le centre de la pelouse en face de l'hôtel.

— Mais… c'est que j'allais au pavillon, bégaya M. Antoine.

— Je le pense bien, puisque je vous ai trouvé à la porte.

— J'y allais… à bonnes intentions ; mais…

— Qui en doute ? Ce n'est certainement pas moi, mon ami.

— Ah ! voilà que vous m'appelez enfin comme je veux ! Eh bien, alors… vous voulez me parler seul à seul, je vois… Moi de même ; je vous veux entretenir d'une idée…

— Asseyons-nous sur ce banc, mon voisin, je vous écouterai ; mais, auparavant, vous m'entendrez, vous, car j'ai une confession à vous faire.

— Bon ! bon ! je la sais, votre confession ; vous avez cueilli mon lys ?

— Ah ! mon Dieu ! Comment le savez-vous ?

— J'ai entendu quelques mots, et j'ai deviné le reste. Pourquoi l'avoir cassée, cette pauvre fleur ? Ne pouviez-vous me la demander ? Ne pouviez-vous attendre à demain ? Je comptais vous la donner.

— Mais… si je ne l'ai pas fait exprès ?

— Vous ne l'avez pas fait exprès ?

Julie sentit qu'elle rougissait, car Antoine l'examinait attentivement, et il y avait de l'ironie moitié amère, moitié tendre dans ses petits yeux noirs.

— Eh bien, vrai, reprit-elle espérant se sauver par un expédient jésuitique, c'est contre mon gré que ce malheur est arrivé !

120

— A la bonne heure, répondit Antoine, qui l'examinait toujours, dites comme ça, j'aime mieux ça.

— Vous aimez mieux ça… que quoi ?

— Oui, mordié ! Voyons, abandonnez la mauvaise cause que vous voulez plaider ; condamnez franchement la sottise et la déloyauté de maître Julien ; laissez-moi le punir comme je l'entendrai…

— Mais où prenez-vous que maître Julien… ?

— Ah ! n'essayez plus de mentir, s'écria M. Antoine en se levant par un bondissement de tout son petit être irritable et passionné ; ça ne vous va pas de mentir, vous ne savez pas ! Et puis c'est inutile, je vous dis que j'ai entendu, et, comme je ne suis pas un imbécile, j'ai conclu… Julien vous trouve à son gré, et le drôle voudrait bien vous en conter, s'il osait !

— Monsieur Thierry ! Que dites-vous là ?

— Je dis… je dis les choses comme elles sont. Mademoiselle de Meuil était aussi fière que vous pouvez l'être ; mon frère André lui en a conté, et il a fini par se faire entendre. Tous les hommes et toutes les femmes sont faits du même bois, allez ! Il n'y a qu'un mot qui serve : Julien vous plaît-il, oui ou non ?

— Monsieur Thierry, si je ne connaissais votre bon cœur, votre mauvais ton me révolterait ! Veuillez me parler autrement, ou je vous quitte.

— Ah ! vous avez envie de vous fâcher ? La fierté vous reprend, et vous allez me tourner le dos ? Pourquoi ? Tout cela ne vous regarde pas, vous ! Julien a fait la sottise, c'est à lui de la payer.

— Non, M. Thierry, c'est à moi… Je suis la cause maladroite de l'accident ; si je n'avais pas admiré et vanté cette fleur d'une manière indiscrète… Il s'est cru obligé de me l'offrir… la politesse…

— Mauvaises raisons, mauvaises raisons, ma belle dame ! Le drôle savait fort bien que j'aurais jeté à vos pieds la fleur, la plante, le jardin et le jardinier par-dessus le marché. S'il ne le savait pas, il devait le deviner, et, dans tous les cas, il n'avait pas le droit de faire le galant avec mon bien ; c'est un rapt, c'est un abus de confiance et un vol. Il s'en mordra les doigts, et sa chère maman saura ce qu'il en coûte d'avoir un fils élevé à faire mal à propos l'homme de cour avec les grandes dames.

— Voyons, mon voisin, s'écria Mme d'Estrelle déso-lée et impatientée, vous n'allez pas leur retirer vos bon-tés ; vous n'allez pas me faire mentir, moi qui vous ai mis sur le piédestal ; vous n'allez pas rompre les liens d'amitié que vous m'avez fait contracter aujourd'hui avec vous, pour une fleur de plus ou de moins dans votre collection ? Votre fortune est au-dessus d'une perte si réparable.

— Vous en parlez à votre aise ! Il y a des sujets que des millions ne pourraient remplacer, et qu'un homme de goût regarde comme tout à fait hors de prix !

— Ah ! mon Dieu ! mon Dieu ! qui pouvait deviner cela ?

— Julien le savait.

— Non ! c'est impossible !

— Je vous dis qu'il le savait.

— Alors il est fou ; mais ce n'est pas la faute de sa mère : elle n'était pas là.

— C'est la faute de sa mère ! Elle l'encourage à vous aimer, elle se faufile auprès de vous pour vous amener à faire ce qu'elle a fait pour son mari.

— Non ! pour cela, je vous le jure, non, monsieur Thierry ! Elle est désespérée…

— De quoi ? Ah ! vous voyez bien qu'elle vous en a parlé, et que vous saviez les prétentions du jeune homme ?

Mme d'Estrelle lutta vainement. Toute la prudence de son sexe, toute la fierté de son rang, toute sa finesse naturelle et tout son usage du monde échouèrent contre la logique étroite et brutale du richard. Elle se trouva prise dans un étau et se sentit honteuse, maladroite, dévoilée, sans ressources, au bout d'une impasse. Que faire ? Mettre à la porte ce cuistre qui lui faisait subir un interrogatoire révoltant, par conséquent abandonner la cause des pauvres Thierry et les livrer à sa vengeance, ou bien se contenir, se défendre tant bien que mal, et se soumettre à l'humiliation de la plus déplacée des semonces ?

— Il paraît, dit-elle avec une résignation doulou-reuse, que j'ai commis une grande faute en pénétrant dans ce pavillon ! J'étais loin de m'en aviser, je n'avais jamais vu maître Julien Thierry, et je m'en allais, glo-rieuse de vos bonnes promesses, porter la joie à sa pauvre mère ! Me voilà bien punie d'avoir été enthou-siasmée de vous à ce point, monsieur Thierry, puisque vous vous croyez en droit de m'apostropher comme une petite fille et de me demander compte de la plus innocente, sinon de la plus honnête des démarches qu'une femme puisse faire auprès d'une autre femme !

— Aussi ce n'est pas vous que je blâme, reprit M. Antoine, adouci d'un côté et d'autant plus irrité de l'autre ; ce sont les vrais coupables que je condamne sans appel. Et savez-vous ce qui serait arrivé si j'étais entré sur le coup, au moment où maître Julien cassait mon lys ? J'aurais cassé maître Julien, moi ! Oui, aussi vrai que je vous le dis, voilà une tête de canne qui lui aurait fendu sa tête de peintre !

Mme d'Estrelle fut effrayée de l'air de méchanceté exaltée de M. Antoine ; elle eut vraiment peur de lui, et regarda involontairement autour d'elle, comme pour chercher protection au cas où la crise se tournerait contre elle-même. Il lui sembla entendre comme un frémissement dans l'épais feuillage qui enveloppait le banc, et, bien que ce ne fût peut-être que le sautillement d'un oiseau dans les branches, elle se sentit vaguement rassurée.

— Non, mon voisin, reprit-elle avec une courageuse douceur : vous ne me ferez pas croire que vous soyez un méchant homme, et vous ne ferez rien de méchant contre personne. Vous vous en prendrez à moi seule, dans les limites de votre droit. Vous me gronderez… et j'accepterai la remontrance. Je vous promettrai ce que je me suis déjà promis à moi-même, de ne remettre jamais les pieds dans ce pavillon. Que puis-je faire de plus ? Voyons, parlez.

En ce moment, le feuillage s'agita un peu plus, et le moineau apprivoisé de Julien vint se poser sur l'épaule de Mme d'Estrelle, comme un messager dépêché par lui pour lui demander grâce. Elle fut émue de cette petite circonstance plus qu'elle ne voulut se l'avouer, et elle prit dans le creux de sa main avec une sorte de tendresse la bestiole, déjà familiarisée avec elle.

— Hum ! fit M. Antoine, dont les yeux perçants semblaient armés de divination : vous avez là une drôle de compagnie ! C'est à vous, ça ?

— Oui, répondit Julie, qui redoutait quelque vengeance contre Julien.

— Un moineau franc ! Vilaine bête ! Ça ne fait que du mal. Si ce n'était pas à vous… C'est Julien qui vous l'a donné ?

— Ah çà ! vous ne rêvez que Julien ! dit Mme d'Estrelle, perdant patience, et je ne sais vraiment pas quelle allure prend notre explication. Je me repens beaucoup de ce qui est arrivé, je regrette extrêmement d'en avoir été la cause ; mais ne pouvez-vous me dire comment je peux la réparer, au lieu de me décocher toutes ces insinuations blessantes ?

— Vous voulez que je vous le dise ?

— Oui ! n'ai-je pas promis d'aller chez vous demain pour une fête de famille ?

— Le baptême de ma pauvre *Antonia* ? Il n'est plus question de ça. L'enfant est mort, ou tout au moins défiguré. C'est à un enterrement que je devrais convier mon monde. Et, d'ailleurs, voyez-vous, inviter Mme André, faire contre fortune bon cœur avec monsieur son fils, tout ça ne me va guère... tout ça ne me va plus, à moins que...

– Parlez donc, dit vivement Mme d'Estrelle, qui commençait à croire que le richard, se repentant de sa munificence, songeait peut-être à réduire le prix offert pour le pavillon. Je souscris à tout ce qui pourra vous dédommager et vous consoler.

Maître Antoine n'avait aucune mesure dans sa vanité. Mme d'Ancourt, qu'il avait vue une heure auparavant, lui avait, par dépit contre Julie, monté la tête en le confirmant dans ses espérances audacieuses. Il était revenu avec l'intention de se déclarer. Ne trouvant pas Julie dans son salon, il s'était enhardi à la surprendre dans son jardin. L'incident du lys brisé semblait précipiter l'occasion. Il eut un vertige de fatuité folle, il se déclara.

— Madame, dit-il, vous m'y poussez avec vos jolies paroles et vos airs de douceur ; je vais risquer le tout pour le tout, moi, et, si la chose vous fâche, le tort sera de votre côté. Voyons ! vous n'êtes pas riche, et je sais que vous n'êtes pas née sur les marches d'un trône. Je crois bien que vous n'êtes pas fière non plus, puisque vous allez dans l'atelier d'un petit peintre et que vous acceptez ses hommages... à mes dépens !... histoire de rire ! N'importe. Rions-en, mais finissons par quelque chose de raisonnable. Julien a beau avoir des ancêtres du côté de sa mère, c'est mon neveu, c'est un roturier. Le méprisez-vous donc pour ça ?

— Non certes !

— Son tort est donc d'être pauvre ? Mais, s'il était riche, très riche, voyons, qu'est-ce que vous diriez ?

— Vous voulez le doter pour que je l'épouse ? s'écria Mme d'Estrelle stupéfaite.

— Qu'est-ce qui vous parle de ça ?

— Pardon ! j'ai cru…

— Vous avez cru que je vous proposais une sottise ! Qu'est-ce qu'un artiste ? J'aurais beau le doter, ce n'est pas l'argent gagné par moi qui le relèverait à vos yeux, je pense. La considération appartient à ceux qui ont fait eux-mêmes leur sort et qui se sont donné du mérite par leur esprit dans les affaires. Allons, vous m'entendez bien ! C'est un bon parti, c'est une grosse fortune et un nom qui fait un certain bruit que je vous propose. C'est un homme qui fera toutes vos volontés durant sa vie et qui vous laissera tout son bien après sa mort, un homme qui n'a ni anciennes maîtresses, ni enfants de contrebande, ni dettes, ni soucis, ni attaches d'aucun genre. Enfin, c'est un homme qui serait votre grand-père et qu'on ne vous accusera pas d'avoir choisi par caprice et par galanterie, mais qui fera honneur à votre bon sens et à votre délicatesse, car vous avez des dettes, plus de dettes que d'avoir ! J'en sais le chiffre, moi ! Il est gros, et, si Marcel calculait bien, il ne vous dirait pas de vous endormir. Réfléchissez, la ! De grosses misères vous attendent si vous dites non, tandis que tout le monde vous saura gré de vous acquitter par un mariage de raison… Vous voilà bien étonnée, et pourtant votre amie la baronne vous avait fait entendre ; mais elle ne vous a pas dit le chiffre peut-être ?

— Cinq millions, n'est-ce pas ? reprit Julie, qui était devenue pâle et hautaine. C'est de vous qu'il s'agissait, et c'est de vous-même que vous me parlez ?

— Eh bien, après ? Ça vous scandalise, ça vous offense ?

— Non, monsieur Thierry, répondit Julie avec un effort suprême. Je suis, au contraire, très honorée de vos offres ; mais…

— Mais quoi ? Mon âge ? Croyez-vous que je veuille faire ici l'amoureux ? Non ! Dieu merci, je n'ai jamais eu ce travers-là, et, à l'âge que j'ai, je ne suis pas ridicule. Je ne veux qu'être votre père par contrat et trouver dans le mariage un moyen de vous choisir pour mon héritière. Allons, c'est assez parler. Il faut me dire oui ou non, car je ne suis pas d'un caractère à rester dans le doute, et je ne veux pas être humilié, entendez-vous ?

M. Antoine parlait d'un ton d'autorité singulière : Julie craignit qu'un refus ne l'exaspérât.

— Vous allez trop vite, lui dit-elle ; je suis, moi, précisément d'un caractère indécis et timide. Il faut me laisser le temps de la réflexion.

— Alors… vous ne dites pas non ? reprit le vieillard, évidemment flatté de l'espérance qui lui était laissée.

— Je ne dis rien, répondit Mme d'Estrelle, qui s'était levée et se rapprochait de son hôtel avec anxiété. Vous me voyez toute bouleversée d'une offre à laquelle je ne m'attendais pas. Donnez-moi quelques jours pour y penser, pour me consulter… Vrai, je suis très émue, très touchée de votre amitié et aussi très effrayée, car je m'étais juré de rester libre ! Adieu, monsieur Thierry, laissez-moi ! J'ai vraiment besoin d'être seule avec ma conscience, et je ne veux pas que vous cherchiez à la surprendre par vos bontés.

Julie s'échappa, et l'oncle Antoine sortit, oubliant le pavillon, le tableau, le lys, oubliant toute chose, et en proie à une fièvre d'espérance qui le faisait extravaguer plus que jamais ; mais, quand il se trouva dans la rue de Babylone devant le pavillon, il lui prit une furieuse envie de tourmenter, d'intriguer et de stupéfier son monde. Il sonna et fut reçu par Marcel, qui attendait avec inquiétude le résultat de sa conférence avec Julie.

— Eh bien, lui dit-il brusquement, où est ma plante ? Et maître Julien a-t-il fini ma peinture ?

— Entrez dans l'atelier, dit Marcel ; vous verrez votre peinture terminée, et votre lys aussi frais que s'il ne lui était rien arrivé.

— Oui, oui, grommela ironiquement Antoine, ça lui a fait du bien d'être cassé !

Et il entra dans l'atelier le chapeau sur la tête, et sans regarder, sans voir sa belle-sœur, qui était pensive et fort abattue sur son petit fauteuil de canne, dans l'embrasure de la fenêtre. Il alla droit à son lys, il en examina la fracture et regarda attentivement l'épi, qui continuait à fleurir dans la terre humide. Il regarda ensuite le portrait de l'*Antonia* et dit :

— J'en suis content ; mais tu n'auras pas ma pratique, toi !

Puis il marcha dans l'atelier, passa près de Mme Thierry et la vit, porta la main au bord de son chapeau en disant d'un ton rogue : "Votre serviteur, madame !" revint vers Marcel, lui rit au nez sans cause, comme un homme égaré, et enfin se dirigea vers la porte, furieux de n'avoir rien trouvé à dire pour se venger, sans perdre la bonne opinion que sa *fiancée* devait conserver de sa conduite. Marcel, qui vit son angoisse, le retint.

— Çà, mon oncle, lui dit-il, il faudrait bien savoir où nous en sommes ! La comtesse d'Estrelle a-t-elle obtenu notre grâce, ou bien faut-il que je vende mon étude pour payer le dégât ?

— La comtesse d'Estrelle, répondit le vieillard, est une personne avisée, qui sait faire la différence entre des gens sans cervelle et un homme de bon sens. Vous en verrez la preuve un jour ou l'autre.

Mme Thierry, qui ne pouvait supporter les airs extravagants de son beau-frère, et qui se crut bravée par lui, se leva pour remonter à sa chambre. Antoine s'inclina imperceptiblement, et reprit :

— Je ne dis pas ça pour vous, Mme André. Je ne vous dis rien !…

— Je ne vous dis rien non plus, répondit la veuve d'un ton dont elle voulut en vain, par prudence, étouffer l'amertume dédaigneuse.

Et, saluant M. Antoine, elle se retira.

Julien rongeait son frein en silence, incapable de s'humilier en excuses, et Marcel suivait d'un œil perçant les mouvements gauches et désordonnés de l'horticulteur.

— Qu'est-ce que vous avez, mon oncle ? lui dit-il quand Mme Thierry fut sortie. Vous couvez quelque chose de bon ou de mauvais ? Dites-nous la vérité, ça vaudra mieux.

— La vérité, la vérité… répondit M. Antoine, on la verra, on la connaîtra à son jour et à son heure, la vérité ! Et tout le monde n'en rira peut-être pas !

Julien, qui peignait toujours, perdit patience. Il déposa sa palette et son appuie-main, et, ôtant le mouchoir négligemment roulé que les peintres de cette époque portaient, en guise de bonnet, dans leur atelier, il alla droit à M. Thierry, dont il interrompit forcément la promenade agitée et bruyante. Alors, d'un air sérieux et d'un ton très ferme, il lui demanda l'explication de ses vagues menaces.

— Monsieur mon oncle, lui dit-il, vous avez l'air de vouloir me pousser à bout ; mais je ne manquerai pas pour cela au respect que je vous dois. Considérez seulement, je vous prie, que je ne suis pas un enfant qu'on puisse faire trembler en fronçant le sourcil et en prenant une grosse voix. Vous feriez mieux de voir et de comprendre ce qui est, c'est-à-dire le chagrin véritable que j'éprouve de vous avoir déplu. Comment ce malheur m'est arrivé, ne me le demandez pas : un oubli, une distraction, ne s'expliquent pas ; mais, le fait accompli, que voulez-vous faire pour m'en punir, ou qu'exigez-vous de moi pour que je l'expie ? Me voilà tout prêt à vous prouver mon repentir ou à subir les conséquences de ma faute. Prononcez, et ne menacez plus, ce sera plus digne de vous et de moi.

M. Antoine resta court, insensible en apparence, mais au fond très mortifié de la supériorité d'attitude que l'accusé avait en ce moment sur le juge. Il eut même une certaine peur d'être ridicule, et, pour en finir, il lui vint une idée diabolique.

— Tout dépend de Mme d'Estrelle, dit-il. Si elle le veut, si elle l'exige, je fais pour ta mère, nonobstant ta vilaine action, tout ce que j'avais promis, et même je te pardonne ; mais c'est à la condition qu'elle viendra demain chez moi avec vous autres, comme, de son côté, elle l'avait promis tantôt.

— Eh bien, dit Marcel, si tout est raccommodé, ne lui avez-vous pas rappelé tout à l'heure le rendez-vous convenu ?

— Toi, procureur, je ne te parle pas, répondit Antoine ; fais-moi le plaisir de t'en aller, je veux parler seul avec maître Julien.

— Parlez, parlez, dit Marcel. Je m'en vais, car on m'attend chez moi depuis une grande heure. Je reviendrai savoir tantôt ce que vous aurez décidé.

Quand Julien fut tête à tête avec son oncle, celui-ci prit un air de solennité encore plus comique.

— Ecoute, dit-il ; tu vas faire pour moi une commission. Tu vas aller à l'hôtel d'Estrelle.

— Pardon, mon oncle, je ne vais pas là, moi ; je n'y serais pas reçu.

— Tu ne seras pas reçu, j'y compte bien. Tu porteras une lettre, tu attendras la réponse dans l'antichambre, et tu me la rapporteras.

— Soit, dit Julien, qui pensait pouvoir s'arrêter chez le suisse. Où est la lettre ?

— Donne-moi ce qu'il faut pour l'écrire.

— Voilà, dit Julien en ouvrant le tiroir de sa table.

L'horticulteur s'assit et écrivit assez vite ; ensuite il appela Julien, qui cachait son impatience en ôtant sa veste de travail et reprenant son habit déposé sur un siège.

— Vous faut-il un cachet ? dit Julien.

— Pas encore. Il faut que tu corriges mon billet. Je ne me pique pas d'être savant, et je peux faire des fautes d'orthographe. Lis-moi ça, lis tout haut, et corrige ensuite les points, les virgules, tout.

Julien, qui sentait un piège, parcourut d'un rapide regard les quelques lignes que l'oncle avait écrites d'une main ferme. Il eut un éblouissement et faillit froisser le papier avec indignation ; mais il crut à une épreuve tentée sur lui par cet homme quinteux et bizarre. Il se contint, affronta, impassible, le regard scrutateur férocement fixé sur lui, et lut d'une voix assurée le contenu du billet :

Madame et amie,

Nous étions si confusionnés tout à l'heure, que nous nous sommes quittés sans convenir de nos faits pour demain. Je ne vous cèle point que je prendrai acte de

*votre présence à ma petite fête comme d'une nouvelle
espérance que vous me donnez, et de votre refus comme
d'une rupture ou d'un atermoiement fâcheux. Je vous
ai dit que je ne voulais point être berné, et vous m'avez
promis d'être sincère. La nuit porte conseil. Je compte
que demain vous me confirmerez dans les bonnes idées
que vous m'avez permis d'emporter d'auprès de vous.*

*Votre ami et serviteur, qui est impatient de se dire
votre fiancé,*

ANTOINE THIERRY.

— Eh bien, reprit l'horticulteur quand Julien eut fini
de lire, y a-t-il des fautes ?

— Oui, mon oncle, beaucoup, dit tranquillement
Julien en prenant la plume.

— Doucement ! Je ne veux pas qu'on voie les corrections. Arrange ça proprement !

— C'est fait. Cachetez et mettez l'adresse.

— Et qu'est-ce que tu dis de ça, toi ? reprit l'oncle
en écrivant le nom de Mme d'Estrelle sur l'enveloppe.

— Rien, répondit Julien. Je n'y crois pas.

— Y croiras-tu, si tu portes la lettre ?

— Oui.

— Que diras-tu alors ?

— Rien. La chose vous regarde.

— Diantre ! elle te regarde bien aussi !

— Comment ça, s'il vous plaît ?

— Le rachat et la donation de votre maison de
Sèvres sont à ce prix.

— Fort bien, mon oncle. Grand merci alors !

— Tu as l'air…

— Je n'ai aucun air. Regardez-moi.

Antoine ne put soutenir le regard pénétrant et hardi
de Julien.

132

— Allons ! vite ! dit-il avec humeur, porte ma lettre.

— J'y cours, répondit Julien.

Il prit son chapeau.

— Où vous remettrai-je la réponse ?

— Dans la rue, à la porte de l'hôtel, où je vais t'attendre. Nous sortons tous les deux.

Ils sortirent en effet. Julien alla droit au suisse, observé par l'oncle, qui ne le perdait pas de vue ; mais, au lieu de confier la lettre à ce fonctionnaire, ainsi qu'il l'avait résolu d'abord, il lui annonça qu'il voulait parler au valet de chambre, et traversa la cour d'un pas rapide sans se retourner. Arrivé à l'antichambre, Julien remit le message et s'assit sur le banc d'attente, prenant l'attitude d'un homme qui ne s'attend pas à être reçu, mais en disant au valet :

— Faites savoir à madame la comtesse que, s'il y a une réponse, le neveu de M. Antoine Thierry est là de sa part, pour la lui porter.

Julien attendit trois minutes. Le valet revint et lui dit :

— Madame la comtesse a des renseignements à vous demander. Prenez la peine de passer par ici.

Il ouvrit une porte de côté, et marcha devant. Julien le suivit dans un couloir sombre ; puis le valet ouvrit une porte de dégagement, avança un siège et se retira.

Julien se trouva seul dans une belle salle à manger dont l'entrée principale lui faisait face. Un instant après, cette porte s'ouvrit, et Mme d'Estrelle parut. Elle était fort pâle et agitée.

— Je vous reçois ici, lui dit-elle, parce que j'ai du monde dans mon salon, et que je ne peux m'expliquer devant personne sur l'objet qui vous amène. C'est donc M. Antoine qui vous a confié cette lettre ?

— Oui, madame.

— Et vous en ignoriez le contenu sans doute ?

— Non, madame.

— Et vous vous en êtes chargé ?

— Oui, madame.

— Pourquoi cela ?

— Pour savoir si mon oncle est fou à lier ou atrocement méchant.

— En d'autres termes… vous n'étiez pas sûr… vous vouliez savoir si je lui avais donné le droit de m'écrire une pareille lettre ?

— Je n'y croyais pas, et je comptais que vous me feriez chasser sans réponse.

— Alors… comme je vous reçois, vous en concluez… ?

— Rien, madame, sinon que vous ne pouvez rien faire de plus cruel que de me laisser dans l'incertitude.

— Quel intérêt si grand pouvez-vous prendre… ? Dois-je compte à quelqu'un… ?

— Ah ! madame, ne me parlez pas sur ce ton-là, s'écria Julien hors de lui. Ou la richesse de mon oncle a fait taire vos répugnances, et, dans ce cas, je n'ai absolument rien à vous dire, ou bien vous avez subi l'insolence de ses offres avec une patience qui l'a abusé ; et, si vous avez eu cette patience, cette bonté-là, j'en devine aisément la cause. Vous avez craint de voir retomber sur nous le ressentiment de M. Antoine !

— Il est vrai, maître Julien : j'ai pensé à votre mère, j'ai éludé la réponse, j'ai demandé le temps de réfléchir, j'ai espéré que, pour me complaire, il tiendrait d'abord la parole qu'il m'a donnée de rendre l'aisance et le bonheur à Mme Thierry. C'était peut-être mal, car je manquais de franchise, et cela n'est pas dans mon caractère. Pouvais-je croire, d'ailleurs, que ce vieillard emporté et mal élevé commencerait par essayer de me compromettre ? Voilà pourtant ce qui arrive, et Dieu

134

sait quels désagréments vont résulter pour moi de tout ceci ! Mais j'ai tort de m'en préoccuper. En voyant échouer mes négociations en votre faveur, je suis égoïste de me plaindre, et en vérité mon plus grand chagrin est de ne plus être bonne à rien après avoir été la cause de votre désastre. Que faire aussi avec un homme qui prend ma peur pour de la coquetterie et mon silence pour un aveu ?

Julien mit un genou en terre, et, comme Mme d'Estrelle, effrayée, surprise, allait s'enfuir :

— Ne craignez rien de moi, madame, lui dit-il ; ceci n'est pas une déclaration de théâtre ; je ne suis pas fou, et je fais ici une action très sérieuse en vous remerciant à genoux au nom de ma mère. Votre bonté est de celles qu'on adore, et qu'aucune parole ne peut exprimer. Maintenant, ajouta Julien en se relevant, j'ai le droit de vous dire que je suis un homme, et que je me méprise-rais si, même par amour pour la plus tendre des mères, j'acceptais un seul instant le sacrifice de votre fierté. Non, madame, non ! il ne faut pas ménager M. Antoine Thierry, il ne faut pas qu'il croie un instant de plus qu'il peut aspirer… Pauvre homme ! il est fou ; mais les fous ont besoin d'être tenus en respect comme des enfants incommodes et dangereux. Je m'en charge, et de ce pas je vais, avec votre permission, le désabuser à jamais.

— Ah ! mon Dieu, vous-même ? dit Julie. Non ! ne le poussez pas à bout, j'écrirai…

— Et moi, répondit Julien avec une fierté dont l'emportement ne déplut pas à Mme d'Estrelle, je ne veux pas que vous écriviez. Croyez-vous donc que je sois un enfant pour avoir peur de sa colère, ou un lâche pour vous laisser exposée à ses importunités ? Croyez-vous que ma mère accepterait plus que moi des bienfaits qui vous coûteraient l'ombre d'un mensonge ? Est-ce à vous de ménager quelqu'un et de souffrir pour nous, qui donnerions notre vie pour vous épargner la plus petite souffrance ? Non, madame, connaissez-nous mieux. Ma mère est à la hauteur de tous vos sentiments, elle n'acceptait qu'avec une très grande répugnance les bienfaits de M. Antoine. Aujourd'hui, elle en rougirait ; elle en détestera la pensée quand elle saura ce qu'ils vous coûtent. Et quant à moi… moi, je ne suis rien devant vous et je ne serai jamais rien dans votre existence ; mais souffrez qu'un homme qui se sent du cœur vous dise qu'il ne craint ni la pauvreté, ni la vengeance, ni aucun genre de persécution. J'ai fait mon devoir, je le ferai encore ; je soutiendrai ma mère jusqu'à son dernier souffle, et, fallût-il lutter contre l'univers, je saurai lutter pour elle. Que ceci vous tranquillise sur le sort de celle que vous aimez si bien. N'eût-elle que votre amitié, elle la préférerait à toutes les richesses de M. Antoine, et, moi, n'eussé-je que cet instant pour vous dire que je vous aime, je m'estimerais encore heureux et fier d'avoir pu vous le dire sans offense et sans folie ; car c'est à votre âme que je parle, et il n'y pas en moi l'ombre d'un sentiment qui ne soit digne de vous. Adieu, madame ! Vivez heureuse et tranquille, et, si vous avez jamais besoin d'un homme qui fasse pour vous quelque chose d'impossible à tous les autres, souvenez-vous que cet homme existe, pauvre, infime, caché dans un coin, mais capable de transporter des montagnes ; car, lorsqu'il s'agit de sa mère ou de vous, il est la volonté, il est la foi en personne.

Julien sortit sans demander ni attendre un mot de plus de Mme d'Estrelle, et il se trouva en un clin d'œil dans la rue. Antoine l'attendait avec une impatience fiévreuse ; il était au moment d'entrer comme une bombe dans l'hôtel quand Julien reparut.

— Eh bien, la réponse a au moins quatre pages ! s'écria-t-il. Où est-elle ?

— Venez, monsieur, répondit Julien en lui offrant son bras pour traverser la rue. Il y a ici trop de bruit pour s'entendre.

Ils entrèrent dans un enclos ouvert, qui portait l'écriteau de *Terrain à vendre*, et Julien parla ainsi :

— Monsieur mon oncle, Mme d'Estrelle a lu votre lettre et m'a fait comparaître devant elle pour que j'eusse à vous transmettre sa réponse verbale.

— Verbale ?

— Et textuelle.

— Voyons ça !

— Madame la comtesse, jugeant que vous aviez l'esprit troublé lorsque vous lui avez demandé sa main, a eu peur de se trouver seule avec vous et s'est soustraite à l'entretien par une promesse de réfléchir : mais ses réflexions étaient toutes faites, et voici sa décision. Elle regrette de ne pouvoir se rendre chez vous demain et vous fait savoir qu'à partir de ce moment elle ne sera plus chez elle.

— Elle s'en va ! Où va-t-elle ?

— Ce n'est pas à moi d'interpréter, c'est à vous de comprendre.

— J'entends ! C'est mon congé en règle ?

— Tout porte à le croire.

— Et c'est toi qu'elle charge de me le signifier ?

— Non ! je m'en suis chargé sans lui demander son consentement.

— Pourquoi ça ? Je veux savoir !

— Vous savez de reste, monsieur. Ne m'avez-vous pas dit que l'avenir de ma mère et le mien dépendaient de l'encouragement donné par Mme d'Estrelle à vos prétentions matrimoniales ? Voilà pourquoi j'ai saisi avec empressement le prétexte que vous me donniez pour me présenter chez elle, espérant que l'étrangeté de votre lettre la déciderait à me recevoir. C'est ce que vous n'aviez pas prévu.

— Si fait, mordieu ! s'écria M. Antoine ; je m'étais fort bien dit que la chose arriverait si…

— Si quoi, monsieur ?

— Si j'avais deviné juste. Je m'entends.

— Mais, moi, je n'entends pas.

— Ça m'est fort égal.

— Pardonnez-moi, vous souhaitez que je devine. Vous avez pensé que j'étais assez fou, assez sot, assez impertinent pour aspirer à l'attention de cette dame ?

— Et, à présent, j'en suis sûr ! Tu lui as déclaré tes sentiments, et je vois ton air de triomphe. En même temps, tu te frottes les mains de m'avoir éconduit ! Tu vas conter ça à ta chère mère ! Tu vas lui dire : "Il la gobe, le richard ! Il s'est imaginé, en nous jetant un morceau de pain et en prenant une jeune femme, nous railler et nous déshériter ! Eh bien, il n'a réussi qu'à se couvrir de honte. Il vieillira seul, il mourra garçon, et, malgré lui, nous serons riches…"

— Vous vous trompez, monsieur, reprit Julien parfaitement maître de lui-même. Je n'ai pas fait cet ignoble calcul, et je ne le ferai jamais. Vous vous marierez demain, si bon vous semble, et vous épouserez qui vous voudrez, j'en serai enchanté, pourvu que la dignité de ma mère et la mienne ne servent pas d'enjeu à votre entreprise. Voilà ce que je désirais pouvoir dire à Mme d'Estrelle, voilà ce que je vous dis. Et, à présent, je n'ai plus qu'à me rappeler que vous êtes mon oncle et à vous présenter humblement mes devoirs.

Julien allait s'éloigner après avoir salué profondément M. Antoine. Celui-ci le rappela d'une façon impérieuse.

— Et mon lys ? Qui me le payera ?

— Evaluez-le, monsieur.

— Cinq cent mille francs.

— Parlez-vous sérieusement ?

— Et si je parlais sérieusement ?

— Je vous croirais, vous sachant incapable de tromper une personne qui s'en rapporte à vous.

— Des flatteries ! des bassesses !

Le rouge monta au visage du jeune artiste ; il regarda fixement M. Antoine, essayant de se persuader qu'il était réellement aliéné au point que ses invectives ne pouvaient atteindre un homme de sang-froid. Antoine pénétra sa pensée et fit un effort pour se calmer.

— Allons, dit-il, ne parlons plus de ça ! Je vais reprendre les débris et la peinture ; j'en suis pour mes frais de confiance et de bonté. Ça m'apprendra à ne plus sortir de mes idées et de mes principes ! Marche devant, et plus un mot !

Ils retournèrent à l'atelier. Là, M. Antoine, muet comme la rancune, reprit la plante, l'épi, le tableau, et, sans vouloir être aidé de personne, sans regarder Julien, sans remuer les lèvres, il sortit du pavillon pour n'y plus reparaître.

Marcel revint bientôt demander à Julien ce qui s'était passé. Julien, avec franchise, avec fermeté, le lui raconta en présence de Mme Thierry.

— Maintenant, ajouta-t-il, ma conduite irréfléchie vous a inquiétés, je le sais. Vous m'avez cru aussi fou que l'oncle Antoine, et ma mère s'effraye d'un sentiment qu'elle croit devoir m'être funeste. Détrompe-toi et calme-toi, chère mère, et toi, Marcel, rends-moi l'estime qu'on doit à un homme raisonnable. On peut être tel en dépit d'une imprudence commise, et je reconnais avoir été fort étourdi en offrant à notre bienfaitrice un objet qui ne m'appartenait pas. Ceci est un élan de reconnaissance assez déplacé, mais dont elle ne s'est pas scandalisée, parce qu'elle n'y a vu qu'une émotion digne d'elle et conforme au respect qui lui est dû. Je me flatte qu'elle en est plus persuadée encore depuis qu'elle m'a donné audience, et je vous jure à tous deux, sur ce que j'ai de plus sacré ; sur l'amour filial et l'amitié fidèle, que rien de fâcheux pour Mme d'Estrelle, rien d'inconvenant de ma part, rien d'affligeant pour vous ne résultera de ma conduite à venir. Ne regrettons pas la maison de Sèvres, ma bonne mère : nous ne la tenions pas, à moins que Mme d'Estrelle ne devint Mme Antoine Thierry, et tu ne penses certainement pas que cela eût pu avoir lieu. Quant à toi, mon cher Marcel, sois béni pour tout le mal que tu t'es donné ; mais te voilà bien convaincu désormais que c'était en pure perte, et que l'oncle Antoine ne donne rien pour rien. Restons tranquilles à présent, reprenons notre vie où nous l'avions laissée avant ce mauvais rêve de fortune. J'ai toujours des bras pour travailler et un cœur pour vous chérir, et même, à partir d'aujourd'hui, je me sens plus dispos, plus vaillant et plus sûr de l'avenir que je ne l'ai jamais été.

Cette fois, Julien disait la vérité, et ne montrait pas son courage pour rassurer sa mère. Il se sentait, non pas tranquille, mais fort ; ses deux entrevues coup sur coup avec Julie avaient imprimé à son âme une direction nouvelle, un élan plus sûr. Il avait trouvé devant elle l'inspiration qui résumait le sérieux et la générosité de sa passion. Il était sûr de lui avoir ouvert son cœur, et de ne l'avoir ni effrayée ni offensée. Croyait-il être aimé ? Non, mais il le sentait peut-être malgré lui d'une manière vague, et il y avait de mystérieuses délices dans sa rêverie. Il avait compris sa mission dans la vie de sentiment exalté et dévoué qui était bien réellement sa vie normale. Ce qu'il avait dit, il voulait le faire, et il était de force à le faire. Aimer en silence, ne rien chercher, ne rien surprendre et ne rien saisir que l'occasion de se dévouer sans réserve, tel était son plan, sa volonté, sa profession de foi, pour ainsi dire.

— Et, à présent, pensait-il, que je souffre beaucoup, cela peut arriver en dépit de moi-même ; mais j'aurai tant de joie à souffrir noblement et à me taire pour l'amour d'elle que je resterai vainqueur de ma souffrance, et que ma mère n'en ressentira plus jamais le contre-coup. Il faudra être grand dans la lutte de mes instincts contre mes devoirs. Eh bien, pourquoi non ? J'ai toujours aimé les choses élevées et les sentiments qui dépassent le vulgaire. Obligé d'être un homme, et persuadé que le devoir est dans les liens de la famille, je ferai sans doute un jour comme a fait Marcel : j'épouserai une honnête femme qui sera dès lors ma meilleure amie. Jusque-là, je veux me conserver libre et chaste. Je veux aimer sans espoir, et s'il se peut sans désirs, cette noble Julie qui ne peut être à moi ; je vaincrai le désir, je porterai le sentiment fraternel jusqu'au sublime, et je ferai pénétrer le sublime dans toutes mes facultés. Je ne serai pour les autres qu'un joli artisan bien patient et bien doux, cherchant la grâce et la fraîcheur dans des paniers de roses ; mais, à force d'étudier le divin mystère de la pureté dans le sein des fleurs, on peut avoir la révélation de la sainteté dans l'amour. Il me semble qu'il est beau de se dire qu'on pourrait travailler à surprendre une femme aimée, et qu'on l'aime trop pour le vouloir. C'est là une vie toute de méditation et de sentiment. Eh bien, j'en vivrai aussi longtemps que possible. Je vivrai de ma pensée comme les autres vivent de leurs actes, et je serai peut-être ainsi plus heureux que pas un ! Je me sentirai soutenu par un enthousiasme qui ne s'usera pas dans les déceptions. Je respirerai tout seul et à toute heure dans le beau, dans le pur et dans le grand encore mieux que mon pauvre père, qui éprouvait ce besoin-là, mais qui croyait le satisfaire dans telles ou telles conditions de luxe ou dans le commerce de tels ou tels personnages. Il ne m'en faudra pas tant à moi, et je serai vraiment bien plus riche, n'ayant besoin que d'être content de moi-même.

En s'élançant ainsi de parti pris dans les régions de l'idéal, Julien suivait en effet un secret penchant qui s'était développé en lui de bonne heure. Il avait reçu une assez belle éducation, et, tout en étudiant son art assidûment, il avait beaucoup lu ; mais, porté à l'enthousiasme austère, il n'abandonnait pas son goût à tous les sujets et son plaisir à tous les genres. De tout ce qui avait nourri son adolescence, le grand Corneille était ce qu'il avait savouré avec le plus de satisfaction et de fruit. C'est là qu'il avait trouvé, sous la forme la plus élevée, la plus forte et la plus fière aspiration à l'héroïsme. Il préférait cet enseignement mis en action, ces grandes vertus s'exprimant et se manifestant par elles-mêmes, aux discussions de la philosophie contemporaine.

Ce n'est pas à dire qu'il dédaignât l'esprit de son temps, ni qu'il se tînt à l'écart du prodigieux mouvement qui se produisait alors dans les idées. Au contraire, il était un des robustes produits de cette époque unique dans l'histoire pour les illusions grandioses en attendant les résolutions formidables. On était aux derniers jours de la monarchie, et très peu de gens songeaient à la renverser. Du moins Julien n'était pas de ceux qui y songeaient ; il allait très au delà de cette attente d'un fait quelconque dans la politique. Il s'enivrait des découvertes et des rêves de la science morale et de la science naturelle, récemment dégagées, pour ainsi dire en bloc, des nuages du passé. Lagrange, Bailly, Lalande, Berthollet, Monge, Condorcet, Lavoisier révolutionnaient déjà la pensée. Quand on se reporte à cette rapide succession de travaux heureux qui, en peu d'années, fit sortir l'astronomie de l'astrologie, la chimie de l'alchimie, et, sur toute la ligne des connaissances humaines, l'analyse expérimentale du préjugé aveugle, on reconnaît qu'en faisant la guerre aux superstitions, les philosophes du XVIIIe siècle ont affranchi le génie individuel de ses entraves en même temps que la conscience religieuse et sociale des peuples. Aussi quelle audace, quelle effervescence, quel enivrement dans ces premiers élans vers l'avenir ! L'esprit humain a salué le soleil du progrès, et déjà il croit s'emparer de tous ses rayons. A peine la première montgolfière s'est-elle enlevée sur ses ailes de feu que deux hommes se risquent à traverser la Manche. Aussitôt l'humanité s'écrie : "Nous sommes maîtres des routes de l'atmosphère, nous sommes les habitants du ciel !" Dès le temps où s'encadre fortuitement notre récit, ce noble début de l'idée nouvelle avait trouvé sa formule dans le mot de perfectibilité. C'est Condorcet qui en ébauche magnifiquement la doctrine, et qui, sans tenir compte de la faiblesse humaine, pressent pour elle des destinées sans limites. Il croit à l'infini au point d'espérer le secret de la destruction de la mort, et tout ce qui pense, tout ce qui lit commence à croire avec lui à la prolongation indéfinie de la vie physique. Parmentier croit d'ailleurs conjurer à jamais le spectre de la famine en acclimatant la pomme de terre. Mesmer croit avoir découvert un agent mystérieux, source de tous les prodiges. Saint-Martin annonce la réhabilitation de l'âme humaine et fait pénétrer le dogme de l'infinie lumière dans les terreurs des anciens dogmes. Cagliostro prétend ressusciter la magie d'une manière naturelle et compréhensible ; en un mot, le vertige de l'avenir enivre toutes les têtes, depuis les plus positives jusqu'aux plus romanesques, et, au milieu de cette surexcitation, le présent apparaît comme un obstacle dont personne ne daigne se soucier. La vieille monarchie, le clergé inflexible, sont encore là debout, s'efforçant de ressaisir le pouvoir qui s'écroule ; mais la liberté vient d'être inaugurée en Amérique, et la France sent que son jour est proche. Elle ne prévoit pas de sang à répandre, les douces chimères excluent les idées de vengeance ; à la veille de l'effroyable orage, les âmes sont en fête, et je ne sais quelle fièvre d'idéal prépare les magnifiques élans de 89.

Julien était plein de cette foi et de cette volonté qui semblaient providentiellement descendre sur la terre au moment marqué pour les grandes luttes ; mais il y portait un certain calme qui tenait au régime, à l'habitude et aussi au tempérament de sa pensée. Il y avait en lui, non à l'état de discussion, mais à celui d'instinct, un certain mysticisme philosophique et comme un besoin de se sacrifier. S'il n'eût aimé une femme, il eût aimé la liberté avec fanatisme. L'amour disposa de lui pour le dévouement. Aussitôt que Julie eut rempli son âme, il ne pensa plus à lui-même que comme à une force qui devait servir à protéger Julie. L'idée lui vint-elle qu'elle pouvait ou devait lui appartenir ? Oui, sans doute, elle lui vint, confuse, parfois impérieuse, mais vaillamment combattue. Il n'avait pas de préjugés, lui ; il n'était pas, comme l'oncle Antoine, ébloui par le rang, le titre, l'élégance ; il savait la naissance de Julie médiocre et sa fortune compromise. Il se sentait d'ailleurs son égal, car il était de ces hommes du tiers, remplis d'un légitime et tenace orgueil qui commençaient à se dire : *Le tiers est tout*, comme on a dit ensuite : *Le peuple est tout*, comme on dira un jour : *Chacun est tout*, sans nier aucune noblesse, qu'elle vienne de l'épée, de la toge, de l'usine ou de la charrue. Julien ne voyait donc pas dans la comtesse d'Estrelle une femme placée au-dessus de lui par les circonstances, mais bien par le mérite personnel. Ce mérite, il se l'exagérait peut-être, c'est le privilège de l'amour de graviter sans cesse vers les hautes régions de l'âme et de se croire appelé à la conquête des divinités. Aussi alliait-il dans sa passion une admirable humilité à une fierté sans bornes.

— Je ne suis pas digne d'une telle femme, se disait-il ; il faudra que je le devienne, et, quand je le serai à force de patience, de désintéressement, d'abnégation et de respect... eh bien, alors je me sentirai peut-être le droit de lui dire : "Aimez-moi."

Pourtant il se demandait parfois si ce jour-là viendrait avant que les circonstances imprévues de l'avenir eussent disposé du sort de Julie, et alors il se répondait :

— Eh bien, j'aurai son estime, son amitié peut-être, et le temps consacré à me gouverner noblement ne sera pas perdu pour moi-même.

Mme Thierry fut donc surprise et ravie de voir revenir en lui tout d'un coup, et le jour même de cette grande aventure, l'enjouement et toutes les apparences de la santé physique et morale.

— Mon ami, dit-elle à Marcel dans un moment de tête-à-tête, je n'ose pas t'avouer ce qui me passe par l'esprit ; mais il a l'air si heureux !... Mon Dieu ! crois-tu cela possible ?

— Quoi ?... dit Marcel. Ah ! oui, la visite à Mme d'Estrelle ! Eh bien !... ça s'est vu, ma bonne tante ; il est assez beau garçon et assez aimable pour plaire à une grande dame ; mais celle-ci est ruinée et n'en sortira que par un riche mariage, qu'il faut lui souhaiter, à la condition que ce ne soit pas avec un trop vieux homme. Je ne la crois pas hardie et vaillante comme vous l'avez été, vous, et, d'ailleurs, ce qui vous a réussi nuit généralement ; les grandes passions sont un numéro qui gagne sur cent mille qui perdent à la loterie du destin ! Ne souhaitons pas cela pour Julien et pour elle !

— Non, je ne le souhaite pas, c'est trop hasardeux en effet ; mais, s'il lui plaît pourtant, qu'arrivera-t-il ?

— Je ne sais ; mais elle est vertueuse, il est honnête homme : ils souffriront tous deux. Mieux vaudrait les éloigner si on pouvait.

— Eh oui ! c'est ce que je te disais d'abord. Quel dommage pourtant ! Si beaux, si jeunes, si bons tous les deux ! Ah ! le sort est quelquefois bien injuste ! Si mon pauvre mari lui eût laissé notre fortune, Julien eût pu être un parti pour elle, puisqu'elle est pauvre et sans orgueil de famille ! Hélas ! que Dieu me le pardonne ! voici la première fois que je blâme mon André ! Ne parlons plus de cela, Marcel, n'en parlons jamais !

— Il faudra pourtant penser, reprit le procureur, à ne pas laisser trop flamber le cœur de Julien. Aujourd'hui, c'est feu de joie, parce qu'il espère probablement ; mais, demain, ce serait l'incendie.

— Que ferons-nous donc, Marcel ?

— Je ne sais pas. Je voudrais pouvoir confesser Mme d'Estrelle, et surtout l'oncle Antoine, car je ne suis pas dupe de sa philosophie, et je crains…

— Que crains-tu ?

— Je crains tout ! Avec lui, ne faut-il pas s'attendre à tout ?

Mme d'Estrelle avait été presque malade de toutes les émotions de la journée. La visite de Julien l'avait achevée ; mais, dès qu'il fut sorti de chez elle, l'espèce de fièvre que lui avait causée l'incartade de M. Antoine fit place à un accablement non dépourvu de douceur.

— J'ai un ami, se disait-elle, un excellent ami, voilà qui est certain, dût le monde entier se moquer de moi en me voyant si confiante dans la parole d'un homme que je ne connaissais pas il y a quelques heures ; mais dois-je agréer cette amitié si vive ? N'est-elle pas dangereuse pour lui et pour moi ? Il est vrai qu'il ne m'a pas demandé de l'agréer. Il est parti comme quelqu'un qui ne dépend de personne et qui aime sans permission. Puisqu'il dit ne rien espérer, n'est-ce pas son droit d'aimer ? Et que pourrais-je faire pour l'en empêcher ?

Julie reconnut bien, vis-à-vis de sa conscience, qu'elle n'aurait pas dû recevoir Julien après ce que Mme Thierry lui avait révélé du sentiment qu'il nourrissait pour elle.

— Au fait, pourquoi l'ai-je reçu quand mon premier mouvement était de lui faire dire ce mot si simple et si concluant : "Il n'y a pas de réponse !" C'était me débarrasser à la fois de l'oncle et du neveu… Mais ce dernier méritait-il une humiliation ? Ne venait-il pas pour sauver son honneur d'une embûche détestable tendue par monsieur son oncle ? N'avait-il pas le droit de me dire là-dessus tout ce qu'il m'a dit, et, quant à ce qu'il s'est permis d'ajouter d'un peu trop tendre peut-être pour son propre compte, en suis-je blessée ? Dois-je l'être ? J'ai beau faire, je ne trouve pas. Il s'est offert, il s'est donné à moi sans me rien demander. Il ne m'a pas seulement laissé le temps de lui répondre. Que je veuille ou ne veuille pas, il m'a fait présent de son cœur et de sa vie. Il ne m'a point parlé comme un amoureux, vraiment ! mais comme un esclave en même temps que comme un maître. Tout cela est bien singulier, et je m'y perds. Je ne sais pas ce que je sens pour lui. La seule chose certaine, c'est que je crois en lui.

Il semblait à Julie ainsi qu'à Mme Thierry et à Marcel que le lendemain de cette étrange journée dût être gros d'événements. Ils s'interrogèrent en vain sur le dépit de M. Antoine : à leur grand étonnement, ni le lendemain, ni les jours suivants n'apportèrent rien de nouveau dans leur situation respective. L'horticulteur s'en alla à la campagne, on ne put savoir où. Il n'avait pas de campagne, du moins à la connaissance de Marcel, qui croyait savoir ses affaires et qui n'en savait qu'une partie. Quand il se fut bien convaincu de son absence, il s'en inquiéta ; mais on lui montra des ordres écrits de sa main que le chef de ses jardiniers recevait tous les matins et qui lui traçaient exactement l'ordre et la nature des soins à prendre de certaines plantes délicates. Ces bulletins horticoles étaient sans date, sans timbre de poste. Ils étaient apportés par le valet de chambre de l'ex-armateur, un vieux marin esclave de sa consigne, dévoué comme un nègre, muet comme une souche.

— Allons ! disait Marcel à Mme Thierry, il boude, cela est certain, ou bien il a honte de sa folie, et pour quelque temps il se cache. Espérons qu'il reviendra corrigé de sa matrimoniomanie, et qu'il tiendra à honneur de ne pas rompre certain marché relatif à ce pavillon. Vous avez besoin de l'indemnité, et je ne vous cache pas que Mme d'Estrelle a grand besoin de la somme promise. Je ne sais pas quelle mauvaise mouche pique ses créanciers, mais les voilà qui tout à coup montrent une impatience et une inquiétude étranges. Ils vont jusqu'à menacer de céder leurs créances à un créancier principal, qui spéculerait à coup sûr sur les embarras de ma cliente, et c'est là ce qu'il y aurait de pis.

— Je ne suis pas tranquille, disait-il deux jours après à Mme d'Estrelle, qui venait de rendre visite à son beau-père malade ; je crains que M. le marquis ne meure à l'improviste sans avoir réglé vos affaires.

— Je ne compte pas sur ses bontés pour moi, répondit Julie ; mais je ne puis croire qu'il me laisse aux prises avec les créanciers du comte, lorsqu'il ne s'agit que de prendre quelques dispositions pour en finir. Il faut bien admettre cette puérile frayeur des privations qui tourmente les vieillards égoïstes ; mais après lui…

— Après lui ?… reprit Marcel. C'est le diable qui est après lui, je veux dire à ses trousses. Sa femme ne vaut rien, j'ai peur d'elle ; elle ne vous aime pas et elle ne vous est rien, puisque votre époux n'était pas son fils.

— Mon Dieu, vous voyez tout en noir, mon cher procureur ! Le marquis n'est ni très vieux ni très malade. Il doit avoir fait son testament. La marquise est dévote, et ce qu'elle ne ferait pas par tendresse, elle le fera par devoir. Ne me découragez pas, vous qui m'avez toujours soutenue.

— Je ne me découragerais pas, moi, si je pouvais mettre la main sur mon original d'oncle ! Qu'il achète et paye le pavillon, nous gagnons un ou deux mois de trêve. Nous avons le temps de vendre ou de céder à prix débattu la petite ferme du Beauvoisis, sinon on nous exproprie brutalement, et nous perdons cent pour cent sur ces bribes encore précieuses aujourd'hui !

Julie, qui, en d'autres moments, s'était beaucoup préoccupée de sa situation, était arrivée à cet état de lassitude qui tient lieu de courage. Elle était d'une philosophie qui étonnait et impatientait Marcel.

— Le diable m'emporte, disait-il tout bas à la mère de Julien, on jurerait qu'à présent elle ne demande pas mieux que d'être mise sur le pavé !

Etait-ce là, en effet, la secrète pensée de Mme d'Estrelle ? Se disait-elle que, pauvre et abandonnée de la famille de son mari, elle ne devrait plus tant d'égards au nom qu'elle portait, et qu'elle pourrait dès lors disparaître de la scène du monde pour vivre à sa guise et se marier selon son inclination ?

Oui et non. Par moments, elle retrouvait cette rêverie d'un bonheur ignoré qui lui était venue comme une vision charmante dans l'atelier de Julien. En d'autres moments, elle redevenait la comtesse d'Estrelle, et se demandait avec effroi comment elle romprait avec son entourage, avec ses habitudes, et si elle pourrait supporter le blâme et les dédains, elle si vantée et si respectée jusqu'à ce jour d'un nombre restreint, mais choisi, de personnes considérées.

On sait que cette époque était marquée par une réaction violente et désespérée dans certaines régions aristocratiques contre l'envahissement de la démocratie. Aucune autre époque de l'histoire n'offre peut-être de si étranges contrastes. D'un côté, l'opinion, reine du monde nouveau, proclamait les doctrines de l'égalité, le mépris des distinctions sociales, la philosophie de Jean-Jacques Rousseau, de Voltaire et de Diderot ; de l'autre, les pouvoirs, effrayés d'un progrès qu'ils n'avaient pas osé combattre, essayaient une résistance tardive qui devait les précipiter dans l'abîme ; mais, pour qui ne vivait que dans un horizon étroit, sans révélation du lendemain, cette résistance prenait des proportions formidables, et une faible et douce femme comme Mme d'Estrelle devait en être effrayée. Comme tous ceux de sa caste, elle croyait voir dans la conduite de la cour les destinées de la France, et il y avait alors des moments où le roi, épouvanté, s'efforçait de ressusciter la monarchie de Louis XIV : tristes et vains efforts, mais qui, regardés d'un certain point de vue, paraissaient assez sérieux pour irriter le peuple et pour augmenter la morgue des privilégiés. La cour et la ville avaient acclamé le triomphe de Voltaire ; au lendemain de ce triomphe, le clergé lui refusait une tombe. Mirabeau avait écrit un chef-d'œuvre contre l'arbitraire des lettres de cachet. Le roi avait dit de Beaumarchais : "Si l'on jouait sa pièce *(Le Mariage de Figaro)*, il faudrait donc détruire la Bastille !" Le tiers grandissait en lumières, en ambition, en valeur réelle ; la cour rétablissait les privilèges dans l'armée comme dans le clergé, et décidait – ce que le cardinal de Richelieu n'eût osé faire – que, pour être officier ou prélat, il fallait désormais faire preuve de quatre générations de noblesse. La constitution américaine venait de proclamer les principes du *Contrat social* de Jean-Jacques ; Washington et La Fayette rêvaient l'affranchissement des esclaves ; le ministère français accordait de nouveaux encouragements à la traite des noirs ; le bas clergé se démocratisait de jour en jour ; la Sorbonne cherchait querelle à Buffon, et le haut clergé demandait une loi nouvelle pour *réprimer l'art d'écrire* ; l'opinion s'élevait contre la peine de mort, la *question préparatoire* était encore en vigueur. La reine avait protégé Beaumarchais ; Raynal était forcé de s'exiler. Ces tentatives de réaction au milieu des entraînements du siècle avaient leur contre-coup dans les coteries dévotes, et généralement la haute noblesse blâmait ceux de ses membres qui s'étaient laissé charmer par les séductions de la philosophie nouvelle. Dans les salons conservateurs, on accablait le roi et la reine de malédictions et de sarcasmes dès qu'ils semblaient abandonner les théories du *bon plaisir*. On se rattachait à eux, on croyait tout sauvé dès qu'ils apportaient une pierre à l'impuissante digue contre l'esprit révolutionnaire, et pourtant personne ne soupçonnait la rapidité du flot et l'imminence du débordement. Tout se traduisait en moqueries amères, en chansons, en caricatures. On affectait de mépriser le danger au point d'en rire de pitié.

Les personnes qui entouraient immédiatement Julie étaient de cette humeur douce et craintive vers laquelle sa propre douceur timide l'avait portée naturellement ; mais, autour de ce petit cercle, ennemi de toutes les exagérations, elle sentait la pression d'un cercle plus vaste et plus redoutable, celui de la famille du comte d'Estrelle, famille hautaine, irritée de sa muette résistance aux opinions absolues ; et encore au-delà de ce cercle redoutable, qu'elle évitait d'approcher, il y en avait un plus puissant et plus menaçant, celui de la seconde femme du marquis d'Estrelle. Ce cercle-là, exclusivement bigot, ennemi de tout progrès, contempteur acharné des philosophes, ouvertement hostile au tout-puissant Voltaire lui-même, imbu de tous les préjugés de la naissance, conservateur exaspéré de son prétendu droit, était pour Julie un sujet d'effroi puéril peut-être, mais immense et continuel. La marquise était connue pour une femme avide, méchante et de mauvaise foi, et on a vu que la baronne d'Ancourt elle-même, malgré ses idées rétrogrades, en parlait, ainsi que de son entourage, avec une grande aversion. Julie la connaissait fort peu, et s'efforçait de la croire sincère dans sa dévotion ; mais elle en avait peur, et, quand elle s'interrogeait elle-même sur l'état de crainte et de tristesse où elle vivait, elle voyait en face d'elle le spectre fâcheux de cette personne sèche, à l'œil verdâtre et à la langue impitoyable. C'est alors que, par excès d'effroi, elle tâchait de la justifier en parlant d'elle, ou d'imposer silence à ceux de ses amis qui osaient la qualifier de harpie et de porte-malheur.

Naturellement, la pauvre Julie détestait les opinions de la marquise et de son monde ; mais elle n'avait pas assez d'expérience, elle ne se rendait pas assez compte de l'esprit général de son temps pour apprécier le néant des persécutions qu'il lui eût fallu braver, si elle eût résolu de vivre selon son cœur et selon sa conscience. Elle était là dans cette cage du préjugé comme un oiseau qui croit que l'univers s'est fait cage autour de lui, et qui ne comprend plus le souffle du vent dans les feuilles et le vol des autres oiseaux dans l'espace.

— Il y a peut-être des gens heureux, se disait-elle, mais qu'ils sont loin ! Et quel moyen d'aller les rejoindre ?

C'est ainsi qu'à la veille d'une révolution terrible les prisonniers du passé pleuraient sur leurs chaînes, et les croyaient rivées sur eux pour l'éternité. Le plus souvent, néanmoins, Julie oubliait toute cette question des faits extérieurs pour se perdre dans de vagues contemplations et dans de secrètes préoccupations d'un nouveau genre. Nous verrons bientôt quel en était le sujet, et combien ce cœur généreux, mais timide, avait de peine à se mettre d'accord avec lui-même.

Quinze jours s'étaient écoulés depuis la catastrophe de l'*Antonia*, et Mme d'Estrelle n'avait ni vu, ni entendu, ni aperçu Julien. Elle eût pu croire qu'il n'avait jamais existé, et que les deux entrevues étaient un rêve. Mme Thierry n'avait pas mis le pied au jardin, et, lorsque Julie étonnée avait envoyé prendre de ses nouvelles, on lui avait répondu qu'elle était un peu souffrante – rien d'inquiétant – mais forcée de garder la chambre.

Marcel, interrogé, éludait les questions, confirmait la légère indisposition de sa tante et n'entrait dans aucun détail. Julie n'osait pas insister : elle devinait que sa voisine voulait rompre toute espèce de relation, tout prétexte de rapports, même indirects, entre elle et son fils.

Enfin Mme Thierry reparut un matin, au moment où Julie ne l'attendait plus. Interrogée avec crainte et réserve, elle répondit avec abandon.

— Ma chère et bien-aimée comtesse, dit-elle, il faut me pardonner un mauvais rêve que j'ai fait, et qui maintenant se dissipe. J'ai été trop prompte à juger, je me suis follement alarmée, et je vous ai effrayée de mes chimères. J'ai cru que mon fils avait l'audace de vous aimer, et je l'ai si bien cru qu'il m'a fallu cette quinzaine écoulée pour me désabuser. Oubliez donc ce que je vous ai dit, et rendez à mon pauvre enfant l'estime qu'il n'a pas cessé de mériter. Il n'élève jusqu'à vous ni ses regards ni ses vœux. Il vous vénère comme il le doit, et s'il fallait périr pour vous, il y courrait ; mais il n'y a point là-dedans de passion romanesque, il n'y a que de la reconnaissance ardente et vraie. Il me l'a juré. Je doutais d'abord de sa parole, j'avais tort. Je l'observe, je fais mieux, je l'épie depuis quinze jours, et me voilà rassurée. Il mange, il dort, il cause, il s'occupe, il va et vient, il travaille gaiement ; en un mot, il n'est point amoureux : il ne cherche pas à vous apercevoir, il parle de vous avec une admiration tranquille, il ne désire en aucune façon l'occasion d'attirer vos regards, il ne la recherchera jamais. Pardonnez-moi mes sottises et m'aimez comme auparavant.

Julie accepta cette déclaration très sincère de Mme Thierry avec une aimable satisfaction. Elles parlèrent d'autre chose et restèrent une heure ensemble ; puis elles se quittèrent en se félicitant l'une l'autre de n'avoir plus aucun sujet de trouble, et de pouvoir renouer leurs relations sans agitation ni danger pour personne.

D'où vient qu'en se retrouvant seule Julie se sentit accablée d'une tristesse inexplicable ? Elle en chercha vainement la cause, et s'en prit aux visites qui survinrent.

Elle trouva sa vieille amie, Mme des Morges, insupportablement bavarde ; le vieux duc de Quesnoy, lourd et monotone comme un marteau de forge ; sa cousine, la présidente Boursault, prude et grimacière ; l'abbé (dans toute société intime, il y avait toujours alors un abbé), elle trouva l'abbé personnel et fadasse. Enfin, lorsqu'à l'heure de la toilette, Camille vint pour la coiffer, elle la renvoya avec humeur en lui disant :

— A quoi bon ?

Puis elle la rappela, et, par un caprice soudain, elle lui demanda si, depuis trois jours, son dernier demi-deuil n'était pas absolument fini ?

— Eh oui ! madame, dit Camille, bien fini ! et madame la comtesse a tort de ne pas le quitter. Si elle le garde encore quelque temps, cela fera très mauvais effet.

— Comment cela, Camille ?

— On dira que madame prolonge ses regrets par économie, afin d'user ses robes grises.

— Voilà un raisonnement très fort, ma chère, et je m'y rends. Apportez-moi vitement une robe rose.

— Rose ? Non, madame, ce serait trop tôt. On dirait que madame portait son deuil à contre-cœur et qu'elle change d'idée comme de robe. Il faut à madame une jolie toilette de chiné bleu de roi à bouquets blancs.

— A la bonne heure ! Mais toutes mes toilettes n'ont-elles point passé de mode depuis deux ans que je suis en deuil ?

— Non, madame, car j'y ai veillé ! J'ai recoupé les manches et changé la garniture du corps. Avec des nœuds de satin blanc et une coiffure de dentelles, madame sera du meilleur air.

— Mais pourquoi me faire belle, Camille, puisque je n'attends personne ?

— Madame a-t-elle défendu sa porte ?

— Non ; mais vous m'y faites penser, je ne veux recevoir personne.

Camille regarda sa maîtresse avec surprise. Elle ne comprenait pas, elle pensa que *c'étaient des vapeurs*, et se mit à l'*accommoder*, comme on disait alors, sans oser rompre le silence. Julie, accablée et distraite, se laissa parer. Et, quand la suivante se fut retirée, emportant les robes grises qui devenaient sa propriété, elle se regarda de la tête aux pieds dans une grande glace. Elle était mise à ravir et belle comme un ange. C'est pourquoi, son cœur lui criant encore : *A quoi bon ?* elle cacha son visage dans ses deux mains, et se prit à pleurer comme un enfant.

V

Si Julien eût été un roué, il ne s'y fût pas mieux pris pour exciter la passion de Mme d'Estrelle. Les jours se succédaient, et aucun hasard n'amenait la moindre rencontre. Et pourtant Julie, soit par excès de confiance, soit par distraction, vivait beaucoup plus dans son jardin que dans son salon, et préférait la promenade solitaire dans les bosquets à la conversation de ses habitués. Il y avait des soirs où elle s'enfermait sous prétexte de malaise et de lassitude, et, ces jours-là, elle se faisait encore belle, comme si elle eût attendu quelque visite extraordinaire ; elle allait jusqu'au fond du jardin, rentrait effrayée au moindre bruit, puis retournait voir ce qui lui avait fait peur, et tombait dans une sorte de rêverie consternée en reconnaissant que tout était tranquille et qu'elle était bien seule.

Un jour, elle reçut une déclaration d'amour assez bien tournée, sans signature et sans cachet particulier. Elle en fut fort offensée, jugeant que Julien manquait à tous les engagements qu'il avait pris envers elle, et se disant que cela ne méritait qu'un froid dédain. Le lendemain, elle découvrit que cette tentative venait du frère d'une de ses amies, et son premier mouvement fut de la joie. Non, certes, Julien n'eût pas écrit dans ces termes-là : Julien n'eût pas écrit du tout ! Le billet doux, que, dans le trouble de l'incertitude, elle avait trouvé assez délicat, lui parut du dernier mauvais goût ; elle le jeta aux oubliettes avec mépris… Mais si Julien eût écrit pourtant ! Sans doute il savait écrire comme il savait parler. Et pourquoi n'écrivait-il pas ?

A peine Julie s'était-elle abandonnée à ces faiblesses intérieures qu'elle en rougissait douloureusement.

— A quoi tiennent donc ma force et ma raison, se disait-elle, puisque mon cœur s'élance ainsi hors de moi-même pour ressaisir une affection qui me fuit ? Vraiment je ne suis préservée que par l'indifférence dont je suis l'objet, et c'est une honte qui ne me guérit pourtant pas. Est-ce qu'il y a en moi un esprit de contradiction ? Il me semblait d'abord que toute entreprise de ce jeune homme m'eût révoltée et que je l'eusse repoussée avec fierté, et voilà que sa soumission m'irrite, que son silence me navre, que je lui en veux de ne plus songer à moi ! Evidemment j'ai l'esprit très malade.

Un jour qu'elle était chez son parfumeur, elle rencontra Julien qui sortait. Il n'avait pas le droit de la saluer en public, et il feignit de ne point la voir. Elle trouva sur le comptoir un très joli éventail qu'il avait peint pour sa mère, et qu'il venait d'apporter pour qu'on en fît la monture. Elle s'imagina que cela lui était destiné, et se promit de le refuser ; pourtant elle attendit avec une vive impatience ce petit cadeau.

— Il me l'enverra mystérieusement, pensait-elle ; ce sera une offrande anonyme, et alors…

Le présent n'arriva pas ; ce n'était donc pas pour elle. Quelle folie d'avoir cru qu'il le lui destinait ! Julien était amoureux de quelque autre femme… une petite bourgeoise ou une femme galante du monde… une actrice peut-être ! Elle n'en dormit pas pendant deux nuits, et puis tout d'un coup elle vit l'éventail dans les mains de Mme Thierry, et elle respira. Malgré elle, il lui fallut parler de Julien à sa mère, et il n'est sorte de détours qu'elle ne mît en œuvre pour amener la conversation sur son compte. Elle voulait savoir quelle était la vie d'un jeune peintre, elle ne s'en faisait aucune idée, et, tout en craignant d'apprendre des détails répugnants ou pénibles, elle allait questionnant toujours, d'abord sur les goûts et les habitudes des artistes en général, et puis tout à coup il lui échappait de dire :

— Monsieur votre fils, par exemple, avant la perte de son père, avant vos chagrins, n'avait-il pas une existence brillante, dissipée, agréable au moins ?

— Mon fils a toujours eu l'esprit sérieux, répondait Mme André, et je dois dire que les jeunes gens de toutes les classes me paraissent aujourd'hui très différents de ceux que j'ai pu observer dans ma jeunesse. Mon cher mari était un type de ce genre d'imagination fertile, ingénieuse et facile qui remplissait la vie de plaisirs imprévus, et dont le but semblait être la jouissance de tout ce qui est aimable, bien plus que la poursuite ambitieuse de la gloire. Il faisait des chefs-d'œuvre en s'amusant, et aucun souci n'approchait de son âme. Aujourd'hui, les nouveaux artistes se tourmentent pour faire mieux que leurs devanciers. On a inventé la critique. M. Diderot, que mon mari voyait beaucoup, lui apprenait souvent à s'estimer lui-même plus qu'il n'eût songé à le faire, et mon petit Julien écoutait ce grand esprit en le dévorant de ses grands yeux attentifs et curieux. M. Diderot disait alors : "Voilà un enfant qui a le feu sacré !" Mais mon mari ne voulait pas qu'on lui mît trop d'idées dans la tête. Il pensait que le beau doit être vivement senti et pas trop étudié. Avait-il raison ? Il voulait orner l'imagination et ne pas la surcharger. Julien était doux et tranquille ; il lisait et rêvait beaucoup.

Sa peinture est plus estimée des vrais connaisseurs que celle de son père, et, quand il parle des arts, on voit bien qu'il se rend compte de tout ; mais il ne plaît pas autant à tout le monde, et le monde lui plaît fort peu. Il se remplit la pensée de toute sorte de sujets de méditation, et, quand je lui dis : "Tu ne ris pas, tu n'es pas gai, tu n'as pas l'emportement de ton âge", il me répond : "Je suis heureux comme je suis. Je n'ai jamais besoin de m'étourdir. Il y a tant de sujets de réflexion !"

Ces épanchements de Mme Thierry révélaient peu à peu Julien à Mme d'Estrelle, et l'espèce de respect qui l'avait surprise à première vue devenait en elle comme une crainte émue qui le lui faisait aimer davantage. Il ne lui était plus possible de voir en lui un inférieur, et pourtant ce jeune artisan faisait partie de la classe dont on disait autour d'elle : *Ces gens-là !* Elle s'efforçait parfois, quand elle causait avec ses amis, de plaider pour les intelligents et les forts, de quelque rang qu'ils fussent. Ses amis étaient assez avancés pour lui répondre : "Vous avez mille fois raison, la naissance n'est rien, le mérite seul est quelque chose" ; mais c'étaient là des maximes à l'usage des personnes éclairées, et rien de plus. La pratique de l'égalité n'était nullement passée dans les mœurs, et les mêmes personnes ne manquaient pas, un instant après, de blâmer vivement tel duc qui avait fumé ses terres avec une dot roturière, ou telle princesse qui s'était coiffée d'un petit officier de fortune jusqu'à vouloir l'épouser, au grand scandale des *honnêtes gens.* Une jeune fille, une jeune veuve pouvaient s'éprendre d'un homme bien né, fût-il pauvre ; mais, dès qu'il n'était *pas né,* c'était un entraînement honteux, un attrait impudique ; elle sacrifiait ses principes à ses sens ; le mariage ne justifiait rien, elle tombait dans le mépris public. Julie, qui avait vécu d'estime et de considération, seuls dédommagements de sa triste jeunesse, avait des frissons glacés quand elle entendait parler ainsi, et, si l'objet de sa passion secrète fût entré en ce moment dans son petit cercle en apparence si tolérant et si *bonhomme*, elle eût été forcée de se lever pour lui dire : "Que venez-vous faire ici, monsieur ?"

Mais le petit cercle s'en allait à neuf heures, et, dix minutes après, Julie était au jardin ; elle regardait la petite lumière du pavillon qui tremblotait comme une étoile verte à travers le feuillage, et, si Julien lui fût apparu au détour d'une allée, elle s'imaginait qu'elle n'aurait pas pu le fuir. Pendant toutes ces agitations de la pauvre Julie, Julien était presque calme ; son intention était si droite, si sincère, que son esprit avait retrouvé la santé au point de se tromper lui-même.

— Non, se disait-il, je n'ai pas menti à ma mère. Ce que Mme d'Estrelle m'inspire, c'est de l'amitié très forte, très élevée, très exquise ; mais ce n'est pas, comme je le croyais d'abord, un amour emporté et désastreux, ou, si j'ai eu cette fièvre au commencement, elle s'est dissipée le jour où j'ai vu de près cette femme simple, bonne et confiante, où j'ai entendu sa voix chaste et douce, où j'ai compris qu'elle était un ange et que mes aspirations n'étaient pas dignes d'elle. Non, non, je ne suis pas amoureux comme on l'entend dans le sens vulgaire ; j'aime à plein cœur, voilà tout, et je ne permettrai pas à mon imagination de me tourmenter. La terre est à peine refermée sur mon pauvre père ; je n'ai pas une heure à perdre pour sauver ma mère. Non, non, je n'ai pas le droit, je n'ai pas le temps de m'abandonner à la passion.

Marcel remarquait la tranquillité de Julien et ne se rendait pas bien compte du trouble qui perçait dans les manières de Mme d'Estrelle. Il la trouva un jour comme elle venait de rendre visite à son beau-père le marquis.

On le tenait pour sauvé, et Marcel pouvait songer à l'entretenir bientôt sur nouveaux frais des embarras d'argent de sa cliente.

— Oh ! mon Dieu, vous vous donnez de grands soins pour moi, dit Julie ; mais tout cela en vaut-il la peine ? Je vous jure que je veux bien être pauvre ; je ne m'ennuierai probablement pas plus que je ne fais.

— Vous voilà pourtant très belle et prête à passer la soirée en grande compagnie ?

— Non, je vais me déshabiller ; je ne compte pas sortir. Avec qui sortirais-je donc ? Me voilà brouillée avec Mme d'Ancourt, la seule femme chez qui, en qualité de compagne de couvent, je pusse aller seule le soir. Je suis trop peu intime avec les autres pour me présenter chez elles sans un chaperon ; Mme des Morges, qui pourrait m'en servir, est d'une paresse inouïe ; ma cousine la présidente n'est pas reçue dans le grand monde, et la marquise d'Orbe est à la campagne. Vraiment je m'ennuie, monsieur Thierry, je me trouve trop seule, et il y a des jours où je ne peux pas m'occuper, n'ayant le cœur à rien.

C'était la première fois que Julie se plaignait de sa situation. Marcel la regarda attentivement et réfléchit.

— Il faudrait vous distraire un peu : que n'allez-vous quelquefois à la comédie ?

— Mais je n'ai plus de loge nulle part ; vous savez bien que je n'en ai plus le moyen.

— Raison de plus pour aller où bon vous semble. Une loge à l'année est un esclavage ; cela vous met en évidence et nécessite le chaperon. Il est de petits plaisirs que les bourgeois se permettent à peu de frais et sans étalage incommode. Aujourd'hui, par exemple, je conduis ma femme à la Comédie-Française. Nous avons loué une loge grillée au rez-de-chaussée.

— Ah ! quel plaisir ce doit être que d'aller là !…
On n'est pas vu du tout, n'est-ce pas ? On jouit du spectacle, on peut rire ou pleurer sans que la galerie vous épi-
logue ? Avez-vous une place pour moi, monsieur Thierry ?

— J'en ai deux ; je comptais en offrir une à ma tante.

— Et l'autre à son fils ? Alors…

— Ceci ne fait pas question : il ira un autre jour ;
mais que pensera-t-on de vous rencontrer au bras de
votre procureur dans les couloirs ? Ou, si quelqu'un vous
distingue et vous devine, assise à côté de Mme Marcel
Thierry, que dira-t-on ?

— On dira ce qu'on voudra, et l'on sera fort sot d'y
trouver quelque chose à reprendre.

— C'est bien mon opinion ; mais on est sot, et l'on
dira que vous voyez mesquine compagnie : encore je
gaze le mot par respect pour ma femme, car on dira
mauvaise compagnie.

— C'est indigne, la sottise du monde ! Votre femme
est fort aimable, dit-on, et très estimée. J'irai la voir
demain, car je comprends que d'aller sans façon dans
sa loge avant de lui en avoir demandé la permission ne
serait pas convenable. Oui, oui, je veux faire connaissance avec elle, et nous irons un autre jour à quelque
spectacle ensemble.

Marcel sourit, car il comprit fort bien la poltronnerie
qui s'était emparée de sa noble cliente à l'idée d'être
accusée de frayer avec la mauvaise compagnie. Elle
trouvait cela cruel, injuste, insolent, absurde ; mais elle
avait peur quand même : la peur ne se raisonne pas.

— Fort bien, fort bien, lui répondit Marcel ; je reconnais là votre délicatesse et votre bon cœur. Ma femme
vous saura gré de l'intention, et, dès ce soir, elle serait
flattée de vous offrir sa loge ; mais, croyez-moi, madame la comtesse, ni ce soir, ni demain, ni jamais, ne

sortez de votre milieu, à moins d'une bonne raison bien nourrie et bien mûrie. Il faut manger quand on a faim, mais non se forcer quand on n'a que des velléités d'appétit. Le monde auquel vous tenez ne veut pas de mélange, et il ne faut le braver que pour un grand avantage personnel ou pour faire une très bonne action. Personne ne comprendra que vous fassiez une chose en dehors du convenu pour le seul plaisir de la faire. On s'étonnera d'abord, et puis on cherchera des motifs graves ou cachés.

— Et que trouvera-t-on ? dit Julie inquiète.

— Rien, reprit Marcel ; on inventera, et ce qu'on invente est toujours malveillant.

— D'où il résulte que je suis condamnée à la solitude ?

— Vous l'avez acceptée jusqu'ici avec vaillance, et vous savez bien qu'elle cessera quand vous voudrez.

— Oui, par un mariage ; mais où trouver le mari dans les conditions exigées par le monde et par moi ? Songez donc : il le faut riche, à ce que vous dites, noble, à ce que disent mes amis, et je le veux, moi, aimable et fait pour être aimé ! Je ne le trouverai pas, allez, et je ferai mieux…

Julie n'osa pas achever sa pensée. Marcel ne crut pas devoir la questionner. Il se fit une pause gênante pour tous deux, et Julie s'écria tout à coup :

— Ah ! mon Dieu, n'allez pas croire que je sois tentée de manquer à mes principes et d'avoir une liaison frivole !… Je pensais… il faut bien que je vous le dise, je pensais que je ferais mieux de souhaiter un mariage obscur où je trouverais le bonheur.

— Obscur ? dit Marcel. C'est comme vous l'entendrez. Il faut à tout le moins que vous exigiez la fortune ; car, j'insiste là-dessus, si vous faites bon marché du rang, la famille d'Estrelle vous abandonne à votre ruine.

— Eh bien, après ?

— Après ? Si l'époux de votre choix est pauvre et que vous lui apportiez des dettes…

— Ah ! oui, vous avez raison ; j'augmente sa pauvreté de toute ma misère et de tous mes dangers. Je n'y pensais pas, moi. Vous voyez quelle faible tête est la mienne ! Tenez, monsieur Thierry, il y a des jours où je voudrais être morte, et vous avez eu tort de ne pas m'emmener à la comédie. Je me sens l'esprit sinistre ce soir, et je voudrais pouvoir oublier que j'existe.

— Est-ce à ce point-là ? reprit vivement Marcel, effrayé de la détresse de son regard. Alors… mettez une coiffe noire très épaisse, un mantelet noir bien large ; j'ai là un fiacre, allons prendre ma femme, à qui j'expliquerai en deux mots votre fantaisie, et nous irons entendre *Polyeucte*, ce qui changera le cours de vos idées. Vite ! car, s'il vous arrive quelqu'un, vous ne pourrez plus sortir.

Julie, comme une enfant, sauta de joie. Elle s'embéguina bien vite, donna congé à ses valets pour la soirée, et partit avec Marcel, moitié joyeuse, moitié effrayée, émue comme si cette escapade avec un procureur et sa femme était une grosse aventure.

— Et Mme Thierry ? dit-elle quand elle fut en route.

— Mme Thierry… nous la laisserons où elle est, dit Marcel. Elle n'est prévenue de rien et nous retarderait en s'habillant. D'ailleurs… j'aime autant, si on doit vous reconnaître malgré nos précautions, qu'on ne vous voie pas avec une femme qui a un grand fils… dont, par parenthèse, l'oncle Antoine a été fort jaloux. Moi, je n'ai qu'un petit basochien en herbe, douze ans à peine sonnés ; nous l'emmènerons, ça complétera la partie bourgeoise… et patriarcale.

165

On arriva au logement de Marcel. Il y monta bien vite, laissant Julie seule dans le fiacre bien fermé. Il redescendit bientôt avec sa femme et son fils. Mme Marcel Thierry était fort intimidée ; mais, en femme d'esprit, elle ne fit point de phrases, et, au bout d'un instant, elle se sentit fort à l'aise avec l'aimable Julie, qui de son côté la sentit bonne et sensée. On descendit du fiacre un peu avant la file, on gagna le théâtre à pied, on passa sans rencontrer de gens attentifs ou curieux. On s'installa dans une loge très obscure, Mme Marcel et son petit garçon devant, pour masquer Mme d'Estrelle et le procureur. On entendit la tragédie avec un plaisir extrême. Jamais Julie n'avait pris tant de plaisir au théâtre. Elle s'y sentait libre d'esprit, et cette famille bourgeoise l'intéressait. Elle l'observait curieusement comme un milieu tout nouveau pour elle, et, bien qu'on s'observât aussi un peu devant elle, elle surprenait entre le mari, la femme et l'enfant des bonhomies tendres qui lui allaient au cœur. Dans les endroits intéressants du spectacle, Mme Marcel se tournait vers son mari et lui disait tout bas :

— Vois-tu bien, mon bon ? Mon bonnet ne te gêne-t-il pas ?

— Non, non, ma fille, répondait le procureur ; ne t'occupe pas de moi. Amuse-toi pour ton compte.

Et l'enfant applaudissait quand il voyait le parterre applaudir. Il frappait ses petites mains d'un air d'importance, et tout à coup il se couchait sur sa mère et l'embrassait, ce qui signifiait qu'il s'amusait beaucoup, et qu'il la remerciait de l'avoir amené là.

Toutes ces simplicités de la vie moyenne, ce tutoiement, ces épithètes caressantes, vulgaires et saintes, éveillaient chez Julie tantôt une petite envie de rire, tantôt un attendrissement qui amenait des larmes au bord de ses paupières. Evidemment, tout cela était réputé de mauvais ton dans son monde ; c'était la manière d'être et le parler des petites gens. Marcel, dans le salon de Mme d'Estrelle, prenait habilement l'attitude et le langage d'un homme qui sait pratiquer les convenances à tous les étages de la société. Dans son intérieur, il dépouillait cette convention, et, sans être jamais grossier, il reprenait le ton familier de l'intimité heureuse. Julie le surprenait donc oubliant sa tenue de cérémonie et vivant pour son compte d'une vie douce, confiante et détendue. Elle en était choquée et charmée, et peu à peu elle se disait que ces gens-ci étaient dans le vrai, et que tous les époux devraient se tutoyer, tous les enfants se précipiter sur leur mère, et tous les spectateurs s'intéresser au spectacle. Dans le monde où elle vivait, on se disait vous, on n'avait pas de locutions partant des entrailles, on quintessenciait tous les sentiments. L'élégance était avant tout dans la parole, et la dignité dans la caresse. Le cœur ne s'y mettait qu'en sous-ordre, et devait cacher ces effusions sous un certain apprêt glacé ou symbolisé jusqu'au madrigal. L'admiration pour le génie ne devait jamais tourner à l'enthousiasme. On goûtait, on appréciait, on avait des mots enfermés dans une certaine mesure. Enfin on s'arrangeait pour ne montrer d'émotion à propos de rien, et, dans ce perpétuel petit sourire de la grâce noble, on devenait si charmant qu'on n'avait plus rien d'humain.

Mme d'Estrelle, pour la première fois, se rendit compte de toutes ces choses et s'en préoccupa vivement. Le petit Juliot, qu'on appelait ainsi pour le distinguer de maître Julien, dont il était le filleul, avait la physionomie intéressante. Il était drôle ; la tête fine, le nez en l'air, l'œil vif, la bouche maligne, il avait l'aplomb ingénu et narquois de l'écolier en vacances. Eût-il été déguisé en grand seigneur, on ne l'eût jamais confondu avec ces petits hommes trop jolis et trop polis, frottés tous du même vernis d'aristocratie. Juliot avait bien aussi son enduit de caste, mais avec cette nuance particulière que l'esprit bourgeois ne s'acharne pas à effacer, parce que là chacun doit exister par lui-même et se faire place à l'aide des moyens qui lui sont propres. L'enfant avait donc l'esprit mordant avec une certaine curiosité candide qui sentait son Parisien frais émoulu, chercheur et badaud, crédule et pénétrant tout ensemble. Pour ne pas exposer le nom de Mme d'Estrelle aux conséquences de son babil dans l'étude, on lui avait dit que c'était une cliente de campagne nouvellement arrivée à Paris et qui voyait la comédie pour la première fois ; et, comme Julie s'amusait à le questionner, il lui faisait, dans les entractes, les honneurs de la capitale et du théâtre. Il lui montrait la loge du roi, le parterre, le lustre ; il lui expliquait même la pièce et l'importance de chaque personnage.

— Vous allez voir une belle pièce, lui disait-il avant le lever du rideau. Vous ne comprendrez peut-être pas bien, parce que c'est en vers. Moi, je l'ai lue avec mon parrain Julien ; c'est une pièce qu'il aime beaucoup, et il m'a tout expliqué comme si c'était en prose. Quand vous ne comprendrez pas, mademoiselle, il faudra me demander.

— Tu bavardes comme une pie, lui dit sa mère. Est-ce que tu crois que madame ne connaît pas Corneille mieux que toi ?

— Ah ! c'est possible ; mais elle n'est peut-être pas aussi savante que mon parrain !

— Madame se soucie bien de la science de ton parrain ! Tu t'imagines que tout le monde le connaît !

168

— Ah bien ! si vous ne le connaissez pas, dit Juliot en s'adressant à Mme d'Estrelle, je vais vous le montrer. Il n'est pas loin d'ici, allez !

— Comment ! dit Marcel contrarié, il est là ? Tu le vois ?

— Oui, je le vois depuis un bon bout de temps. Il aime tant ça, *Polyeucte* ! Il l'a vu jouer plus de dix fois, je suis sûr ! Tenez, regardez au parterre, la troisième banquette devant nous. Il nous tourne le dos ; mais je le reconnais bien, pardi ! Il a son habit de prunelle noire et son chapeau à gances.

Le cœur battit très fort à Mme d'Estrelle. Elle regarda la banquette que l'enfant désignait et ne reconnut personne. Marcel l'explora attentivement. Juliot s'était trompé. Le personnage qu'il avait pris pour Julien se retourna. Ce n'était pas lui ; il n'était pas là. Il était dans une galerie des secondes, juste au-dessus de la loge où se cachait Julie, et à cent lieues de se douter qu'en descendant au rez-de-chaussée il eût pu essayer de l'apercevoir. L'eût-il su d'ailleurs, il se fût tenu à sa place. Sa résolution de ne plus chercher ces furtives occasions était bien arrêtée. Il avait ses entrées aux Français en qualité d'artiste. Il écoutait *Polyeucte* avec recueillement comme un dévot écoute le prêche, et il sortit avant la fin, craignant que sa mère ne l'attendît pour se coucher. Comme il traversait le vestibule, il fut fort étonné de se trouver face à face avec l'oncle Antoine. L'oncle Antoine avait pour règle invariable de se coucher à huit heures du soir, et peut-être n'avait-il jamais mis le pied dans un théâtre. Julien l'aborda franchement ; c'était le mieux, dût-il être mal accueilli.

— Vous voilà donc enfin retrouvé ? lui dit-il. On était inquiet de vous.

— Qui, *on* ? répondit l'oncle d'un ton bourru.

— Marcel et moi.

— Vous êtes bien bons ! Vous m'avez donc cru parti pour les Indes, que tu parais si surpris de me voir ?

— J'avoue que je ne m'attendais guère à vous rencontrer ici.

— Et moi, c'est le contraire ; j'étais sûr de t'y rencontrer !

Et, sans traduire cette réponse complètement énigmatique pour Julien, il lui tourna le dos.

— Allons, allons ! la tête déménage sérieusement, pensa Julien.

Et il passa outre, mais non sans se retourner deux ou trois fois pour voir si l'amateur de jardins entrait ou sortait, et si par hasard il ne se trouvait pas là sans en avoir conscience ; mais, chaque fois, il vit M. Antoine immobile au bas de l'escalier et le suivant des yeux d'un air moqueur, sans donner du reste aucun signe d'égarement.

L'oncle Antoine se perdit dans la foule, qui, peu d'instants après, envahit le péristyle. Un des premiers groupes qu'il vit sortir fut la famille du procureur avec une inconnue plus grande que Mme Marcel et complètement masquée par sa coiffe de taffetas noir. Il se faufila jusqu'à la rue et prit le numéro du fiacre où ce groupe monta, puis il lança à la poursuite de ce fiacre le même espion adroit et agile qui l'avait averti de la sortie de Mme d'Estrelle avec son procureur, et qui, depuis un mois, sous toute sorte de déguisements et de prétextes, faisait le guet autour de l'hôtel, et dans l'hôtel même à certains moments.

Le spectacle, à cette époque, finissait encore assez tôt pour qu'on pût souper. Julie était rentrée à dix heures, après avoir reconduit Mme Marcel rue des Petits-Augustins. Marcel, qui avait ensuite ramené Julie, allait s'en retourner sans entrer chez elle, lorsqu'elle le rappela. Son concierge venait de lui apprendre une nouvelle grave. Le vieux marquis, son beau-père, était mort à huit heures du soir, au moment où on le croyait guéri. On avait envoyé quérir Julie, afin qu'elle pût assister aux derniers sacrements. Son absence, fort peu explicable en raison de la situation qu'elle-même avait expliquée à Marcel, pouvait avoir des conséquences fâcheuses.

— Ah ! voilà ce que c'est ! dit Marcel avec chagrin (lui parlant bas sur le perron) ; je vous le disais bien. Je pressentais quelque danger ; mais il ne s'agit pas de se lamenter en pure perte. L'accident le plus inquiétant est encore la fin trop soudaine du vieillard. Allons, madame, vous devez faire acte de présence auprès de ce lit de mort. Il faut remonter en fiacre. Je vous conduirai chez madame votre belle-mère. Je n'y paraîtrai pas ; il ne serait pas convenable qu'on vous vît arriver, pour cette visite de condoléance, escortée de votre procureur. Demain, je me mettrai en campagne pour vos affaires, et nous saurons le contenu du testament, si testament il y a, Dieu le veuille !

Julie, toute troublée, remonta en fiacre.

— Attendez, dit Marcel, je ne puis vous attendre à la porte de la douairière ; ses gens me verraient, et j'ai dans l'idée qu'ils lui rendent compte de tout. Je descendrai avant que vous entriez dans la cour, et, comme je ne vous verrais pas avec plaisir revenir seule dans ce sapin, vous allez donner des ordres ici pour que vos gens se hâtent d'atteler et de conduire votre équipage là-bas.

— Vous pensez à tout pour moi, dit Julie ; je ne sais pas ce que je deviendrais sans vous.

Elle donna des ordres et partit.

— Pensez encore à ceci, lui dit Marcel chemin faisant. Vous n'allez pas trouver la veuve dans les larmes, mais en prière. Que cette sainte apparence ne vous rassure pas sur l'état de son esprit. Soyez sûre qu'elle a pris acte de votre absence, et qu'elle s'arrangera pour vous faire subir un interrogatoire tout au beau milieu de ses oraisons. N'oubliez pas qu'elle vous hait, et que, pour s'autoriser à vous dépouiller le plus possible, elle ne songera qu'à vous trouver en faute.

Julie chercha comment elle expliquerait l'innocente escapade de la soirée.

— Vous ne trouverez rien de mieux que la vérité, reprit Marcel. Dites que vous êtes venue chez moi…

— Chez vous, fort bien ; mais la comédie ? Avec ou sans vous, la comédie est, aux yeux de ma belle-mère, un affreux péché.

— Alors… dites que ma femme était malade, que vous vous intéressez à ma femme… parce que… parce qu'elle vous a rendu quelque service… parce qu'elle est charitable, et qu'elle vous seconde dans de bonnes œuvres ! Jetez là-dessus un petit vernis de dévotion ; qu'aura-t-on à vous dire ?

On arrivait. Marcel fit arrêter, sauta à terre, et Julie entra en fiacre dans la cour de l'hôtel d'Ormonde, rue de Grenelle-Saint-Germain. C'était la propriété de la douairière d'Ormonde, mariée en secondes noces avec le marquis d'Estrelle, lequel avait dès lors habité avec elle la maison du premier mari.

La douairière était fort riche, sa maison avait un grand air de froideur cérémoniale, peu de valets, peu de dépense, une splendeur glacée, immobile. L'hôtel se composait de plusieurs corps de logis, et les appartements des maîtres étaient situés dans une arrière-cour plantée et fermée d'une grille où Julie dut sonner et attendre ;

mais, certaine d'être reçue et sachant que Marcel était à pied pour s'en retourner à moins qu'elle ne lui renvoyât vite le fiacre, elle congédia le cocher, au moment où elle vit qu'on se disposait à lui ouvrir.

Au lieu d'ouvrir, le suisse entra en pourparlers étranges : monsieur le marquis ne pouvait recevoir par la raison qu'il était mort. Les prêtres étaient venus pour les sacrements et pour la veillée : madame la marquise était enfermée avec eux et le défunt. Elle ne donnait audience à personne en de tels moments. Julie insista vainement en qualité d'alliée au degré le plus proche. Le suisse, la laissant dehors par une préoccupation vraie ou fausse, alla aux informations, et revint dire qu'il était interdit à aucune personne de la maison de pénétrer jusqu'à madame.

Comme ces négociations avaient duré assez longtemps, la comtesse d'Estrelle comprit qu'on avait parfaitement pénétré jusqu'à la marquise, et que celle-ci refusait de la recevoir. Son devoir était rempli, elle n'insista plus. Elle jugea que sa voiture, marchant beaucoup plus vite que n'avait marché le fiacre, devait être arrivée : elle revint donc sur ses pas, traversa la première cour et franchit la porte de la rue, qui était gardée par la femme du suisse et qui sur-le-champ, avec une précipitation grossière, se referma derrière elle. Une voiture était là effectivement ; mais, malgré sa vue basse, Julie reconnut sur-le-champ que ce n'était qu'un fiacre.

Pensant que c'était celui qui l'avait amenée et qui avait mal compris ses ordres, ou que Marcel lui avait renvoyé par précaution, elle appela le cocher, profondément endormi sur son siège. Impossible de le réveiller sans le tirer par le pan de sa souquenille. Ceux qui se souviennent de ce qu'étaient les cochers de fiacre il y a quarante ans peuvent juger de ce qu'ils étaient quarante ans plus tôt. Celui-ci était si malpropre que Julie hésita à le toucher de sa main gantée. Elle retenait avec soin ses amples jupes de soie pour ne pas effleurer les roues crottées ; jamais elle ne s'était trouvée dans un pareil embarras. Puis elle avait peur de se voir seule en pleine rue vers minuit, et les rares passants s'arrêtaient pour la regarder. Elle tremblait que, par obligeance ou malice, ils ne voulussent se mêler de ses affaires.

Le cocher s'éveilla enfin, et lui répondit qu'il ne la connaissait pas, qu'il avait amené deux prêtres de la paroisse pour assister un mourant, et qu'il avait ordre de les attendre. A aucun prix, il ne voulait bouger. Julie jeta un regard d'anxiété autour d'elle. Sa voiture n'arrivait pas. Elle souleva le lourd marteau de la porte pour rentrer dans la cour de l'hôtel. La porte ne s'ouvrit pas, soit que des ordres particuliers eussent été donnés à son égard, soit que la consigne générale fût inflexible.

Une frayeur extrême s'empara d'elle ; l'idée de s'en aller seule, à pied, n'était pas admissible ; rester là devant cette porte ne l'était pas davantage. Il n'y avait pas une seule boutique dans la rue, et il lui fallait attendre sa voiture n'importe où, pourvu que ce ne fût pas dans la rue. Les dépendances de l'hôtel d'Ormonde s'étendaient assez loin à sa droite et à sa gauche. D'un côté, c'était une abbaye ; de l'autre, le couvent de la Visitation, où elle pouvait essayer de chercher un refuge ; mais il y avait au moins dix minutes de chemin à faire, et, là, il faudrait parlementer avant d'entrer. Elle avisa en face de l'hôtel d'Ormonde une grande grille qui fermait une allée mitoyenne entre l'hôtel de Puisieux et l'hôtel d'Estrées. Elle pensa qu'en donnant un louis au gardien de la grille il lui permettrait d'attendre dans sa loge. Elle traversa la rue ; mais, au moment de sonner,

174

elle reconnut qu'il n'y avait là ni portier ni sonnette. C'était une porte de service pour les deux enclos. Julie perdait courage, lorsque tout à coup elle vit auprès d'elle, comme s'il fût sorti de terre, un homme qui l'effraya tant qu'elle faillit s'évanouir ; mais il se nomma vite, et elle fit une exclamation de joie : c'était Julien. Elle lui expliqua sa mésaventure en quelques mots assez confus. Julien comprit parce qu'il était déjà à moitié renseigné, et qu'il ne se trouvait point là par hasard.

— Il est inutile que vous attendiez ici votre voiture, lui dit-il, elle n'arrivera probablement pas de sitôt.

— Comment le savez-vous ?

— J'ai été ce soir à la Comédie-Française.

— Vous m'y avez vue ?

— Vous y étiez, madame ? Je l'ignorais.

— Alors…

— Alors je m'explique la rencontre et les paroles de M. Antoine Thierry. Il savait, lui, probablement que vous deviez y être. Il guettait… Il m'a dit un mot ironique que je n'ai pas compris, et qui pourtant m'a donné à réfléchir. En rentrant au pavillon, je me suis arrêté un peu inquiet devant votre hôtel. Vos gens étaient en émoi. Il paraît que votre cocher était introuvable. Je me suis approché du suisse, qui connaît ma figure, et, le voyant fort troublé, je lui ai demandé s'il vous était arrivé quelque accident fâcheux. Il m'a appris la mort du marquis d'Estrelle, et comme quoi vous étiez accourue ici avec mon cousin Marcel. Votre cocher est survenu ivremort et ne comprenant rien à ce qu'on lui enjoignait de votre part. Le suisse m'a quitté en disant qu'une fois sur son siège, Bastien irait bien. Ceci ne m'a point paru très rassurant. Je ne suis pas aussi flegmatique que votre suisse, et j'ai couru pour venir ici. J'espérais trouver encore Marcel et lui dire de ne pas vous confier seule à un cocher ivre ; mais j'arrive quelques minutes trop tard. Vous êtes seule en effet, et vous avez eu peur.

— C'est fini, dit Julie, me voilà tranquille ; ramenez-moi à pied. Vous êtes pour moi la Providence !

— A pied, c'est trop loin, reprit Julien, et vous n'êtes pas chaussée pour marcher. Le fiacre qui est là marchera, lui, bon gré mal gré, je vous en réponds, et je monterai derrière pour vous reconduire.

Julien conduisit Mme d'Estrelle jusqu'au fiacre. Il l'y fit monter et ordonna au cocher de conduire. Le cocher refusa. Julien sauta à côté de lui et prit les guides en lui jurant qu'il allait le jeter dans le ruisseau, s'il faisait résistance. La belle prestance et l'air décidé du jeune homme intimidèrent le cocher, qui se soumit ; mais à peine avait-il fait cent pas, qu'il s'arrêta en criant au voleur et à l'assassin. Un groupe d'hommes venait de sortir d'une maison, et le pauvre diable espérait trouver quelque secours contre la violence qu'il subissait.

Le hasard voulut que ces hommes fussent des gens du bel air, sortant un peu avinés d'un souper fin. L'aventure les prit dans ce moment d'excitation où l'on se fait volontiers redresseurs de torts, surtout lorsqu'on est quatre contre un. Ils arrêtèrent brusquement les chevaux, et l'un d'eux ouvrit la portière, car le malicieux cocher criait à tue-tête :

— Au secours ! c'est un malfaiteur qui enlève une religieuse !

— Voyons si elle en vaut la peine ! répondit le groupe à peu près d'une seule voix.

Avant que la portière fût ouverte, Julien était sur ses pieds et repoussait d'une manière énergique le plus empressé des curieux. Le jeune homme rudoyé mit l'épée à la main en le traitant de cuistre, et ses compagnons l'imitèrent. Julien ne prit pas le temps de tirer la sienne.

Il se préserva avec sa canne et s'en servit avec tant de sang-froid, d'adresse et de vigueur qu'un des assaillants tomba et que les autres reculèrent. Julien, qui n'avait pas quitté le marchepied, profita de ce répit pour rentrer dans le fiacre et pour en faire sortir Julie par la portière opposée. Il la prit dans ses bras et l'entraîna à quelque distance. Là, il se retourna pour attendre ses adversaires ; mais, soit qu'ils eussent reçu quelque blessure grave, soit que l'approche du guet les eût dégrisés, ils s'éloignaient de leur côté le plus vite possible.

— Marchons, madame, dit Julien à Mme d'Estrelle. Echappons aux curiosités de la police.

Julie marcha vite et bien. Si la peur l'avait paralysée un instant, la vue du danger auquel s'exposait son protecteur lui avait rendu l'énergie. Après quelques zigzags pour dérouter le guet, ils se trouvèrent en sûreté sur le *nouveau cours*, aujourd'hui le boulevard des Invalides. Le lieu était complètement désert et mal éclairé par des réverbères très peu espacés. Julie n'aperçut pas une tache sur sa main gantée, mais elle sentit la moiteur du sang sur son poignet, et elle s'écria en s'arrêtant :

— Ah ! mon Dieu, vous êtes blessé !

Julien ne sentait rien, il était bien sûr de n'avoir rien de grave ; il enveloppa sa main écorchée de son mouchoir et offrit son autre bras à Julie.

— Je vous jure que je n'ai rien, lui dit-il, et quand j'aurais quelque chose ! Malheureusement, ces gens-là ne sont pas redoutables, et j'ai eu peu de mérite à vous en débarrasser. Des beaux fils, des petits-maîtres ! Et cela prend le titre de nobles, peut-être !

— Les nobles, vous les détestez donc bien !

— Moi, détester ? Non ! mais je hais l'impertinence, et comme ces gens-là ne se battent pas toujours en duel avec les roturiers, je suis bien aise de les avoir battus comme eût fait un charretier.

— Hélas ! dit Julie pensant à elle-même, ils n'en sont pas moins les maîtres d'insulter et d'opprimer le faible !

— Le faible ! Qui donc est le faible ? reprit Julien, qui se trompa sur le sens de ses paroles. L'homme sans nom ? Détrompez-vous, madame : c'est à lui que l'avenir appartient, puisqu'il a pour lui le droit, la vraie justice, et la volonté d'en finir avec les abus du passé.

Julie ne comprit pas ; mais elle trembla de nouveau, et, cette fois, ce ne fut pas des mauvaises rencontres qu'elle eut peur : ce fut de je ne sais quelle puissance mystérieuse qui lui sembla émaner de Julien. Elle le regarda à la dérobée : elle crut voir rayonner son visage dans l'obscurité, et elle s'imagina que sa faible main à elle reposait sur le bras d'un géant.

Julien était pourtant un cœur simple, un artiste sans aspiration aux choses positives pour son propre compte. Il ne se sentait pas appelé à jouer un rôle fougueux dans les orages révolutionnaires ; il ne se destinait pas à un autre travail que celui d'étudier toute sa vie les grâces de la nature. Cette puissance terrible qu'il revêtait aux yeux de Julie n'était en lui que le reflet de la puissance céleste sur l'esprit de la classe nouvelle. Il était un des cent mille parmi les millions d'hommes froissés et frustrés qui allaient dire au premier jour : "La mesure est comble, le passé a fait son temps." La brève allusion qu'il venait de faire à cet état général des esprits, et qui à cette époque était dans tant de bouches, fut pour Mme d'Estrelle comme une prophétie imposante dans la bouche d'un homme exceptionnel. C'était la première fois qu'elle entendait braver et dédaigner ce qu'elle avait toujours cru invincible. A l'espèce de frayeur superstitieuse qu'elle éprouvait se mêla aussitôt une confiance ardente, un besoin de s'appuyer d'autant plus sur ce bras vigoureux qui, poussé par un grand cœur, venait de lutter seul pour elle contre quatre épées.

— Vous croyez donc, dit-elle en continuant à marcher vite, que l'on peut secouer le joug de ce monde injuste qui oppresse les consciences et condamne les idées vraies ? Je voudrais croire avec vous que cela doit arriver !

— Vous y croyez déjà, puisque vous souhaitez d'y croire.

— Peut-être ; mais quand cela arrivera-t-il ?

— Nul ne sait quand ni comment : ce qui est juste ne peut point ne pas arriver ; mais que vous importe à vous, madame, que tout ceci dure encore cinquante ou cent ans ? N'êtes-vous pas de ceux qui profitent innocemment du malheur des autres ?

— Oh ! moi, je ne profite de rien. Je n'ai rien à moi, et je ne suis rien dans le monde.

— Mais vous êtes du monde, vous lui appartenez, il vous doit protection, et il ne vous blessera jamais personnellement.

— Qui sait ? dit Julie.

Puis, craignant d'en avoir trop dit, elle revint, afin de parler d'autre chose, à la scène qui venait de se passer.

— Quand je pense que tout à l'heure, dit-elle, un grand malheur eût pu vous arriver ! Ah ! votre pauvre mère, comme elle m'eût maudite, si j'eusse causé…

— Non, madame, cela ne pouvait pas arriver, répondit Julien ; j'avais pour moi la bonne cause.

— Et vous croyez que la Providence intervient dans ces occasions-là ?

— Oui, puisqu'elle est en nous. Elle nous donne de la force et de la présence d'esprit. Un homme qui protège l'honneur d'une femme contre des manants a pour lui toutes les chances. Le courage lui est très facile ; il sent qu'il ne peut pas succomber.

— Comme vous avez de la foi, vous ! dit Julie émue. Oui, je me souviens, vous m'avez dit chez moi, *l'autre jour*, que la foi transportait les montagnes, et que vous étiez la foi en personne.

— *L'autre jour !* reprit Julien naïvement. Il y a de cela plus d'un mois.

Julie n'osa pas feindre d'ignorer combien de jours et de nuits s'étaient écoulés déjà depuis cette courte entre-vue. Elle se tut. Julien fut respectueux au point de ne pas reprendre de lui-même la conversation, et plus le silence se prolongea, moins Julie trouva de présence d'esprit pour le rompre sans trahir l'émotion qu'elle éprouvait. Ils arrivèrent ainsi auprès du pavillon.

— Ne pensez-vous pas, lui dit-il, que je devrais quitter ici votre bras et ne pas me montrer à vos gens, mais vous suivre à distance jusqu'à ce que j'aie vu la porte de votre hôtel se refermer sur vous ?

— Oui, répondit-elle ; mais que penseront mes gens de me voir rentrer seule et à pied à pareille heure ? Tenez, le mieux est que je prenne par le pavillon et par mon jardin ; on pourra croire que M. Marcel m'a rame-née par là.

En effet, c'était le mieux. Julien avait sa clef sur lui.

— Je vais, dit-il, éveiller et faire lever ma mère, qu'en passant tantôt j'avais avertie de ne pas m'attendre. Elle croit que j'ai été souper chez Marcel.

— Ne l'éveillez pas, je m'y oppose. Lui raconter toutes nos aventures serait trop long à présent. A moitié endormie, elle s'inquiéterait. Demain, vous lui direz tout. Ouvrez-moi la porte du jardin, et je me sauve sans bruit. Merci, et adieu !

180

Pour traverser l'étroit couloir qui, dans l'intérieur du pavillon, menait de la porte de la rue à celle du jardin, il fallait se trouver quelques instants dans une obscurité complète. Le pauvre ménage n'entretenait pas inutilement une lampe, et Babet, servante à la journée, ne couchait pas dans la maison. Julien passa le premier, ouvrit la porte du jardin, salua profondément Mme d'Estrelle, et referma aussitôt cette porte, pour lui bien montrer qu'il ne la franchissait jamais et ne prétendait pas la suivre, même des yeux, dans les allées où elle glissait comme une ombre.

Tant de discrétion, un respect si absolu, un dévouement si délicat, si prévoyant, si actif, si réellement efficace, touchèrent profondément Mme d'Estrelle. Il faisait une magnifique nuit de juin. Elle savait qu'en frappant à la vitre de sa chambre à coucher, qui donnait sur le jardin au rez-de-chaussée, elle avertirait Camille, qui veillait pour l'attendre. Elle savait aussi que la veillée de Camille consistait à faire un bon somme sur la meilleure bergère de l'appartement. Elle pensa pouvoir sans inhumanité la laisser veiller ainsi quelques instants de plus, et, se sentant le cœur plein d'émotion, l'esprit noyé de rêveries, elle ne put résister au désir de s'asseoir au bord du bassin, où la lune se reflétait, immobile et claire, comme dans une glace de Venise.

Le rossignol ne chantait plus. Il dormait sur sa jeune couvée. Tout se taisait, et le zéphir (la brise de ce temps-là) était si délicieusement assoupi qu'il ne faisait pas trembler un brin d'herbe. Paris dormait aussi, du moins le quartier paisible dont l'hôtel d'Estrelle marquait l'extrémité. On eût entendu plutôt là les bruits de la campagne que ceux de la ville ; à cette heure, ils se bornaient à quelques fanfares de coq et à des aboiements de chien à de lointains intervalles. Les heures chantaient d'une voix limpide en se répondant d'un couvent à l'autre ; puis tout retombait dans la muette extase, et, si le roulement éloigné de quelque voiture résonnait sur le pavé du vrai Paris, c'était plutôt comme le mugissement sourd d'une vague que comme un bruit produit par l'activité humaine.

Julie, fatiguée et un peu égarée, respira ce calme de la nuit et ce parfum de la solitude avec un grand bien-être. Elle arrêta ses regards sur une grosse étoile blanche qui, gravitant non loin de la lune, se répétait dans la même eau. Elle resta d'abord sans penser, oubliant tout, se reposant ; bientôt elle eut des palpitations violentes qui la firent souffrir : elle trouva qu'il faisait chaud, et puis froid. Elle se leva pour s'en aller. Elle approcha de la croisée de sa chambre et n'y frappa point. Elle revint au banc de pierre. Elle s'assit et pleura. Elle se leva encore et fit le tour du bassin comme une âme en peine ; elle s'arrêta enfin, souriant comme une âme heureuse. Elle consentit à s'interroger, et, quand son cœur lui répondit : *J'aime*, elle s'en épouvanta et lui défendit de parler. Puis elle demanda compte à sa conscience de cet effroi, de cette austérité farouche, hors nature, inutile à Dieu. Sa conscience lui répondit qu'elle n'était là pour rien, et que l'obstacle ne venait point d'elle, mais de la raison, espèce de conscience factice où la nature et Dieu cédaient le pas à des idées de convention, à la peur, au calcul, à des prévisions toutes relatives à l'intérêt personnel mal entendu. Dans cet ordre de raisonnement, tout se traduisait en pièces de six francs. Marcel l'avait démontré. Julie n'avait pas le droit d'aimer parce qu'elle n'avait pas assez d'écus. Marcel avait raison en présence du fait. Il fallait donc sacrifier l'âme à ce fait des plus grossiers, à l'implacable menace de la misère !

— Non, se dit Julie, cela ne sera pas ! S'il le faut, je vendrai tout, je n'aurai plus rien, je travaillerai ; mais je veux aimer, dussé-je demander l'aumône ! D'ailleurs, il travaillera pour trois, lui qui travaille déjà pour deux ! Il subira cette charge, il en sera heureux s'il m'aime ! A sa place, je le serais tant !

Julie recommença à marcher avec angoisse.

— M'aime-t-il à ce point-là ? M'aime-t-il avec la passion que j'ai cru voir le premier jour ?... Ah ! oui, voilà ce que je me demande sans cesse, voilà tout ce qui me tourmente, voilà ce que ni ma conscience, ni ma raison, ni mon cœur ne peuvent m'apprendre. Il ne m'aime peut-être que d'amitié, car il est bon fils, et il me tient compte de ce que je voulais faire pour sa mère. Il me doit de la reconnaissance, et il me prouve la sienne par un dévouement admirable. Et après ? Pourquoi m'aimerait-il follement ? Pourquoi voudrait-il passer sa vie à mes pieds ? Il n'en éprouve pas le besoin, puisqu'il n'est là que dans les occasions où je peux, moi, avoir besoin de lui. Le reste du temps, il pense à ses vrais devoirs, à son travail, à sa mère, peut-être à quelque jeune fille de sa condition qui lui apportera une certaine aisance... tandis que moi, ruinée... Mais suis-je ruinée ?... Si le père de mon mari a assuré mon sort, je suis toujours une grande dame... et alors... alors tout est changé dans mon rêve : j'oublie ce jeune homme qui n'est pas fait pour moi, j'épouse un homme du monde que je peux choisir, je suis heureuse et fière, j'aime sans trouble et sans rougeur... Ah bien, oui !... A présent, c'est *lui*, ce n'est pas un inconnu, ce n'est pas un autre que j'aime, c'est lui seul, et je ne sais pas si on guérit de cela. Je ne sais pas si on oublie. Je crains que non, puisque plus j'essaye, plus j'échoue ; plus je me défends, plus je suis vaincue... Mon Dieu, mon Dieu, il n'y a dans tout cela qu'une véritable terreur, un véritable supplice : c'est la crainte qu'il ne m'aime pas !

Comment le saurai-je ? Je ne le saurai peut-être jamais. Pourrai-je vivre sans savoir cela ?

En se torturant ainsi elle-même, elle se trouva sans savoir comment dans la contre-allée, assez près du pavillon. La porte était ouverte, une ombre noire s'en détachait. Julien, comme s'il eût entendu sa pensée, comme s'il eût été invinciblement entraîné à y répondre, venait droit à elle.

Julie recouvra aussitôt sa raison et sa fierté. Surprise, elle allait parler en reine offensée. Il ne lui en donna pas le temps.

— Madame, lui dit-il, pourquoi êtes-vous là ? Vous ne pouvez donc pas vous faire ouvrir ? Vos gens sont endormis, ou ils vous attendent tous du côté de la rue ? Vous ne pouvez point passer la nuit dans ce jardin, vêtue comme vous l'êtes. Il est deux heures du matin. La rosée tombe, vous serez glacée, vous serez malade… Et votre coiffe est sur votre épaule, vous voilà tête nue, les bras à peine couverts… Tenez, prenez vite ce gros mantelet de ma mère, et pardonnez-moi d'être ici.

— Mais comment saviez-vous… ?

— Je vous entendais marcher sur le sable, d'un pas bien léger, qui ne pouvait être que le vôtre, et ce pas qui s'interrompait, qui recommençait toujours… J'étais dans l'atelier, et puis là, la porte entr'ouverte, je me disais : "Elle est toujours dehors, elle ne peut pas rentrer, elle prend froid… elle est fatiguée, elle souffre, elle a peut-être peur !" Je ne pouvais plus y tenir, moi ; d'ailleurs, c'était mon devoir… Et voyez, cela ne peut pas durer ; quelque chose qu'on puisse penser ou dire, je ne veux pas que vous en mouriez ; non, je ne le veux pas !

Cette fois, Julien était ému, sa voix tremblait, ses mains tremblaient en posant le vêtement de sa mère autour de la taille de Julie ; mais il ne luttait point contre les surprises de la volupté : il grondait plutôt comme un père qui voit son enfant en danger. Il ne supposait même pas qu'on pût l'accuser d'un amour égoïste ou d'une entreprise perfide. Aussi oubliait-il toute convenance, et sa sollicitude avait un accent de passion qui bouleversa Julie. Elle lui saisit les deux mains, et, emportée elle-même par un mouvement de passion exaltée, le premier de sa vie, le moins prévu et le plus indomptable :

— Vous m'aimez ! lui dit-elle éperdument, vous m'aimez, j'en suis sûre ! Eh bien, dites-le-moi, que je l'entende, que je le sache ! Vous m'aimez… comme je veux être aimée !

Julien étouffa un cri, perdit la tête et emporta Julie dans son atelier ; mais elle avait eu une vie trop chaste pour que l'effroi de sa pudeur ne fît pas remonter dans la meilleure région de l'âme de son amant le respect un moment submergé. Il tomba à ses pieds et couvrit de baisers le bout de ses doigts glacés, en la suppliant d'avoir confiance entière.

— Confiance ! confiance ! lui dit-il. J'ai juré que je serais votre frère. C'est votre frère qui est là, n'en doutez pas, et c'est votre confiance qui me préservera. Je vous ai dit que je vous adorais : cela est plus vrai que je n'ai su vous le dire, plus fort que vous ne pensez, plus terrible que je ne le croyais moi-même ; mais je ne veux pas vous coûter une larme, je me tuerais plutôt ! Soyez tranquille, vous ne rougirez pas de m'avoir ordonné de vous aimer.

Eût-il pu tenir parole ? Il le croyait encore au milieu du délire de sa joie. Julie ajouta à sa force par sa propre hardiesse.

— Non, je ne veux pas rougir, lui dit-elle avec la franchise d'une prise de possession sérieuse ; je veux être votre femme, car être votre maîtresse, ce serait vous dégrader. A un homme comme vous, de vulgaires aventures ne conviennent pas ; à une femme comme moi, la galanterie est impossible. Et moi aussi, je me tuerais plutôt ! Julien, jurons-nous ici le mariage, quoi qu'il arrive, que je sois riche ou ruinée, car il y a autant de chance pour l'un que pour l'autre. Si je suis pauvre, vous n'aurez pas de défaillance de volonté, vous me soutiendrez, vous me nourrirez. Si je suis riche, vous n'aurez pas de vaine fierté, vous partagerez mon sort. Il faut que ce soit décidé, convenu, juré. Je ne suis pas courageuse, je vous en avertis, c'est pour cela que je veux m'engager sans retour, et je sais qu'alors je ne regarderai plus ni à droite ni à gauche. Mon amour deviendra en moi un devoir ; j'aurai alors de la force, de la décision, du sang-froid. J'ai su accepter le désespoir dans le mariage parce que j'ai des principes et de la religion vraie ; j'accepterai à plus forte raison le bonheur, et je lutterai pour être heureuse comme je luttais auparavant pour ne pas désirer de l'être. Jurez, mon ami ; il faut que nous soyons tout l'un pour l'autre, ou il faut ne nous revoir jamais, car voilà qui est certain, nous nous aimons, c'est plus fort que nous. Le monde n'y peut rien. Depuis quinze jours, je ne vis plus, je me sens mourir. Aujourd'hui, je devenais folle ; tout à l'heure j'aurais couru après vous si vous m'eussiez dit : "Je ne vous aime pas…" Ou bien, non, je me serais jetée dans le bassin avec la lune, avec l'étoile qui brille au fond. Julien, je perds l'esprit, je n'ai jamais dit de pareilles choses, je ne croyais pas oser jamais les dire, et je vous les dis, et je ne sais plus si c'est moi qui parle. Ayez pitié de moi, soutenez-moi, gardez-moi mon honneur, qui est à vous, gardez-vous à vous-même la pureté de votre femme.

— Oui, ma femme ! oui, je le jure ! s'écria Julien transporté. Et vous, Julie, jurez donc aussi devant Dieu !

— Mon Dieu ! dit Julie éperdue et redevenue tout à coup un peu lâche, il y a un mois que nous nous connaissons !…

— Non, il n'y a pas un mois, reprit Julien. Il y a une heure, car nous nous sommes vus il y a un mois, pendant un quart d'heure ici, un quart d'heure chez vous, et, ce soir, dans la rue, une demi-heure. Autant dire, Julie, que, selon l'apparence, nous ne nous connaissons pas du tout, et pourtant nous nous aimons. Dieu est là qui nous entend et qui le sait bien, lui, puisqu'il l'a voulu, puisqu'il le veut !

— Oui, tu as raison, reprit-elle avec exaltation, car elle se sentait retrempée par la foi exaltée de son amant ; nous ne connaissons l'un de l'autre que notre amour. N'est-ce pas assez ? n'est-ce pas tout ? Qu'est-ce que le reste ? Tu es un artiste habile, un digne jeune homme, un bon fils : voilà ce que tout le monde sait de toi ; mais est-ce pour cela que je t'aime ? Je suis une honnête personne, assez généreuse et assez douce, tu as pu l'entendre dire ; mais ce n'est pas pour cela non plus que tu m'as aimée. Il y a d'autres hommes de bien, d'autres femmes estimables à qui nous n'eussions jamais songé à nous attacher ainsi ; nous nous aimons parce que nous nous aimons, voilà tout !

— Oui, oui, dit Julien, l'amour est comme Dieu, il est parce qu'il est, c'est l'absolu ! Qu'importe que nous découvrions l'un chez l'autre telle ou telle particularité d'esprit ou de caractère ? La grande, la seule affaire de notre vie, c'est de nous aimer, et, puisque nous possédons l'amour l'un de l'autre, nous nous connaissons depuis cent ans, depuis toujours… cela n'a ni commencement ni fin !

Ils divaguèrent ainsi pendant plus d'une heure, à voix basse, dans l'atelier, qu'éclairait vaguement la lune à travers les arbres, Julie assise, Julien à genoux, les mains dans les mains, mais ne voulant pas échanger un baiser qui les eût perdus. Et tout à coup la lune qui déclinait vers l'horizon devint si claire, qu'il fallut bien reconnaître que l'aube s'était mise de la partie. Julie se leva et s'enfuit après avoir juré et fait jurer cent fois à Julien que leur union était indissoluble.

Camille fut bien surprise, lorsqu'elle eut ouvert à sa maîtresse, de voir qu'il était près de trois heures.

— Est-ce que mes gens m'attendent encore ? dit Mme d'Estrelle.

— Oui, madame ; ils pensent que madame a voulu faire les prières de nuit auprès du corps de M. le marquis. La voiture a été chercher madame. Madame a dû la trouver à la porte de l'hôtel d'Ormonde.

— Non ; je ne l'ai pas attendue, elle tardait trop. M. Marcel Thierry m'a ramenée par le pavillon, où j'ai dû m'arrêter pour causer avec lui de mes affaires. Dites aux domestiques de se coucher ; la voiture rentrera quand le cocher sera dégrisé.

— Ah ! mon Dieu ! madame sait donc… ? Ce pauvre Bastien ! Je peux bien le jurer à madame !… Il s'est grisé par dépit, parce que madame avait pris un fiacre.

Si cette explication fit sourire Julie, les siennes propres parurent bizarres à la soubrette ; mais elle n'y entendit pas malice. La vie de Julie était si régulière et si chaste ! Elle pensa seulement que la situation financière était en grand péril, puisqu'on passait la nuit à en parler avec le procureur, et elle fit part de ses inquiétudes aux autres valets, qui s'en affligèrent tout en songeant à ne point laisser arriérer leurs gages. Le valet de chambre, qui était l'ami de Camille et qui par contre-coup protégeait

Bastien, s'en alla à l'hôtel d'Ormonde et ne l'y trouva pas. Bastien avait compris qu'on le renvoyait au cabaret et y était retourné ; il y dormait du sommeil des anges, seul sommeil réputé assez délicieux pour servir de comparaison à celui d'un ivrogne. La voiture l'attendait à la porte, et le valet de pied, son subordonné, avait consenti à garder les chevaux à la condition que, de quart d'heure en quart d'heure, on lui apporterait de quoi se réchauffer sur le siège. Ces drôles ne reparurent à l'hôtel qu'au grand jour et ne retrouvèrent leur raison qu'au bout de vingt-quatre heures. En d'autres circonstances, Julie les eût chassés ; mais elle prévit que l'aventure bachique embrouillerait le fait de l'aventure romanesque dans les idées de l'antichambre et dans les commentaires de la loge. C'est ce qui arriva, et comme les gens qui servaient Mme d'Estrelle n'étaient pas malveillants à son égard, il sembla que rien ne dût transpirer de l'emploi de cette nuit insolite.

La nuit suivante, par prudence, on se tint coi : mais, la nuit d'ensuite, les deux amants, sans s'être donné rendez-vous, se retrouvèrent dans les bosquets du jardin, et se redirent avec un plaisir nouveau tout ce qu'ils s'étaient dit l'avant-veille. On continua ainsi, sans trouble et sans danger apparent, rien n'étant plus facile à Mme d'Estrelle que de se glisser hors de ses appartements, et même sans de grandes précautions, ses gens ayant l'habitude de la voir prendre le frais, seule et assez tard, dans les nuits d'été.

Quelle douce existence, si elle eût pu durer ! Ces rendez-vous avaient tout l'attrait du mystère, sans que le remords en troublât les délices. Libres tous deux et n'aspirant qu'à l'union la plus sainte, soutenus par un amour assez fort pour savoir attendre, ils étaient là dans la nuit, dans les buissons de fleurs, dans la splendeur de l'été qui commence et qui conserve toutes les grâces du printemps ; ils étaient là comme deux fiancés à qui l'on a permis de s'aimer, et qui, sans abuser, se cachent pour ne point faire de jaloux. C'était la lune de miel du sentiment précédant celle de la passion. La passion en était bien déjà, mais combattue, ou plutôt réservée d'un commun accord pour la phase du combat et de la vaillance, car on savait bien ce qu'il faudrait braver, et Julien disait à son amie :

— Vous souffrirez beaucoup pour moi, je le sais ; et, moi, je souffrirai de vous voir souffrir ; mais nous nous appartiendrons alors, et l'amour aura des ivresses qui nous rendront invulnérables aux atteintes du dehors. Quand même vous ne seriez pas gardée ici par votre pudeur et par ma vénération, il me semble que l'égoïsme bien entendu me ferait une loi de ne pas épuiser tout mon bonheur à la fois.

En d'autres moments, Julien était plus agité et moins résigné à l'attente. Julie alors le calmait en le suppliant de se rappeler ce qu'il avait dit la veille.

— Je suis si heureuse depuis que nous nous aimons ainsi ! lui disait-elle. Ne changeons rien à cette situation pleine de délices. Songez donc : le jour où je dirai tout haut que je vous ai choisi pour le compagnon de ma vie, on rira, on criera, on m'accusera d'un entraînement vulgaire, et je sais des femmes vertueuses qui me diront avec cynisme : "Gardez-le pour votre amant, puisqu'il vous faut un amant ; mais voyez-le en secret, et ne l'épousez pas !" De quel front soutiendrais-je ces impertinences, si je n'avais pas la conscience nette, et si je ne me sentais plus le droit de répondre : "Non, il n'est pas mon amant ! Il est le fiancé que j'aime, et qui m'a prouvé son respect comme aucun autre homme n'eût su me le prouver !" Gardons nos forces, Julien ;

celle de la vérité est la plus puissante de toutes pour lutter contre les idées fausses.

Julien se soumettait par dévouement et aussi par fidélité d'esprit à ce je ne sais quoi d'héroïque et de cornélien qui avait réglé sa vie et contenu les premiers élans de sa jeunesse. Il pouvait encore vaincre ses sens, ne leur ayant jamais permis de le dominer entièrement. Et puis ce roman d'amour pur, à travers la nuit embaumée, parlait à son imagination, et pour l'artiste ces nuits poétiques étaient des fêtes enivrantes. Ce jardin avait des profondeurs sombres et des masses puissantes, comme on en voit dans les compositions de Watteau. L'apparition de Julie gracieusement parée, assez grande et pleine d'ampleur dans la simplicité de ses atours, était en harmonie avec ce sentiment particulier qui fait de Watteau un peintre sans mièvrerie, un Italien réaliste et bien vivant dans un cadre de convention et dans une époque d'afféterie. Il y avait un coin retiré où, sur le fond noir des massifs, un grand vase de marbre blanc, haut monté sur un piédestal enguirlandé de lierre, se détachait vaguement dans la nuit comme un spectre. Des lueurs bleuâtres, insaisissables, glissaient sur le feuillage, et l'ombre des branches se dessinait sur le marbre, dont les contours s'effaçaient mollement sans que la forme du vase cessât d'être élégante et majestueuse.

C'est là que Julien, aussitôt que sa mère était couchée, allait attendre Julie, et, quand elle approchait, souriante, tranquille comme le bonheur, avec ses jupes de soie qui miroitaient dans l'ombre et ses beaux bras nus qui retenaient une draperie de satin rayé, Julien croyait voir je ne sais quelle muse moderne présidant à sa destinée, lui apportant les promesses de l'avenir avec toutes les grâces et toutes les séductions de la vie présente et réelle.

Le présent, il fallait bien le savourer sans trop songer au lendemain, car l'incertitude des événements s'opposait aux projets sous une forme déterminée. On ne savait pas encore si l'on vivrait ainsi, abandonnés du monde, oubliés et tranquilles dans ce jardin qui était devenu pour l'amour un paradis terrestre, ou bien si, chassés même du pavillon par des créanciers inexorables, on n'irait pas chercher dans quelque faubourg une mansarde avec un jardin sur la fenêtre. On voulait tout accepter ensemble ; c'était la seule chose certaine, le seul vouloir irrévocable.

VI

Deux semaines s'étaient écoulées depuis la mort du marquis d'Estrelle, et, après toutes les recherches possibles, il n'y avait pas eu trace de testament. On croyait qu'il en avait un, on n'osait dire tout haut que la marquise l'avait détourné. D'après divers indices, Marcel le pensait ; mais rien ne servait de soupçonner, on ne pouvait rien prouver, et le fait s'accomplissait avec une insolente tranquillité, c'est-à-dire que la marquise, s'en tenant aux droits consacrés par son contrat de mariage, héritait intégralement de tous les biens du défunt, et ne faisait mention d'aucune réserve pour l'acquit des dettes du feu comte. Cette réserve semblait ressortir pourtant des termes du contrat de Julie. C'était matière à procès, et Marcel conseillait à Julie de plaider, ne fût-ce que pour arrêter les poursuites dont elle était menacée. Julie ne voulait pas de procès. Elle croyait qu'on les perdait toujours de part et d'autre, et Marcel avouait qu'elle ne se trompait guère.

— Je sais bien, disait-elle, que la marquise ne m'aime pas, et il est fort possible qu'elle ne me doive rien ; mais c'est une très grande dame, et il n'est pas possible que, riche comme elle l'est, elle laisse dépouiller entièrement une personne qui porte son nom. Attendons encore. Il ne serait pas séant d'aller si vite lui parler d'argent, et peu prudent, vous l'avez dit vous-même, de paraître trop pressée. Le moment venu, je ferai cette démarche quoi qu'il m'en coûte ; vous m'avertirez de l'opportunité.

— Allez-y tout de suite, lui dit un jour Marcel. Il n'est que temps, vos créanciers veulent agir demain.

Julie, sans se décourager de l'insuccès de sa première visite, s'était présentée chez la douairière dans la matinée qui avait suivi le décès du marquis. Cette fois, elle avait été reçue très froidement, mais avec politesse. Peut-être, ayant fait disparaître les dispositions testamentaires, ne craignait-on plus sa présence. Il y eut bien quelque réflexion aigre-douce sur les plaisirs mondains qui marquaient la fin du deuil de veuve de Mme d'Estrelle, par allusion à son absence de la veille. Julie avait donné l'explication convenue avec Marcel. On l'avait écoutée d'un air de curiosité assez désobligeant, et puis on avait ajouté :

— C'est dommage pour vous, comtesse, mais vous voilà de nouveau en deuil !

Julie avait fait d'autres visites à la douairière sans lui parler jamais de ses embarras. Le moment venu de le faire, elle s'arma de courage, se présenta avec sa douceur accoutumée, et fit en peu de mots, qu'elle ne put réussir à rendre très humbles, l'exposé de sa situation.

— Je vous demande pardon, madame, lui répondit la marquise, mais je n'entends rien à ces affaires, n'ayant pas l'avantage de vivre dans l'intimité des procureurs. Si vous voulez bien envoyer le vôtre à mon notaire, il prendra connaissance de mes droits comme de mes devoirs, et il se convaincra que vous n'êtes pas au nombre des charges qui m'ont été laissées.

— Ce n'est point là, madame la marquise, la réponse que je réclamais de votre loyauté. Il se peut que vous ne me deviez rien, et cela doit être, puisque vous l'affirmez. Je pensais que, par des considérations de famille…

— Je n'ai pas l'honneur d'être de la vôtre, répondit sèchement la marquise.

— Vous voulez dire, reprit Julie, ranimée par la provocation, que M. le comte d'Estrelle s'est un peu mésallié en épousant une fille de noblesse mi-partie de robe et d'épée. Ceci ne m'offense pas, je ne rougis pas de mes aïeux magistrats, et ne me crois au-dessous de personne ; mais je ne suis pas venue ici pour discuter mes titres à l'honneur de porter le nom que vous portez aussi. Le fait existe, je suis la comtesse d'Estrelle ; dois-je perdre l'existence qui m'avait été promise et qui semblait assurée ? Si M. le marquis m'a oubliée en mourant, ne résulte-t-il pas d'intentions dont il a dû vous faire part que vous acquitterez les dettes de son fils, du moins en partie ?

— Non, madame, reprit la douairière, cela ne résulte pas d'une intention qu'il m'ait jamais exprimée. Je connais seulement son opinion, et la voici : vous devriez résolument renoncer à votre douaire, puisqu'il est insuffisant pour acquitter les dettes en question, et l'on verrait à payer le reste.

— On me l'a proposé souvent, madame ; j'ai demandé si l'on voulait bien, en échange de cet abandon, me faire une pension quelconque.

— Etes-vous absolument sans ressources ? Votre famille ne vous a-t-elle rien laissé ?

— Douze cents livres de rente, madame, pas davantage, vous ne l'ignorez pas.

— Eh bien, avec cela on peut vivre, ma chère ; c'est assez pour aller en fiacre, pour voir la comédie en loge grillée, pour fréquenter les femmes de procureur et pour donner le bras dans la rue en plein minuit à des peintres d'enseigne. Ce sont là vos goûts, à ce que l'on dit ; contentez-les, renoncez à vos droits ou laissez vendre à tout prix les biens que vous tenez de la famille d'Estrelle ; peu m'importe à moi ! Tout ce que je désire, c'est que vous fassiez un mariage quelconque qui change votre nom et qui m'empêche d'être jamais confondue avec vous par ceux qui ne nous connaissent point.

— Vous aurez cette satisfaction, madame, répondit Julie en se levant, car, pas plus que vous, je ne voudrais de cette confusion fâcheuse.

Elle salua et sortit. Marcel l'attendait chez elle. Quand il la vit rentrer pâle et l'œil rempli d'un éclair d'indignation :

— Tout est perdu, lui dit il, je vois cela ! Parlez vite, madame, vous me faites peur.

— Mon cher Thierry, je suis ruinée sans ressources, répondit Julie ; mais ce n'est pas cela qui m'étouffe. On m'insulte, on me foule aux pieds ; du premier coup, sans témérité, sans provocation de ma part, on me jette l'outrage à la figure ! Je suis environnée d'espions, on rapporte, on envenime les choses les plus innocentes… Thierry, ajouta-t-elle en se laissant tomber sur un fauteuil, vous êtes un honnête homme… Je vous jure que je suis, moi, une honnête femme !

— Il n'y a que des misérables qui puissent nier cela ! s'écria Marcel. Voyons, du courage, expliquez-vous.

Quand Marcel sut tout, sauf l'intelligence qui régnait entre Julien et la comtesse, car ils avaient cru devoir garder provisoirement leur secret, même vis-à-vis de Mme André Thierry, il fut fort abattu et jugea la situation désespérée.

— Vous voilà, dit-il, entre le dénuement subit, absolu, épouvantable pour une femme qui a vos habitudes, et un procès dont l'issue est fort douteuse. Je ne sais plus quoi vous conseiller. Je vois que mes prévisions se réalisent. On veut vous dépouiller et avoir le monde pour soi en essayant de ternir votre réputation. On a aiguisé des armes contre vous, on s'en est muni en voyant décliner le marquis, et même, pendant qu'il rendait l'âme, on s'en est servi ; on a travaillé de sang-froid à votre perte, on vous a fait espionner, on vous a suivie…

— Attendez, monsieur Thierry, est-ce que M. Antoine n'est pas mêlé à tout cela ?

— Julien le croit ; moi, j'en doute encore ; j'en aurai le cœur net, et, s'il le faut, je dresserai un contre-espionnage auprès du sien ; mais le plus pressé n'est pas de savoir qui vous trahit, il faut arrêter vos résolutions.

— Pas de procès surtout !

— Non ; mais n'avouons pas cela, et menaçons de rébellion ; je m'en charge. On veut que vous abandonniez le douaire purement et simplement ; moi, je veux qu'on achète cet abandon, et je débattrai les conditions fort et ferme.

— En attendant, dit Julie, me voilà brouillée avec la famille de mon mari, car vous pensez bien que je ne remettrai jamais les pieds chez la marquise.

— Devant le parti pris de vous pousser à bout que je vois bien arrêté chez elle, je n'ai point à vous conseiller la patience. La guerre est déclarée, les hostilités ne sont pas de notre fait. Il s'agit de ne pas reculer.

Mais Marcel n'eut pas le loisir de batailler. Il avait à ses trousses deux ou trois procureurs d'assez mauvais renom, qui parlaient de faire vendre à la criée, et qui ne voulaient plus accorder de délai. Il crut devoir souscrire aux prétentions de la marquise. Il alla en prévenir Julie.

— On vous dépouille, lui dit-il, et je crains même qu'on ne vous force, en cas de résistance, à aliéner le mince capital que vous tenez de votre famille. Il est bien certain que les dettes du comte avec les intérêts accumulés absorberaient au-delà de ce qui vous reste de sa fortune. La marquise d'Estrelle veut habiter ou tout au moins posséder l'hôtel d'Estrelle.

— Et ses dépendances ? dit Julie ; le pavillon aussi ?

— Le pavillon aussi. Ma tante aura une indemnité pour déguerpir, autre chose à débattre, mais qui ne vous regarde pas.

Julie ne répliqua rien et tomba dans une profonde tristesse. Etre ruinée, réduite à douze cents livres de rente, cela n'avait pas encore offert un sens bien net à son esprit ; mais quitter à tout jamais cette maison élégante, ce jardin délicieux qui, depuis quelques semaines, lui étaient devenus si chers, perdre ce voisinage du pavillon, ce charme et cette sécurité des entrevues nocturnes, c'était là véritablement la catastrophe ! Tout un monde d'ivresses s'écroulait derrière elle. Une phase de son plus pur bonheur était close brutalement et sans qu'elle eût eu le temps de s'y préparer.

Marcel retourna vite chez le notaire de la marquise. Il le trouva très hautain devant ses concessions, non pas lui, l'homme, qui était fort galant homme du reste, mais le fondé de pouvoirs engagé à soutenir pied à pied la cause de sa cliente. On l'avait, d'ailleurs, prévenu contre Julie, et il ne voyait en elle qu'une jeune folle décidée à tout sacrifier à des passions déréglées. Marcel n'y put tenir ; il se fâcha, jura son honneur qu'il n'existait aucune relation secrète entre la comtesse et son cousin, qu'ils se connaissaient à peine, et que Julie était la femme la plus pure, la plus digne de respect et de pitié. Marcel était connu pour un très honnête homme : la chaleur de sa conviction ébranla le notaire : mais, revenant aux droits de la marquise, il démontra qu'elle était maîtresse de la situation et qu'on serait heureux d'en passer par où elle voudrait.

Pourtant il promit de faire son possible pour l'amener à des dispositions plus généreuses envers la veuve de son beau-fils. Le lendemain, il annonça, par une lettre à Marcel, que la marquise souhaitait voir l'hôtel d'Estrelle, où elle n'était pas entrée depuis longtemps. Elle voulait s'assurer par ses yeux de l'état des lieux et faire procéder à une évaluation qui serait débattue en sa présence par ses conseils et ceux de la comtesse. Il était aisé de voir, à la forme de cette lettre, que le notaire avait mécontenté sa cliente en plaidant, ainsi qu'il l'avait promis, le côté moral de la cause de Julie, et que lui-même était assez mécontent des méfiances et des duretés de la douairière.

Il se présenta le jour même avec elle. Julie, ne voulant pas revoir sa cruelle ennemie, se renferma dans son boudoir, laissant ouvertes toutes les autres portes des appartements.

La marquise d'Estrelle était une âpre Normande. Dans le monde de Mme d'Ancourt, on l'appelait *Mme de Pimbêche*, *Orbêche*, etc. On l'accusait d'emprunter à l'année pour prêter sous main à la petite semaine. C'était peut-être exagéré ; mais il est certain qu'en versant une grosse somme pour libérer Julie, elle voulait se rattraper sur le détail. La promptitude qu'elle mit à venir faire cette sorte d'expertise en était la preuve.

Elle se promena dans toute la maison, examina tout d'un œil perçant et sûr, fit ses objections et ses réserves sur la plus petite dégradation murale, déprécia tant qu'elle put le mobilier et l'immobilier, parlant et agissant avec un cynisme d'avarice et d'aversion qui écœura Marcel et fit plus d'une fois rougir le notaire. Lorsqu'elle arriva devant le boudoir où Julie s'était réfugiée, elle demanda que cette porte fût ouverte. Elle le fut à l'instant même. Julie avait entendu venir, et, ne voulant pas subir ce dernier affront de recevoir malgré elle une visite odieuse, elle était sortie par le jardin, laissant à Camille l'ordre d'ouvrir dès qu'on l'exigerait. Camille était fière, elle comptait des échevins parmi ses ancêtres ! Elle ne put résister au désir de donner une leçon à la douairière : elle s'approcha d'un meuble où elle avait serré exprès à la hâte quelques chiffons, et dit d'un ton de soumission mordante :

— Peut-être que madame veut compter le linge ? Il y a ici des fichus et des rubans à ma maîtresse.

La douairière se souciait peu du caquet d'une suivante ; mais sa haine contre Julie reçut le coup de fouet et s'exaspéra. Elle jeta un coup d'œil rapide vers la croisée, et vit Mme d'Estrelle qui traversait le jardin et se dirigeait vers le pavillon.

C'était là une grande faute sans doute de la part de Julie, mais elle aussi était exaspérée. Elle se sentait comme chassée de sa maison, de sa chambre, de sa retraite la plus intime par l'impudeur de la persécution. Elle cherchait un refuge, elle avait la tête perdue, elle s'en allait d'instinct et sans réfléchir vers Mme Thierry, vers Julien.

— On ne viendra pas me relancer chez eux, pensat-elle, on n'oserait ! Je suis encore propriétaire, et moi seule ai le droit d'entrer chez les personnes qui sont là en vertu d'un bail. Il est temps que j'avoue, d'ailleurs, mes relations d'amitié avec Mme Thierry, et, à partir d'aujourd'hui, je prétends aller chez elle comme je vais chez d'autres femmes qui ont des frères ou des fils.

Au moment où elle entrait résolument dans le pavillon, la marquise, avec une résolution non moins soudaine, sortait du boudoir et s'élançait dans le jardin.

— Où allez-vous, madame ? lui dit Marcel, qui n'avait pas vu fuir Julie, mais qui se méfiait des yeux brillants et de l'allure saccadée de l'agile et verte vieille.

La marquise ne daigna pas répondre, et continua de sautiller comme une pie déplumée. Le notaire et Marcel la suivirent, ne pouvant l'arrêter.

Elle connaissait fort bien les localités, quoique depuis longtemps elle n'y eût pas fait acte de présence, s'étant brouillée dès son second mariage avec le comte son beau-fils. Elle arriva au pavillon peu de minutes après Julie, trouva la porte grande ouverte et entra dans l'atelier comme une bombe.

Julien était seul ; il ne savait même pas que Mme d'Estrelle fût entrée et montée chez sa mère. Depuis qu'il voyait Julie en secret, il n'était plus aux aguets. On était si bien d'accord pour ne pas se rencontrer par hasard ! Il travaillait et chantait. Julie, en entrant dans le petit vestibule, avait eu je ne sais quel vague et subit avertissement du danger d'être suivie ; elle avait pris l'escalier, se persuadant que la chambre de la veuve était un asile inviolable. Surprise de la brusque apparition de la vieille douairière, Julien, qui ne l'avait jamais vue, se leva, pensant qu'elle était arrivée par la rue et qu'il s'agissait d'une commande. Cette figure rouge et haletante, anguleuse et maussade, lui causa plus de déplaisir que d'espérance.

— Voilà, se dit-il rapidement, une personne qui marchandera comme un brocanteur, si ce n'est quelque brocanteur femelle en réalité.

La toilette sordide de la dame n'annonçait nullement son rang et sa fortune.

— Vous êtes seul ici ? lui demanda-t-elle sans lui rendre aucune espèce de salut.

Marcel et le notaire parurent, et les yeux étonnés de Julien interrogèrent Marcel, qui se hâta de lui dire :

— Madame est une personne qui souhaite acquérir ce pavillon, et qui…

— Je n'ai pas besoin qu'on me présente à ce monsieur, riposta aigrement la marquise, et je sais m'expliquer moi-même.

— Alors, madame, dit Julien en riant, ce monsieur attend vos ordres.

— Je vous ai fait une question, reprit la marquise sans se déconcerter, je vais la rendre plus claire. Où a passé la comtesse d'Estrelle ?

Julien recula d'un pas. Marcel, voulant éviter une scène ridicule, lui fit vivement un signe en touchant son front avec le doigt, pour lui faire entendre que cette femme avait l'esprit dérangé.

— Ah ! fort bien, dit Julien, parlant du ton dont on parle aux enfants et aux fous. Madame la comtesse d'Estrelle ? Je ne la connais pas.

— Sotte réponse, monsieur le peintre, et tout à fait inutile. Je veux parler à cette dame, et je sais qu'elle demeure ici… de temps en temps !

— Marcel, dit Julien en s'adressant à son cousin, est-ce toi qui m'amènes *cette dame* ?

Marcel fit avec angoisse un signe de tête négatif.

— Alors c'est vous, monsieur ? dit Julien au notaire.

— Non, monsieur, répondit le notaire avec résolution ; j'ai suivi madame, et j'ignore absolument ce qu'elle vient faire ici.

— Vous auriez donc beaucoup mieux fait de ne pas me suivre, reprit la marquise avec une sèche tranquillité ; j'ai eu une raison pour venir dans cette boutique de tableaux, vous n'en avez pas. Faites-moi l'amitié de m'y laisser agir à ma guise.

— Je m'en lave les mains, répondit le notaire en saluant Julien avec beaucoup de politesse, et il sortit maudissant l'humeur acariâtre et fantasque de sa cliente.

— Quant à vous, monsieur le procureur… dit la marquise à Marcel.

— Quant à moi, madame, répondit Marcel, je suis ici dans ma famille, et n'ai d'ordre à recevoir que de la maîtresse du logis qui est ma tante.

— Je sais tout cela. Je sais votre parenté et comment vous vous entendez en bons amis entre vous, et en bons voisins avec la veuve du comte d'Estrelle. Restez si bon vous semble, ou mettez-moi à la porte si vous l'osez.

— Finissons-en, madame, dit Julien, qui perdait patience. Je n'ai pas coutume de manquer de respect à une femme, quelque *étonnante* qu'elle me paraisse ; mais je suis un artiste, un ouvrier si vous voulez : je suis chez moi, dans ma boutique de tableaux, comme vous dites fort bien, j'y travaille, je n'ai pas de temps à perdre. Vous me parlez de choses que je n'entends pas et d'une personne que je n'ai pas l'honneur de recevoir ; si vous n'avez pas d'autre motif pour me venir déranger, souffrez que je vous quitte.

Et, enlevant son étude et sa palette, Julien sortit de l'atelier en jetant à Marcel un coup d'œil expressif qui signifiait : "Tire-toi de là comme tu pourras."

— C'est bien ! dit la marquise sans se laisser abattre par ce congé en bonne forme. Je me rappellerai la chanson du berger. Voyons un peu la chaumière. Je ne vous ferai grâce de rien ; je veux voir tout le pavillon dehors, dedans, en haut, en bas, comme j'ai vu l'hôtel.

— Allons, madame, dit Marcel, puisque vous l'exigez… Permettez-moi seulement de prévenir ma tante, qui demeure là-haut !

— Non, pas du tout, reprit la douairière en se dirigeant vers la porte, je préviendrai moi-même, et, si l'on me renvoie… eh bien, j'en serai fort aise, monsieur le procureur !

— Ah ! c'est à en perdre la tête ! s'écria involontairement Marcel ; est-il possible que vous supposiez réellement Mme d'Estrelle cachée ici ? Alors venez, madame, je vous montre le chemin. Quand vous en aurez le cœur net…

Marcel était à cent lieues de s'imaginer que Julie fût dans la chambre de sa tante. Tout à coup, et comme il ouvrait brusquement la porte de l'atelier, il vit Mme d'Estrelle ct Mme Thierry devant lui, et resta dans l'attitude la plus piteuse que l'on puisse attribuer au désappointement.

Julie avait entendu l'arrivée bruyante de la marquise dans l'atelier. Julien était monté pour dire à sa mère qu'une folle était là faisant rage. Il avait été surpris d'abord de voir Julie et désolé ensuite de sa présence, en apprenant d'elle que cette folle était la douairière en personne. Julie la connaissait enfin et savait bien qu'elle viendrait la relancer jusqu'au grenier. Elle avait pris son parti sur-le-champ, et, s'emparant du bras de Mme Thierry, elle lui avait dit :

— Venez ! il ne me sied pas d'être surprise chez vous comme une coupable qui se cache. J'aime mieux braver l'orage, et je sens que je peux le braver parce que je le dois.

Julien, éperdu et prêt à éclater, était resté sur le haut de l'escalier, écoutant et se demandant si Marcel tout seul réussirait à empêcher les deux femmes qu'il aimait et respectait le plus au monde d'être insultées par une furie.

Mais, chose inattendue, dès que la douairière se vit en présence de ces deux femmes, son visage s'éclaircit, et sa colère parut se dissiper. Que voulait-elle en effet ?

Constater par ses propres yeux qu'on ne l'avait pas trompée en lui disant que Julie avait fait amitié avec la veuve Thierry et qu'elle était, par conséquent, la maîtresse de son fils. La conséquence était un peu forcée ; mais, Julien ayant dit à la marquise qu'il ne connaissait pas Julie, la marquise avait quelque motif de croire ce qu'elle désirait croire. Cette satisfaction l'apaisa comme la possession d'une proie apaise l'agitation du vautour. Elle partit d'un méchant rire en regardant Marcel d'une manière triomphante, et, sans saluer personne, sans attendre que personne lui adressât la parole :

— Venez, monsieur le procureur, dit-elle à Marcel, je suis satisfaite ; j'ai vu ici tout ce que je voulais voir ; allons à nos affaires.

Julie sentit le sarcasme, elle allait y répondre. Elle était poussée à bout, au point de souhaiter dire son secret en présence de tous. C'était, selon elle, l'occasion ou jamais. Puisque la calomnie voulait la traiter en pécheresse humiliée, elle voulait reprendre sa dignité par l'aveu d'un amour sérieux et bientôt légitime. C'était un grand acte de courage de la part d'une femme qui n'avait jamais rien su braver ; aussi n'était-elle pas de sang-froid en prenant à la hâte et à l'insu de Julien cette résolution extrême.

Mais il ne lui fut pas donné de l'accomplir ainsi. Marcel et Mme Thierry lui saisirent chacun une main en lui disant bas, comme à l'unisson :

— Ne répondez pas ; laissez tomber cela sous vos pieds !

Et, pendant qu'ils la retenaient ainsi, la douairière passa devant elle sans daigner la regarder et reprit l'allée qui ramenait à l'hôtel, tandis que l'honnête notaire, qui l'attendait dehors et qui la suivit, adressait à Julie un salut d'une déférence très significative.

— Vous le voyez, dit Marcel, son conseil même proteste contre l'indignité d'une pareille conduite, et, maintenant que cette femme a levé le masque, personne ne sera pour elle contre vous ; mais, pour Dieu, madame, comment vous laissez-vous surprendre ici, où vous ne venez jamais ? Vous êtes imprudente, je dois vous le dire !

— Mon cher Thierry, j'ai à vous parler, répondit Julie. Allez conclure avec la marquise, cédez tout en fait d'argent, sauvez seulement ma petite fortune personnelle, et revenez ici. Je vous y attends.

— Pourquoi ici ? reprit Marcel.

— C'est ce que je vous dirai quand vous serez de retour, répondit Julie.

— En effet, madame, dit Julien dès que Marcel se fut éloigné, par quel malheureux hasard honorez-vous ma mère de votre visite précisément le jour où votre mortelle ennemie vous guette ? Et maintenant pourquoi restez-vous là comme pour la confirmer dans ses étranges soupçons ?

Malgré le ton respectueux et tendre de Julien, ses paroles contenaient une sorte de réprimande qui étonna Mme Thierry.

— Julien, dit Mme d'Estrelle avec vivacité, le moment d'être sincère est venu. Il est venu plus tôt que je ne l'attendais, mais il s'impose, et je ne veux pas reculer devant la destinée. Ma digne amie, s'écria-t-elle en se jetant au cou de Mme Thierry, sachez la vérité. J'aime Julien. Je lui appartiens par les engagements les plus sacrés. Embrassez et bénissez votre fille.

— O mon Dieu ! s'écria à son tour Mme Thierry éperdue en pressant Julie sur son cœur, vous êtes mariés ?

— Non certes, jamais sans ton consentement, dit Julien en embrassant aussi sa mère ; mais nous nous sommes juré l'un à l'autre de te le demander dès que cette confidence n'aurait plus rien d'alarmant pour ta tendresse. Julie parle plus tôt que je ne l'aurais souhaité, mais elle parle, et que veux-tu que j'ajoute ? Je t'ai trompée, ma bonne mère, je l'aime éperdument, et je suis le plus heureux des hommes, puisqu'elle m'aime aussi !

Mme Thierry fut si émue de ces révélations, qu'elle resta longtemps sans pouvoir parler. Elle accablait Julie et Julien des caresses les plus tendres, et, tremblante, les mains froides, les yeux humides, elle éprouvait un mélange singulier de frayeur et de joie. Le premier sentiment dominait peut-être, car sa première question fut pour demander à Julien pourquoi, au milieu de son bonheur, il semblait reprocher à Julie d'agir un peu trop vite.

— Ah ! voilà ! dit Julie. Hier au soir… car nous causons ensemble tous les soirs, chère mère, nous étions convenus d'attendre la solution définitive de mon sort avant de rien révéler à nos amis et à vous-même. Je me voyais marcher à ma ruine. Julien en était content. Seulement, il eût voulu, pour ma considération, que tous les torts fussent du côté de la marquise, et il est bien certain que ma résolution, connue et publiée, va lui donner des partisans nombreux dans son monde de faux dévots et de méchantes prudes ; mais, moi, je ne peux pas supporter qu'on me fasse passer pour une femme galante, et cela serait si je craignais de dire la vérité tout entière.

— Oui, sans doute, répondit Julien : à présent, il faut la dire ; mais vous avez hâté l'heure, ma chère Julie ! Pour cette inconséquence-là, je vous adore encore plus ; mais mon devoir était de ne point m'y prêter. L'amour et la destinée l'ont emporté sur ma prudence ;

ils ont rendu mon dévouement inutile… Arrière les réflexions ! Bénis tes enfants, ma chère mère ; Julie l'a dit, Julie le veut, et, moi, je sais que tu le veux autant qu'elle.

Pendant que les habitants du pavillon se livraient à cet épanchement, la marquise, installée dans le salon de l'hôtel, procédait à l'évaluation rigide de l'un et de l'autre. Marcel bataillait, le notaire faisait d'honnêtes mais vains efforts pour équilibrer les prétentions respectives. Enfin on arrivait à une conclusion assez chagrinante pour Marcel : c'est que Julie ne pouvait pas espérer de sauver son mobilier des griffes de l'ennemi. C'était beaucoup qu'on lui permît de conserver ses diamants et ses dentelles. Il fallait subir ce dur marché, parce que c'était le plus sûr ; aucun enchérisseur ne s'était présenté. Marcel avait bien écrit à l'oncle Antoine, espérant qu'il prendrait envie du jardin et ne marchanderait pas trop malgré sa rancune ; mais l'oncle Antoine s'était tenu coi.

Après une demi-heure de discussion finale sur les articles déjà rédigés, on fit quelques ratures, on remplit quelques blancs. La douairière signa, et, comme Marcel se disposait, tout en rechignant et protestant encore, à soumettre l'acte à la ratification de Julie :

— Pourquoi n'est-elle pas ici ? dit la douairière d'un ton brusque. La chose est assez importante pour qu'elle puisse quitter son cher pavillon pendant quelques minutes !

— Vous avouerez, madame, reprit Marcel, que vous ne traitez pas la comtesse d'Estrelle sur un pied de bénévolence qui doive l'engager à se retrouver en face de vous.

— Bah ! bah ! elle est bien susceptible ! Allez donc la chercher, maître Thierry ! J'ai hâte de m'en aller, et, si, en lisant l'acte, elle fait des façons, je ne suis point faite, moi, pour l'attendre. Qu'elle vienne s'expliquer ici, ce sera plus tôt fini. Que craint-elle ? Je n'ai plus rien à lui dire sur sa conduite, dont, à l'heure qu'il est, je me soucie fort peu, et que, d'ailleurs, je ne lui ai point reprochée. Lui ai-je dit un seul mot tout à l'heure ? Si je lui en ai touché auparavant quelque chose, c'est lorsqu'elle a voulu faire appel à des sentiments que je ne lui dois point ; mais qu'elle s'abstienne de récriminations, et je m'engage à ne la point humilier.

— Si vous m'autorisez à lui porter des paroles de paix, dit Marcel, et à les rédiger en expressions douces et convenables, je vais tenter de l'amener ici.

— D'ailleurs, observa le notaire, madame la marquise a sans doute quelque chose à lui dire en dehors des termes du contrat ? L'intention de madame est certainement de lui donner le temps de trouver un abri en quittant l'hôtel ?

— Oui, oui, c'est cela, dit la marquise ; c'est mon intention. Allez, maître Thierry !

Marcel courut au pavillon et décida Julie à le suivre. Il lui avait semblé que la marquise, satisfaite de son marché, voulait essayer d'effacer un peu ses torts, et il convenait à la générosité de Julie, à sa prudence peut-être, de ne pas repousser cette sorte de replâtrage dont le monde a coutume de se contenter.

Le temps pressait, on ne s'expliqua pas encore au pavillon en présence de Marcel ; seulement, Julie dit tout bas à Mme Thierry :

— Vous savez ma dot à présent ; j'apporte une très petite rente ; mais, en vendant mes bijoux, nous pouvons racheter la maison de Sèvres. Je suis donc pour Julien un parti sortable, et tout s'arrange de ce côté aussi bien que possible.

La marquise dissimula l'impatience que lui avaient causée quelques moments d'attente. Elle fut presque polie en priant Julie de lire et de signer. Julie prit la plume ; mais, ne voyant pas venir les paroles conciliantes que Marcel lui avait annoncées, elle hésita un peu et regarda le notaire, comme pour lui demander son avis. Cet air de déférence n'échappa point à la perspicacité de l'homme de loi, qui décidément se sentait de la sympathie pour elle.

— Ce serait le moment, dit-il à sa rude cliente, d'annoncer à madame vos bonnes intentions sur la question exécutoire.

— Eh ! oui, sans doute, répliqua la marquise, je veux entrer en possession de l'hôtel sur-le-champ, demain au plus tard ; mais je laisse le pavillon pour deux ou trois mois à madame.

— Le pavillon ? dit Marcel surpris. Mais il est loué, le pavillon ! Madame la marquise n'ignore pas qu'il est loué pour neuf ans ?

— Mais le bail est nul, maître Thierry, car je ne l'ai pas signé, et, aux termes de nos accords matrimoniaux, M. le marquis d'Estrelle ne pouvait faire aucun acte sans ma participation expresse.

— Ainsi Mme Thierry serait mise en demeure de déloger sans indemnité ?

— J'en suis fâchée pour elle ; mais vous savez mon contrat par cœur : regardez le bail, et vous vous convaincrez de la nullité.

Elle prit le bail, qui était dans sa poche, et le montra. Il n'y avait rien à dire.

— Qu'est-ce que ça vous fait ? dit la marquise riant de la consternation de Marcel. Madame la comtesse est encore en état de dédommager Mme Thierry de cette contrariété. On ne compte pas avec ses amis !

— Vous avez raison, madame, répondit Julie avec dignité, et je vous remercie de l'occasion que vous me donnez de marquer mon dévouement à Mme Thierry… Mais je refuse votre gracieuseté : Mme Thierry et moi, nous sortirons ensemble de chez vous dans une heure.

— Ensemble ? dit la marquise. Tant de franchise n'était pas nécessaire, madame !

Julie allait répondre, lorsqu'un vigoureux coup de sonnette dans l'antichambre fit tressaillir la marquise.

— Allons, pas de querelles inutiles ! dit-elle en changeant de ton subitement ; voilà des visites. Signez, ma chère ; finissons-en !

Et, comme le valet de chambre allait annoncer quelqu'un :

— Dites qu'on ne reçoit pas encore, lui cria-t-elle ; faites attendre !

— Pardon, madame, reprit Julie offensée de ce ton d'autorité en sa présence, je suis encore chez moi.

Marcel, qui avait remarqué la subite impatience de la marquise, se sentit poussé par un instinct vague mais impérieux. Il ôta la plume des mains de Julie. La marquise pâlit, Marcel la regardait.

— Dois-je annoncer ? dit le valet de chambre s'adressant à Julie.

— Oui, répondit vivement Marcel, qui avait aperçu la figure du visiteur par la porte entrebâillée.

— Oui, répéta Julie, entraînée par l'agitation de Marcel.

— M. Antoine Thierry ! dit à voix haute le domestique.

Julie se leva par un mouvement de surprise. La marquise, qui était debout, se rassit par un mouvement de dépit. L'horticulteur entra, gêné, gauche comme de coutume, mais portant haut quand même sa figure irascible, qui faisait toujours un si étrange contraste avec ses manières timides. Sans saluer précisément personne, il vint en zigzag, mais très vite, jusqu'à la table, jusqu'au papier, jusqu'à l'encrier, et, regardant Julie :

— Est-ce que vous venez de finir quelque chose ? lui dit-il d'un ton fâché où perçait je ne sais quelle sollicitude.

— Rien n'est fini, puisque vous voilà, lui répondit Marcel. Venez-vous par hasard pour enchérir, monsieur mon oncle ?

— Personne ne peut enchérir, dit la marquise très agitée. Tout est conclu. J'en appelle à la bonne foi…

— La bonne foi est sauve, reprit Marcel. Nous subissions des conditions très dures. Jamais on n'a blâmé un condamné à mort, quelque résigné qu'il soit, d'accepter sa grâce quand elle vient le surprendre. Voyons, monsieur mon oncle, parlez ! Vous avez envie de l'hôtel d'Estrelle. Je dis plus, vous en avez besoin : vous abattrez le mur mitoyen, et vous ferez une jolie addition à votre jardin. L'hôtel de Melcy est froid, vieux, maussade, mal situé… Celui-ci est riant, frais en été, chaud en hiver. Vous le voulez, vous le réclamez, n'est-ce pas ?

— Voilà une infamie ! s'écria la marquise. Le consentement de madame équivalait à une signature, et jamais on n'a retiré sa parole au dernier moment.

— Pardonnez-moi, madame, riposta Marcel, vous étiez prévenue. J'ai résisté jusqu'à la dernière minute, et je vous l'ai dit trois fois dans la discussion : si la porte s'ouvrait en cet instant, si un enchérisseur quelconque nous apparaissait, je déchirerais ce projet d'acte que je trouve déplorable pour ma cliente. Je subissais, je ne consentais pas ; je réclame le témoignage de mon collègue ici présent. Mon oncle, on vous sait infaillible sur le point d'honneur ; dites ! Ai-je le droit de m'opposer à la signature avant que vous ayez parlé ?

— Certes ! répondit M. Antoine, et tu l'as d'autant plus que mes droits à moi priment ceux de madame la marquise. Voyons un peu cet acte !

Antoine parcourut l'acte et dit :

— Ce n'est pas là mon évaluation, madame la marquise ; vous plumez trop la proie, et vous m'obligez à vous rappeler nos petites conventions.

— Allez, monsieur, enchérissez ! répondit la douairière. Je ne saurais lutter contre vous qui possédez des millions. Je renonce à tout, et je vous laisse la place.

— Attendez, attendez ! répliqua Antoine, nous pouvons encore nous entendre à demi-mot, madame ! Je peux agir ici de manière à contenter tout le monde. Ça dépend de vous !

— Jamais, s'écria la marquise indignée ; vous êtes un fou et j'ai honte d'avoir accepté vos services !

Elle sortit, oubliant son notaire, et Antoine resta interdit, le sourcil froncé, plongé dans une méditation mystérieuse, le visage tourné vers la porte.

— Ils s'entendaient contre moi, dit Julie tout bas à Marcel ; à présent, que vont-ils faire ?

— Prenez patience, répondit Marcel, je crois que je devine.

Il n'eut pas le temps de s'expliquer davantage. M. Antoine sortait de sa rêverie, et, s'adressant au notaire :

— Eh bien, lui dit-il, où en sommes-nous et que décidons-nous ?

— Quant à moi, monsieur, répondit le notaire, qui serrait ses papiers et cherchait ses lunettes, ce qui vient de se passer entre la marquise et vous est lettre close. Ma cliente paraît renoncer au but qu'elle poursuivait, j'attendrai de nouveaux ordres de sa part pour me mêler de cette affaire.

— C'est donc à nous deux ? dit M. Antoine à Julie tandis que le notaire opérait sa sortie.

— Non, monsieur, répondit-elle en lui montrant Marcel, je vous demande la permission de vous laisser ensemble.

— Pourquoi ? dit Antoine d'un air étrangement navré en faisant le geste de la retenir, mais sans oser effleurer sa manche. Vous m'en voulez, madame d'Estrelle ! Vous avez tort : tout ce que j'ai fait, c'est dans votre intérêt. Pourquoi ne voulez-vous pas que je vous le dise ?

— Oui, au fait, dit Marcel, pourquoi refuserait-on de savoir ce que vous avez dans le ventre ? Pardon de l'expression, madame la comtesse, je suis un peu irrité ; mais donnez-moi l'exemple de la patience. Ecoutons, puisque c'est le jour d'affronter l'ennemi sur toute la ligne.

Julie se rassit en jetant sur M. Antoine un regard froid et sévère qui le troubla complètement. Il balbutia, bégaya et fut incompréhensible.

— Allons, reprit Marcel, vous n'arriverez pas à vous confesser, mon pauvre oncle ! C'est à moi de vous interroger. Procédons avec ordre. Pourquoi avez-vous mystérieusement quitté Paris le lendemain de certaine aventure tragique arrivée à une de vos plantes ?

— Ah ! tu vas parler de ça ? s'écria l'horticulteur, dont les petits yeux furibonds s'arrondirent.

— Oui, je vais parler de tout ! Répondez, ou j'emmène le juge, et vous restez condamné.

— Condamné à quoi ? dit Antoine en regardant Julie ; à sa haine ?

— Non, monsieur, à mon blâme et à ma pitié, répondit Mme d'Estrelle en dépit des muets avertissements de Marcel, qui voulait amener l'oncle à résipiscence.

— Votre pitié ! de la pitié à moi ! reprit-il exaspéré. Jamais personne ne m'a dit ce mot-là, et si vous n'étiez pas une femme !…

Puis, se tournant vers Marcel :

— De la pitié, c'est du mépris ! Si c'est toi qui lui conseilles de parler comme ça, tu me le revaudras, toi !

— Alors justifiez-vous, si vous le pouvez, répondit hardiment Marcel ; car, si votre conduite est telle qu'elle paraît avoir été, vous êtes un homme détestable, et toute femme d'honneur outragée par vous a le droit de vous le dire.

— En quoi l'ai-je outragée ? Je n'ai outragé personne, moi ; j'ai vu qu'elle se perdait, j'ai voulu l'empêcher de…

— De se perdre ! vous divaguez, mon oncle ! Il est des dangers qu'une femme comme celle devant qui nous sommes ne connaît pas et ne connaîtra jamais.

— Ah bien, oui ! des paroles, tout ça ! Je ne me paye point de phrases apprises dans les livres, moi ! Quand une femme donne des rendez-vous à un jeune homme…

— Des rendez-vous ? Où prenez-vous cette folie ? Ceux qui vous ont dit cela mentent par la gorge !

— C'est toi qui mens ! toi, le complice, le complaisant !…

— Ah çà ! mon oncle… Mort de ma vie, vous me ferez sortir des gonds !

— Sors de tes gonds, si bon te semble ! Je vous ai vus, moi, sortir de la comédie.

— Eh bien, après ? Ma femme…

— Oh ! ta femme… Ta femme est une bête ! J'ai vu Julien sortir aussi.

— Julien n'était pas avec nous ; il ne nous savait pas plus en bas de la salle que nous ne le savions en haut. D'ailleurs, quand même il eût été avec nous, quelle est cette manie d'incriminer…

— J'*encrimine* ! s'écria M. Antoine, dont nous ne rapportons pas ici toutes les incorrections de langage, j'*encrimine* ce qui est *encriminable* ! Et la promenade de nuit, bras dessus, bras dessous, pour revenir de l'hôtel d'Ormonde au pavillon, où madame est restée par parenthèse jusqu'à trois heures du matin ? Mme André pouvait être en tiers dans la conversation, ça, je ne le nie pas ; mais c'est une raison de plus pour *encriminer*, comme tu dis, âne de procureur ! Et tous les rendez-vous du soir dans le jardin, même que madame ne rentre jamais avant deux heures, quelquefois plus tard !

— Où prenez-vous ces propos de laquais ? s'écria Marcel indigné ; où ramassez-vous ces calomnies d'antichambre ?

— Je ne vais pas dans les antichambres, et je ne me renseigne point auprès des laquais, j'ai ma petite police. Je suis assez riche pour payer des gens habiles qui observent et qui me disent la vérité. Ça, je ne m'en cache pas ! Je voulais savoir les sentiments de madame, les causes de l'affront qu'elle m'a fait en chargeant maître Julien de m'éconduire ; c'était mon droit, et, si je m'étais vengé comme je pouvais le faire, c'était mon droit aussi.

Mme d'Estrelle, résolue à tout dire et à tout braver, écoutait l'oncle Antoine avec une fierté impassible. La brutalité de sa déclamation, qu'elle attribuait à une démence soutenue, et qu'elle excusait à cause de son manque d'éducation, ne la blessait pas comme les impertinences préméditées et raisonnées de la marquise. Marcel, qui la regardait pendant le beau discours de son oncle, prit la sérénité dédaigneuse de son sourire pour une dénégation plus éloquente que toutes les paroles.

— Mais regardez-la donc, s'écria-t-il en secouant le richard pour le faire taire ; regardez donc le pauvre effet de vos rêveries et des mensonges qu'on vous a fait avaler ! Vous ne pouvez pas faire monter la plus petite rougeur à son front, et son silence confond votre brutale faconde !

— Je parlerai tout à l'heure, dit Julie ; laissez parler M. Thierry. Vous voyez, il ne me fâche point, et j'attends qu'après avoir fait l'exposé de ma conduite il me rende compte de la sienne. Vous êtes sous le coup de mon indignation, monsieur Antoine Thierry, ne l'oubliez pas. Vous prétendez ne pas la mériter ; il vous reste à me prouver cela.

Le vieillard fut atterré un instant ; puis, prenant son parti :

— Eh bien, dit-il, méprisez-moi si vous voulez, je ne m'en moque pas mal ; j'ai mon estime, ça me suffit ! J'ai été en colère, oui ! j'ai parlé de vous avec colère, avec vengeance, je ne m'en cache point… et pourtant je ne vous hais point, et il ne tiendrait qu'à vous de m'avoir pour ami.

— Confessez-vous avant d'implorer l'absolution, dit Marcel ; que s'est-il passé ? qu'avez-vous fait ? Dites !

— Il s'est passé… voilà ce qui s'est passé. Mordi ! le hasard m'a aidé à soulager ma bile. Madame la douairière d'Estrelle m'a fait demander un service. Deux ou trois jours avant la mort de son mari, on m'a prié de passer chez elle. Je la connaissais de longue date pour des terrains qu'elle m'avait vendus pas trop cher. Elle n'était pas si forte en affaires dans ce temps-là qu'elle l'est à cette heure. Elle m'a dit : "Mon mari n'en a pas pour longtemps, j'hérite de lui ; mais je ne paye point les dettes de son fils, à moins que la comtesse ne m'abandonne son douaire, et, pour l'y forcer, je veux acheter les créances. Prêtez-moi l'argent, et vous aurez part aux dépouilles. Je vous revaudrai votre complaisance. – Pardon, madame, que je lui ai dit, je veux faire sentir à cette dame que je la tiens ; mais je veux être le maître de lui pardonner, si ça me convient." Là-dessus : "Ah ! tiens ! qu'est-ce que vous avez donc contre elle ?" Et, là-dessus, moi : "J'ai ce que j'ai ! – Si fait ! – Non. – Dites ! etc." Bref, de fil en aiguille et de parole en parole, je me suis déboutonné, j'ai dit que j'avais voulu être ami et qu'on m'avait traité comme un corsaire, et tout ça, parce qu'on s'était laissé tomber dans les intrigues de Mme André Thierry, qui voulait marier son fils avec une grande dame par vanité, et pour avoir des pareilles, ainsi que le *loup* de la fable qui a la queue coupée, comme on dit. Et la marquise a été contente d'apprendre l'aventure, et m'en a fait dire peut-être plus que je ne voulais, encore que j'eusse du plaisir à le dire. *Enfin finale*, elle a dit : "Monsieur Thierry, il faut laisser aller ce beau mariage-là, ça m'arrange !" Et moi, j'ai dit : "Ça ne m'arrange pas ! – Bon ! vous êtes amoureux d'elle à votre âge !… Du dépit, de la jalousie ! Y pensez-vous ? – Non, madame, je ne suis point amoureux à mon âge ; mais, à tout âge, on a du dépit d'être joué, et on m'a joué. Je ne suis pas méchant, mais je suis puissant, et je veux qu'on le sache. Il ne me convient pas de la poursuivre moi-même ; mais, quand vous l'aurez bien tourmentée, puisque ça vous amuse, je veux, si elle me demande pardon, lui faire grâce. – Bien ! bien ! a dit la marquise. Je vous jure de m'entendre avec vous de bonne amitié. Prêtez toujours. Voilà mon billet, et vous avez ma parole." La dame m'a encore fait appeler après l'enterrement du bonhomme de marquis. J'en savais de belles sur la maison d'ici, et je lui ai tout conté, et ça nous soulageait tous les deux d'abîmer la comtesse. Et alors la douairière m'a dit : "Vengez-vous. Je vais la poursuivre à outrance." Moi, j'ai toujours dit : "Soit, mais avertissez-moi. Je veux racheter, si elle s'amende." Or, madame la douairière me trompait ; mais je suis arrivé à temps. Tout est rompu entre nous ; c'est une femme rusée, elle me le payera, je ne dis que ça !

— Vous ne dites pas tout, mon oncle ! Il a été question d'autre chose. Vous lui avez dit tantôt : "Il dépend de vous que tout s'arrange."

— Ça, c'est mon affaire, ça ne te regarde pas.

— Pardon ; elle a répondu *jamais* avec une colère…

— C'est une vieille folle !

— Enfin à quoi répondait-elle ?

— Eh ! va au diable ! De quoi te mêles-tu ?

— Allons, convenez-en, l'affaire s'est compliquée d'un autre projet…

— Non, te dis-je !

Marcel s'obstina.

— Mon oncle, dit-il, la chose est claire pour moi ; ne pouvant épouser une comtesse, vous avez voulu épouser une marquise. Eh bien, ce projet-là était plus raisonnable que l'autre : vos âges et vos fortunes s'accordaient mieux ; mais je vois que là aussi vous avez échoué. On vous a leurré de quelque espérance afin d'avoir un peu de votre argent, puis on n'en a pas moins travaillé sous main et à votre insu à s'emparer des biens de la comtesse, et, si vous fussiez arrivé une minute plus tard, c'était un fait accompli, vous n'étiez ni marié ni vengé.

Antoine avait écouté cette remontrance la tête basse, dans l'attitude de la méditation, mais regardant en dessous le sourire de surprise et d'ironie que Mme d'Estrelle ne pouvait dissimuler.

— Tant qu'à ne pas être marié avec cette vieille aigrefine, dit-il en se levant, j'en rends grâces au bon Dieu, par exemple ; mais, tant qu'à la vengeance que je veux faire ici, je l'ai, le diable ne me l'ôterait pas.

— Voyons cette vengeance, dit Julie avec le plus grand calme.

— Qui vous dit que ça soit contre vous ? s'écria l'oncle Antoine, dont la langue se déliait toujours à un moment donné. Tenez, vous êtes trois femmes qui m'avez berné comme un petit garçon. Les femmes, ça ne sait pas faire autre chose ! La première, c'était dans le temps Mme André, qui m'appelait son frère et son ami, et ça m'avait donné confiance ; la seconde, c'est vous qui m'appeliez votre bon ami et brave voisin, pour m'amener à faire une dot à votre amoureux ; la troisième… oh ! celle-là m'a appelé son cher monsieur et son honnête créancier, mais c'est la pire des trois, parce qu'elle ne voulait que me plumer, comme une avaricieuse qu'elle est : c'est donc celle-là qui payera pour les deux autres. Et vous, madame d'Estrelle, je vous pardonne et je vous excuse. L'amour fait faire de grandes bêtises, mais au moins c'est l'amour, une chose qui, à ce qu'il paraît, embrouille la cervelle et fait clocher la raison. Eh bien, soit, rendez-moi votre amitié et ne parlons plus de mariage, ni avec moi, ni avec l'*autre*. Je vous veux toujours du bien, et je vous empêcherai de prendre mon neveu le peintre, parce que mon neveu le peintre m'a manqué, et qu'il ne vous convient pas d'épouser un peintre.

— Voyons, voyons ! dit Marcel interrompant M. Antoine, vous commenciez, vous, à parler raison ; mais voilà votre manie qui vous reprend. C'est une idée fixe, à ce qu'il paraît ! Où diable avez-vous pêché cette fantaisie ?

— Non ! dit Julie, finissons-en ! Nous ne nous entendons pas, vous et moi, monsieur Marcel ; je suis lasse d'avoir l'air de feindre, quand mon cœur est sincère, quand j'ai dit devant vous à la marquise assez clairement mes intentions. Laissez-moi donc parler à mon tour et vous déclarer à tous deux que mon mariage avec Julien Thierry est une chose résolue et jurée sans retour. Oui, Marcel, vous serez mon cousin ; oui, monsieur Antoine, vous serez mon oncle. On vous a fort bien renseigné, et vous pouvez payer largement vos espions. A présent que ma déclaration est faite, vous sentez que je suis forcée de retirer les expressions dont je me suis servie pour qualifier votre conduite envers moi. Quelle qu'elle soit désormais, le respect de la parenté doit me fermer la bouche. Libre à vous de m'invectiver, de me calomnier et de me ruiner. Je ne vous répondrai plus un mot, mais je ne vous implorerai pas non plus ; je n'ai point de grâce à vous demander, et plus vous me ruinerez, plus vous augmenterez mon estime et ma reconnaissance pour l'homme qui veut bien se charger de mon sort.

La surprise avait coupé la parole à Marcel. L'oncle, qui d'abord l'avait regardé d'un air de triomphe et qui avait bien vu l'ingénuité de son étonnement, devint sombre et de nouveau irrité quand il se sentit ainsi bravé en face par Mme d'Estrelle.

— Alors, dit-il en se levant, c'est entendu, c'est arrêté, et vous ne voulez pas entendre mes dernières propositions ?

— Si fait ! s'écria Marcel, dites, toujours. Je n'approuve pas, moi, toutes les idées de Mme d'Estrelle, et je lui déclare devant vous que je combattrai celle de ce mariage. Parlez donc, fournissez-moi des arguments…

— Tu es dans le vrai cette fois-ci, toi, répondit M. Antoine. Eh bien, puisqu'elle tourne la tête d'un air d'entêtement et de mépris, car elle est méprisante, oui ! et c'est là une nièce qui me traitera comme madame ma belle-sœur… dis-lui ce que je ferai, si elle renonce à son barbouilleur de tulipes. Je la tiendrai quitte de toutes ses dettes, je lui laisserai son hôtel, son jardin, son pavillon, ses diamants, sa ferme du Beauvoisis, tout ce qui lui reste enfin !

— Attendez, attendez ! dit Marcel à Julie, qui voulait répondre.

— Non ! dit Julie ; je n'accepte rien de l'homme qui traite Julien et Mme Thierry avec ce dédain et cette aversion. Je fais bon marché de mon injure personnelle. Je pardonne à monsieur de m'avoir livrée aux sarcasmes et aux outrages de la marquise et de son monde ; mais les ennemis de ceux que j'aime ne peuvent jamais devenir mes amis, et leurs bienfaits me sont une offense que je repousse.

— Attendez, on vous dit ! s'écria M. Antoine frappant du pied ; avez-vous le diable au corps ? Vous croyez que je veux ruiner vos amis ? Point ! Je leur donne la maison de Sèvres, qui est aujourd'hui à moi, s'il vous plaît ! Je leur fais une rente, je leur assure une bonne part de mon héritage, car je partage mon bien entre vous, Julien et cet âne de procureur que voilà ! Ainsi je vous fais tous riches et heureux, à une seule condition : c'est que le pavillon va être vidé sur l'heure, et que vous jurerez tous sur l'honneur, et signerez ce serment-là, comme quoi jamais Mme d'Estrelle ne reverra M. Julien.

Cette fois, Julie resta interdite. S'il y avait de la folie bien réelle chez ce vieillard inexorable, il y avait une sorte de grandeur farouche dans cette magnificence qui ne reculait devant aucun sacrifice pour assurer le triomphe de sa jalousie. Il y avait de l'habileté aussi à mettre ainsi Mme d'Estrelle aux prises avec le sacrifice des intérêts de Julien, de Mme Thierry et de Marcel. Ce dernier s'exécuta sur-le-champ avec une grande noblesse de langage.

— Mon oncle, dit-il à M. Antoine, vous ferez pour moi dans l'avenir ce que bon vous semblera. Vous me connaissez trop pour croire que des espérances de ce genre influeront jamais sur ma conscience. J'ai dit tout à l'heure que j'étais contraire à la résolution de Mme d'Estrelle : j'avais là-dessus des idées que mon devoir est encore de lui soumettre ; mais sachez bien que, si elle ne juge pas à propos de s'y rendre, je ne lui rappellerai jamais que sa résistance peut me nuire dans votre esprit, que je n'agirai jamais avec elle sous l'impression de mon intérêt personnel, et qu'enfin, si madame persiste, ainsi que Julien, dans le projet qu'ils ont de se marier, je les aiderai de mes conseils, de mes services, et leur serai éternellement ami, parent et serviteur.

Julie tendit silencieusement la main au procureur. Des larmes vinrent au bord de ses paupières. Elle regarda Antoine et vit son inébranlable obstination sur son masque racorni et cuivré.

— Allons trouver Mme Thierry et Julien, dit-elle en se levant ; c'est à eux qu'il appartient de prononcer.

— Non pas ! s'écria M. Antoine ; je ne veux pas qu'on prenne les gens au dépourvu. Dans le premier moment, je sais fort bien que le peintre fera son grand homme et que la mère prendra ses grands airs, surtout en ma présence. Et puis on se piquera d'honneur devant madame, on ne voudra pas être en reste de fierté : sauf à s'en repentir l'heure d'après, on dira vitement comme elle ; mais j'attends tout le monde à demain matin, moi ! Je reviendrai. Porte-leur mon dernier mot, procureur ; fais tes réflexions aussi, mon bel ami, et nous verrons alors si vous serez bien d'accord tous les quatre pour

refuser mes dons présents et mes dépouilles futures…
Au revoir, madame d'Estrelle. Demain, ici, à midi !

Julie, en le voyant sortir, se laissa retomber pâle et
brisée sur son fauteuil. Il se retourna au moment de
quitter le salon, et s'assura qu'il avait réussi à ébranler
ce fier courage. Il s'en alla triomphant.

VII

Par caractère comme par état, Marcel était un homme prévoyant. On peut être positif et généreux. C'est sous cette double inspiration qu'il jugea la situation des deux amants et qu'il parla à Julie.

— Madame, lui dit-il en lui prenant les mains avec une bonhomie affectueuse qui n'avait rien de blessant, commencez par ne me compter pour rien dans tout ceci. Si Julien et sa mère sont à la hauteur de votre courage et de votre dévouement, loin de les dissuader, j'admirerai le sacrifice. Et d'abord ne vous exagérez pas les conséquences de l'avenir. M. Antoine est homme de parole, cela est certain ; dans le bien comme dans le mal, il tient ce qu'il promet. Pourtant son testament est un grand problème, par la raison que le voilà sur la pente du mariage. C'est un fait bien étrange, à coup sûr, de voir ce vieux garçon, ennemi des femmes et de l'amour, se jeter dans la fantaisie conjugale au déclin de sa vie ; comme cela porte le caractère de la monomanie, aucune promesse, aucune résolution de sa part ne peut l'en préserver. Il trouvera ce qu'il cherche, n'en doutez pas ; une femme titrée quelconque, jeune ou vieille, honnête ou non, belle ou laide, se laissera tenter par ses écus et accaparera tous ses biens. Voici donc la question simplifiée, et vous devez écarter la préoccupation de notre héritage à tous. Il n'y a de certain que les faits présents, et vous voyez que je suis hors de cause. Parlons donc de ces faits immédiats qu'on livre à notre examen. Ils sont fort sérieux. Je connais l'oncle Antoine : ce qu'il veut faire, il le fait en vingt-quatre heures, ou jamais. Demain, il sera ici avec des actes tout préparés, rédigés par lui-même en style plus ou moins barbare, mais où il ne manquera pas un iota pour qu'ils soient bons et valables, incontestables devant la loi, qu'il connaît mieux que moi-même. Ces actes ne pourront en aucune façon énoncer la clause bizarre, imprévue dans la législation, de votre formelle rupture avec telle ou telle personne ; mais ils pourront fort bien vous imposer la condition de ne pas vous remarier sans l'aveu de M. Antoine, et, en cas de rébellion, être purement et simplement révocables. N'espérons donc pas éluder l'engagement qu'on vous demande ; votre caractère m'est, d'ailleurs, une garantie que vous n'y songez point.

— Et vous avez raison, mon ami, répondit Julie en soupirant, je ne promettrai jamais sans tenir.

— Nous voici donc, reprit Marcel, en présence d'un fait inouï, mais très réel, très prochain, et concluant pour l'existence de deux personnes qui vous sont chères, ma tante et Julien, puisque mon raisonnement me place en dehors de la question. Vous avez de graves réflexions à faire. Voulez-vous rester seule pour vous y livrer, ou me permettez-vous de vous dire tout de suite ce que je vous eusse dit il y a une heure, si vous m'eussiez pris pour confident avant l'apparition de M. Antoine ?

— Dites, Marcel : il faut tout me dire.

— Eh bien, madame, admettons que, malgré son dépit, M. Antoine enchérisse sur la marquise ; voyez combien votre sort est désormais médiocre : deux ou trois mille livres de rente ! Vous épousez Julien, qui ne possède au monde que ses bras, et vous voilà bientôt mère, avec Mme Thierry à soutenir et à soigner, une servante pour elle, et pour vous une nourrice, puis un homme de peine, à moins que Julien ne quitte ses pinceaux quand il faudra faire les grosses corvées d'un ménage, si modeste qu'il soit. Vous vivrez certainement avec honneur, car il travaillera ; Mme Thierry tricotera tous les bas de la famille, et vous serez économe. Vous aurez une seule robe de soie et vous porterez des robes d'indienne. Vous ne sortirez qu'à pied et vous ne vous permettrez pas un bout de ruban sans avoir bien compté sur vos doigts si vos petites épargnes y suffisent. C'est ainsi que ma femme a commencé la vie quand j'ai acheté une étude. Eh bien, je vous déclare, madame, que nous n'étions pas fort heureux alors, et pourtant nous nous aimions beaucoup ; ma femme n'était pas vaine, nous n'avions jamais vécu dans l'aisance, et nous ne connaissions pas le luxe. Nous savions nous priver ; mais nous étions inquiets, ma femme, de me voir travailler la moitié des nuits, et trotter, fatigué et enrhumé, à toutes les heures et par tous les temps ; moi, de la voir privée de bon air et de bonne nourriture, attelée sans répit aux soins du ménage et aux labeurs de la maternité. C'était un souci cuisant et continuel que nous avions l'un pour l'autre. Je vous jure que plus nous nous aimions, plus nous étions tourmentés et privés de bonheur véritable. Nous avons perdu deux enfants, l'un qu'il a fallu mettre en nourrice à la campagne et qui a été mal soigné, l'autre que nous avons voulu garder à la maison et que le mauvais air de Paris, joint à la débile santé qu'il tenait de sa mère, a empêché de se développer. Si nous avons réussi à élever le troisième, c'est qu'il nous était venu un peu d'aisance à force d'épargne et d'activité. Nous voilà aujourd'hui fort contents et assez tranquilles ; mais nous avons quarante ans, et nous avons beaucoup souffert ! Notre jeunesse a été un combat et souvent un martyre. Telle est la vie du petit bourgeois de Paris, madame la comtesse ; celle du pauvre artiste est encore pire, car sa profession est moins assurée que la mienne. On a toujours des intérêts à débattre qui font recourir au procureur, on n'a pas toujours besoin de tableaux, et la plupart des gens n'en ont jamais besoin. C'est affaire de superflu. Julien ne fera pas, comme a fait son père, une petite fortune. On estime peut-être davantage son talent et son caractère ; mais il n'a pas l'aimable frivolité, le goût du monde et les dehors brillants qui font que certaines coteries s'engouent d'un artiste, le produisent, le prônent et le font resplendir. Sachez bien que le talent de mon oncle André, quelque réel qu'il fût, ne l'eût jamais tiré de la misère, s'il n'eût été beau chanteur à table, grand diseur de bons mots et d'anecdotes piquantes, et enfin si certaines dames influentes et d'humeur légère ne l'eussent de temps en temps rendu infidèle à sa femme, qu'il adorait pourtant, mais dont il disait tout bas, ingénument, que, dans son intérêt, il fallait bien la tromper un peu… Vous pâlissez !… Julien ne suivra point cet exemple d'un temps qui n'est plus ; mais Julien aura beau faire des chefs-d'œuvre, il restera pauvre. Le monde ne se passionne pas pour le mérite modeste, et il ne se met point en quête de la vertu ignorée. Son mariage avec vous fera pourtant un certain bruit, un petit scandale qui le mettra en vue. Celui de son père eut autrefois ce résultat ; mais, encore une fois, les temps sont changés : on est plus austère ou plus hypocrite aujourd'hui que du temps de la Pompadour. Et puis les mêmes aventures ne réussissent pas deux fois. On dira que ce jeune gars est bien osé de vouloir singer son père, et vous lui ferez plus d'ennemis que de protecteurs. On criera beaucoup contre vous. Je ne suppose pas que la marquise veuille vous faire jeter, vous dans un couvent, lui à la Bastille, pour délit de mésalliance : elle n'a pas de droits sur vous ; mais elle vous fera beaucoup plus de mal en vous décriant, et vous n'aurez pas pour vous rendre intéressante les rigueurs de la persécution. On vous connaît, on vous sait austère ; la réaction sera d'autant plus violente et implacable contre vous, et les vieilles prudes iront partout disant que, de telles unions menaçant de se réitérer dans le monde, cela ne se peut souffrir et doit être vilipendé. Les beaux esprits eux-mêmes – quelques-uns d'entre eux protègent Julien – n'oseront pas vous défendre. Eux aussi appartiennent au monde aujourd'hui. On ne les persécute plus, on les caresse, on les encense, et Paris frémit encore du triomphe décerné à M. de Voltaire après son long exil. On se moque de Jean-Jacques Rousseau, qui se croyait encore en butte aux machinations des bigots, et qui eût pu, dit-on, vivre tranquille et honoré s'il n'avait pas eu le cœur aigri et l'âme malade. Les philosophes d'aujourd'hui tiennent le haut du pavé ; ils n'ont plus grande envie de se battre contre le préjugé, et ce qui reste aujourd'hui de la grande croisade des libres penseurs ne taillera pas sa plume et n'affilera pas sa langue pour soutenir votre cause contre le cri des salons. Toutes ces lâchetés, toutes ces insultes retomberont sur le cœur de Julien. Il vivra dans une inquiétude et sur un qui-vive continuels ; il se brouillera avec tous ses amis ; il se battra peut-être avec quelques-uns…

— Assez, assez, Marcel, dit Julie en pleurant. Je vois bien que j'ai été folle, que je me suis laissé conseiller par une passion égoïste ou plutôt par l'ignorance absolue où je suis des nécessités sociales. Je vois qu'un blâme pèserait sur la vie de Julien, que cette vie serait un danger et une amertume de tous les moments… Ah ! Marcel, vous m'avez brisé le cœur ; mais vous avez fait votre devoir, et je vous en estime davantage. Allons dire à Julien que je veux rompre… Comment lui dirai-je cela, mon Dieu !

— Julien ne vous croira point ! Il sourira de votre feinte généreuse ; il vous dira qu'il veut souffrir pour vous. Il a de la bravoure et de la force, et, je n'en doute pas, il vous adore. Si vous le consultez, son premier cri sera : "Amour à tout prix, amour et persécution, amour et misère." Il ne doute pas de lui, et sa mère, qui est à sa hauteur en fait de courage et de désintéressement, l'aidera à tout sacrifier ; mais figurez-vous Julien dans un an ou deux, quand il verra souffrir sa mère ! C'est avec des peines inouïes qu'à l'heure qu'il est il la préserve des horreurs de la pauvreté, et, malgré lui, malgré elle-même, malgré tout, elle en souffre, n'en doutez pas. Mme Thierry est une enthousiaste, nullement une stoïque. Elle avait été élevée à ne rien faire, et elle ne sait que tricoter et lire, bien assise sur son fauteuil. Elle est d'ailleurs d'une santé frêle. Ce n'est pas elle qui, comme ma femme, veillerait debout jusqu'à minuit pour repasser les chemises de son fils ; ses belles mains ne connaissent pas plus la fatigue que les vôtres. Que sera-ce donc quand Julien aura femme et enfants ! Il se reprochera vos maux, et, si le remords entre un jour dans cette âme si fière, adieu le courage et peut-être le talent !

— Assez, vous dis-je, mon cher Marcel. Conseillez-moi, dirigez-moi ; ordonnez, je me rends. Il ne faut pas que je le voie, que je lui parle ?

— Non, certes, ma chère comtesse, il ne le faut pas. Il faut qu'il ignore tout ce qui vient de se passer, et que

les dons de M. Antoine tombent sur lui sans qu'il soupçonne à quelles conditions l'oncle est redevenu trai-
table. Autrement, il serait capable de les refuser.

— Ecoutez, Marcel, dit la comtesse en se levant et
en sonnant, il faut que je sorte d'ici sur l'heure pour
n'y jamais rentrer !

Le domestique parut.

— Faites avancer un fiacre, dit-elle, et envoyez-moi
Camille.

— Je n'emporte rien, dit-elle à Marcel. Vous vous
chargerez de payer mes gens, de recueillir mes effets
les plus nécessaires et de me les envoyer.

— Mais où allez-vous ?

— Dans un couvent, hors Paris, n'importe où, pourvu
que vous seul sachiez où je suis.

Camille entra. Julie se fit mettre son mantelet et
continua dès qu'elle fut sortie :

— Voyez-vous, mon ami, si je restais ici une minute
de plus, Mme Thierry, inquiète de ce qui s'est passé
chez elle, viendrait s'informer, et, quand même je dissi-
mulerais devant elle… Le soir… oh ! oui, le soir, Julien
m'attendrait dans le jardin, et, ne me voyant pas venir,
il ne pourrait s'empêcher d'approcher de ma fenêtre,
d'y frapper… Je n'aurais pas la force de le laisser en
proie à des inquiétudes mortelles, et je ne pourrais pas
mentir avec lui. Non, non, partons ! Voici le fiacre qui
roule dans la cour. Venez, ne me laissez pas perdre le
peu de courage que j'ai !

Marcel sentit qu'elle avait raison ; il lui offrit son
bras.

— Allons, madame, dit-il, Dieu vous inspire, il vous
soutiendra !

Ils roulèrent au hasard d'abord, la comtesse ayant
donné au cocher l'adresse d'un couvent, puis d'un autre,

sans savoir réellement où elle voulait aller. Enfin Marcel la décida à se rendre aux Ursulines de Chaillot, où il avait une cousine religieuse, et où il veilla à son installation, faisant lui-même le prix de son logement et de sa pension pour une huitaine, sauf à prolonger les arrangements, si la personne se trouvait convenablement traitée. Julie prit en entrant là le nom de Mme d'Erlange, et la cousine de Marcel, chargée par lui de la bien recommander, ne fut pas mise dans la confidence. Comme Julie se réfugiait dans ce couvent en qualité de dame en chambre, elle put garder Marcel dans son appartement pour lui donner ses instructions.

— En aucune façon, lui dit-elle, je ne veux accepter les bienfaits de M. Antoine ; ils me sont odieux, et je n'ai même plus besoin de ses ménagements. Qu'il se paye entièrement, puisqu'il est désormais mon unique créancier, qu'il dispose de tout ce qui est à moi. Je n'ai plus rien que ma rente de douze cents livres, et, devant vivre seule à jamais, je n'ai pas besoin d'autre chose. Qu'il ne me laisse pas mon mobilier, qu'il ne me renvoie pas mes diamants, je ne les recevrais pas. Qu'il rédige lui-même l'engagement que je prends de ne jamais me marier. Je le signerai en échange de la donation qu'il fera à Mme Thierry de la maison de Sèvres et d'une rente que vous débattrez en mon nom. Vous exigerez aussi que ni Mme Thierry ni son fils ne soient informés de la vérité en ce qui me concerne. Vous leur direz que je suis partie, que je ne peux pas, que je ne veux pas les recevoir, parce que… Ah ! mon Dieu ! que leur direz-vous ?… Je n'en sais rien ! Dites-leur ce que vous imaginerez de moins cruel, mais de plus irrévocable, car il ne faut pas laisser de ces espérances qui font languir et qui rendent le réveil plus amer.

Dites-leur… Ne leur dites rien… Hélas ! hélas ! je n'ai plus la force de penser, de vouloir ; je n'ai plus la force de rien !

— J'aviserai, dit Marcel, j'y penserai en courant. Je vous laisse désespérée ; mais il faut que j'aille chercher vos effets, que j'empêche Julien de s'effrayer au point de perdre la tête dans le premier moment, que je rassure aussi vos gens, qui vous attendraient et qui, ne vous voyant pas rentrer, feraient des recherches ou des commentaires compromettants. Allons, madame, soyez héroïque ! Calmez-vous, je reviendrai ce soir, plus tôt si je peux. Je tâcherai de vous rapporter quelque nouvelle tranquillisante du pavillon ; il faut que je réussisse à tromper Julien, bien que je ne sache pas plus que vous comment j'y parviendrai. Au revoir, attendez-moi, n'écrivez à personne ! Il ne faut pas nous contredire l'un l'autre. Vous allez pleurer amèrement ! Je vous ai fait bien du mal, pauvre femme ! et il me faut vous laisser seule : c'est affreux !

En parlant ainsi, Marcel pleurait sans y prendre garde. En voyant son affliction et son dévouement, Julie le pressa de partir, et s'efforça de lui montrer une énergie qu'elle n'avait pas. Dès qu'elle fut seule, elle s'enferma, se jeta sur le triste et pauvre lit qu'on lui avait préparé, et s'y cacha la figure, étouffant ses sanglots, tordant ses mains et s'abandonnant elle-même jusqu'à perdre la notion du lieu où elle se trouvait et le souvenir des événements qui l'y avaient si brusquement amenée.

Marcel, remonté dans son fiacre, essuya ses yeux humides, se reprocha sa faiblesse et raisonna les faits.

— Ce qu'on veut, dit-il, il faut le vouloir.

Il avait bien une dernière espérance dont il n'avait pas voulu faire part à Julie, et qui était de fléchir

M. Antoine. C'est chez lui qu'il se fit conduire d'abord ; mais il y usa toute l'éloquence de son cœur et de sa raison. L'égoïste était heureux, triomphant ; il savourait sa vengeance et n'en voulait pas laisser une goutte au fond du vase. Tout ce que Marcel put obtenir après avoir échangé avec lui beaucoup de reproches et d'invectives, ce fut que Julien et sa mère ignoreraient le cruel marché qui les enrichissait.

— Vous voulez une chose très difficile, lui dit-il : ne la rendez pas impossible. Mme d'Estrelle est jusqu'ici seule à se soumettre. Julien résisterait ; trompez-le, si vous voulez ne pas rendre inutile à votre vengeance la soumission de Julie.

— Tu m'ennuies avec ta Julie ! s'écriait M. Antoine. Ne voilà-t-il pas une femme bien à plaindre, à qui je rends tout, fortune, considération et liberté !

— Oui, la liberté de mourir de chagrin !

— Est-ce qu'on meurt de ça ! Belle sottise dans la bouche d'un procureur ! Qu'elle fasse un bon mariage selon son rang, je ne m'y opposerai pas, le mariage qu'elle voudra. Je ne lui interdis que le barbouilleur. Avant quinze jours, elle ouvrira les yeux et me remerciera. Elle reconnaîtra ma grandeur d'âme et m'appellera son bienfaiteur. En vérité, vous êtes tous timbrés ! Je tire des centaines de mille livres de ma poche, je les jette à poignées à des ingrats, à des fous, et on m'appellera mauvais parent, mauvais cœur, vieux chien, vieux avare, que sais-je ? Le monde est sens dessus dessous à présent, ma parole d'honneur !

— On ne vous appellera pas de tous ces noms-là, mon oncle, on ne vous appellera d'aucun nom. Il n'y en a pas pour définir la bizarrerie de votre caractère, et il n'y a que vous au monde pour avoir trouvé le secret de faire maudire la main qui enrichit !

— Allons, tu dis des phrases, tu te crois au barreau ! Va-t'en, tu m'assommes. Dis à ton Julien ce que tu voudras ; je ne veux voir ni lui, ni toi, ni personne. Je m'en retourne à la campagne.

— C'est-à-dire que vous vous enfermez ici et que vous vous y barricadez contre toutes les bonnes raisons que je pourrais vous donner.

— Possible ! Tu sais à présent que tes bonnes raisons auront beau faire, elles resteront à la porte.

Marcel se garda bien de dire à son oncle qu'il avait un moyen beaucoup plus simple et moins coûteux d'empêcher le mariage : c'était d'abandonner Mme d'Estrelle à sa ruine et de se fier aux sages et généreuses réflexions qu'elle avait admises. Il ne crut pas non plus devoir lui dire qu'elle refusait ses dons.

— Après tout, pensait-il, qui sait la durée de cette passion ? Dans quelque temps, Julie aura peut-être pris le dessus, et alors il lui sera fort agréable de se savoir libérée et riche encore.

Il rédigea avec M. Antoine une simple quittance conditionnelle de toute la dette, et il réussit à y faire insérer cette modification importante, qu'à l'*exception d'une personne non titrée*, Mme d'Estrelle restait libre de convoler en secondes noces avec qui bon lui semblerait. Il fit signer et parafer cette pièce par M. Antoine et la mit dans sa poche, se réservant de la remettre en temps opportun à Mme d'Estrelle, c'est-à-dire quand elle serait plus calme.

La donation de la maison de Sèvres avec une rente de cinq mille livres sur le grand-livre était déjà prête. Marcel eut un assaut terrible à livrer pour empêcher qu'on n'y mît une restriction analogue à celle que devait subir Julie. Il remontra que, Julie engagée à ne pas épouser Julien, il était fort inutile que Julien s'engageât à ne pas épouser Julie.

— Mais ta Julie, disait M. Antoine, peut fort bien renoncer à sa fortune, et, quand l'autre aura de quoi vivre, j'aurai fait un beau chef-d'œuvre ! Je les aurai mariés ! Non pas, non pas ! je veux une lettre de cette dame comme quoi elle s'engage sur l'honneur et sur la religion à ne revoir de sa vie ce personnage, nommé en toutes lettres. Les femmes sont plus engagées par ces poulets dorés sur tranche que par tous vos parchemins. Elles craignent le scandale plus que la chicane. Je veux ce billet doux à mon adresse, ou je ne lâche rien.

— Vous l'aurez, dit Marcel.

Et il courut chez Julien.

Julien était fort agité ; il n'avait osé s'informer de rien à l'hôtel. Il avait envoyé rôder sa mère, qui avait vu tous les appartements fermés du côté du jardin. Il ignorait si la douairière était encore là, il ne savait rien de la visite de M. Antoine et du départ de Julie ; il s'étonnait qu'après la confidence à Mme Thierry elle ne pût trouver le temps d'envoyer à celle-ci trois lignes pour la rassurer sur les suites de l'esclandre faite par la douairière. Il attendait le soir avec anxiété. Il lui venait des idées noires.

— Qui sait si la douairière et M. Antoine ne s'entendaient pas pour faire enlever Julie et la mettre dans un couvent sous prétexte d'inconduite ?

On n'obtenait plus très aisément alors les lettres de cachet ; mais avec des formalités, un jugement rendu après coup, on pouvait encore faire légaliser une incarcération arbitraire, d'autant plus qu'une liaison avec un roturier pouvait encore être considérée dans le monde officiel comme un scandale qu'une famille avait le droit de réprimer.

Julien devenait fou lorsque Marcel arriva. Mme Thierry était abattue et fort triste. Marcel vit bien que ce n'était pas le moment d'être sincère.

— Il y a du nouveau, leur dit-il en prenant sur lui de montrer un visage tranquille et même réjoui. Nous allions signer, quand l'oncle Antoine est apparu comme le dieu des nuages de l'Opéra. Il s'est fâché, brouillé avec la douairière, qui, jusque-là, s'entendait avec lui contre Mme d'Estrelle ; mais il s'est repenti de sa folie, il vous donne une indemnité magnifique ; c'est pour lui l'occasion de réparer tous ses torts, et il s'exécute largement, je dois le dire ; sachez-lui-en gré, ainsi que de l'intention où il est de faire grandement les choses avec Mme d'Estrelle. Il lui laissera probablement le double de ce que lui laissait la douairière ; elle a donc cru devoir le remercier et céder sur l'heure à une fantaisie qu'il a eue de lui faire quitter son hôtel…

— Elle est partie ! s'écria Julien en pâlissant.

— Partie, partie ! Elle va passer quelques jours à la campagne ; qu'y a-t-il là de surprenant ?

— Ah ! Marcel, dit Mme Thierry, c'est que tu ne sais pas…

— Je ne veux rien savoir en dehors des affaires sérieuses qui réclament tous mes soins, répondit Marcel avec fermeté. J'ai entendu aujourd'hui beaucoup de sottises, d'insinuations blessantes et de commentaires impertinents. Je n'en veux rien croire et rien retenir. Le nom de Mme Julie d'Estrelle reste sacré pour moi ; mais je lui ai conseillé de disparaître pour quelques jours.

— Disparaître ?… répéta Julien toujours effrayé.

— Ah ! parbleu ! ne croirait-on pas que nous sommes à Madrid, et qu'on l'a descendue dans un *in pace* ? Où prends-tu cette humeur tragique ? Je l'ai tout simplement engagée à faire la morte durant une semaine ou deux, le temps de liquider et de régulariser sa position. Tenons-nous tranquilles, ne marquons ni déplaisir ni inquiétude de son absence. Ne réveillons pas les mauvais desseins de la marquise, un peu matés pour le moment par l'intervention de M. Antoine. Assurons surtout à Julie la protection et les égards du vieux riche. Il ne s'agit pas d'expliquer la singulière logique de cet homme-là ; le diable y échouerait. Il s'agit d'en tirer parti, et aucun de nous ici ne doit songer à lui-même, mais bien à l'avenir de Mme d'Estrelle.

Marcel entra dans des détails de chiffres qui forcèrent l'attention de Julien. Il y allait pour Julie d'une modeste aisance à sauver par un peu de prudence, ou à perdre par un excès de fierté. Sa réputation n'était pas encore compromise dans le monde, et il était fort inutile qu'elle le fût. Jusque-là, le complot formé contre elle par la marquise et M. Antoine n'avait point éclaté. On avait attendu qu'elle en provoquât l'explosion par un essai de résistance aux prétentions de la douairière. Il appartenait maintenant à M. Antoine de protéger Julie contre les accusations dont il était l'auteur. Lui seul le pouvait, ayant en poche des armes contre l'ennemi commun. Il y était disposé, il se repentait à sa manière, il haïssait la marquise, il exigeait qu'on lui laissât tout régler : il fallait absolument courber la tête et attendre en silence.

Une inquiétude restait à Julien. M. Antoine voulait-il donc s'emparer de la destinée et des volontés de Mme d'Estrelle pour la ramener à l'extravagante idée d'un mariage avec lui ? Marcel put le rassurer complètement sur ce point et lui donner sa parole que cette fantaisie avait délogé de la cervelle du vieux sphinx. Enfin Julien demanda à Marcel s'il lui donnait aussi sa parole d'avoir conseillé à Julie de s'éloigner à l'heure même, si elle était libre de revenir quand elle le jugerait à propos, et si elle était bien convaincue de l'utilité de cette absence pour elle-même, pour elle seule. Marcel put jurer encore que tout cela était.

— Tu sais sans doute où elle est ? ajouta Julien.

— Je le sais, répondit Marcel ; mais je ne dois le dire à personne, elle me l'a fait promettre. Si elle veut en faire confidence à quelque autre, elle écrira ; mais, comme elle désire que M. Antoine et la douairière l'ignorent, je pense que le mieux pour elle sera de n'avoir pas d'autre confident que moi. A présent que tout est éclairci, laissez-moi vous dire en quoi consiste l'indemnité de bail que vous alloue M. Antoine.

— Un instant encore ! dit Julien ; cette indemnité a-t-elle été demandée, débattue par Mme d'Estrelle ? N'est-ce pas le prix de quelque nouvelle torture imposée à sa fierté, d'un sacrifice quelconque de sa part ?

— Il n'y a pas eu, dit Marcel, le moindre objet à discuter. M. Antoine a déclaré lui-même ses intentions sans qu'il lui ait été fait aucune demande ni soumission quelconque. Il vous destinait probablement de longue main le cadeau qu'il vous fait, car il est propriétaire de la maison de Sèvres, et il vous la donne. Voici vos titres.

— Ah ! mon Dieu ! s'écria Mme Thierry en regardant les pièces, avec une rente ? Je crois rêver, je suis heureuse, et j'ai peur !

— Oui, dit Julien encore méfiant, il y a quelque chose là-dessous, un piège peut-être !

Marcel eut grand-peine à leur faire accepter le perfide bienfait de M. Antoine. Il dut leur dire, leur jurer encore que c'était le désir et la volonté de Mme d'Estrelle. Il les laissa aussi tranquilles que possible, Julien s'efforçant de ne pas troubler par ses appréhensions la joie que sa mère devait éprouver de rentrer sous le toit où elle avait vécu si longtemps heureuse. Marcel courut alors à l'hôtel, et ordonna à Camille de faire un paquet des effets nécessaires à sa maîtresse pour un court séjour à la campagne.

— Ah ! mon Dieu ! dit Camille étonnée, madame la comtesse ne me mande pas auprès d'elle ?

— C'est inutile pour si peu de temps.

— Mais madame ne sait ni se coiffer ni s'habiller seule !… Songez donc ! Une personne qui a toujours été servie selon son rang !

— Elle trouvera des gens de service dans la maison où elle est.

— C'est donc chez des pauvres, puisque madame craint d'y faire nourrir ses gens ? Peut-être que madame est tout à fait ruinée elle-même ?… Hélas ! hélas ! une si bonne et si généreuse maîtresse !

Camille se mit à pleurer, et, tout en pleurant des larmes sincères, elle ajouta :

— Et mes gages, monsieur le procureur, qui me les payera ?

— Demain, je paye tout, répondit Marcel, habitué à ce mélange de sensibilité et de positivisme qui se produit toujours dans les désastres ; faites préparer tous les comptes de la maison, et, jusque-là, prenez les clefs. Vous répondez de toutes choses jusqu'à demain.

— Soit, monsieur, j'en réponds, dit la suivante, qui recommença à sangloter ; mais nous quittons donc le service de madame ? Madame ne reviendra plus ?

— Je n'ai pas dit cela, et je n'ai pas reçu l'ordre de vous congédier.

Marcel écrivit à sa femme qu'il n'avait le temps ni de dîner ni de souper, et qu'elle ne l'attendît pas avant dix ou onze heures du soir. Il retourna au couvent. Julie avait comme épuisé toute sa vie dans les pleurs. Elle s'était relevée, elle avait baigné dans l'eau froide son visage pâle, marbré du feu des larmes. Elle était calme, abattue, et ressemblait à une morte qui marche. Elle se ranima un peu en apprenant que Marcel avait réussi à tromper Julien et à lui faire accepter, sans trop de soupçons, l'existence que M. Antoine assurait à sa mère et à lui. Elle écrivit le billet que lui dictait Marcel pour M. Antoine, s'engageant à ne revoir Julien de sa vie, à la condition que Julien ne serait jamais dépossédé ni de la maison de Sèvres ni de la rente. Elle ne voulut jamais stipuler cette condition pour sa propre fortune, et Marcel n'osa pas lui parler encore d'accepter la quittance de M. Antoine. Elle ne proféra plus, du reste, aucune plainte ; elle pliait sous la fatigue, et Marcel, en lui serrant la main, sentit qu'elle avait la fièvre. Il la décida à recevoir la sœur Sainte-Juste, sa cousine, et il engagea celle-ci à faire coucher quelqu'un dans la chambre voisine. Il ne s'en alla qu'après avoir paternellement veillé à tout.

Julie passa une nuit calme ; elle n'était pas de ces natures tenaces qui luttent longtemps. Elle avait la conscience d'avoir accompli son devoir, et sa première souffrance avait été si brusque et si violente qu'elle céda bientôt à l'épuisement et dormit. Le lendemain, elle remercia la personne qui l'avait veillée en demandant à rester seule. Elle s'habilla et se coiffa elle-même, et, se reconnaissant très maladroite et très inhabile à se servir, elle voulut vaincre ses habitudes, faire elle-même sa chambre et son lit, ranger ses hardes, et s'installer dans la pauvreté de cette cellule comme si elle eût dû y passer sa vie. Elle fit tout cela assez machinalement, sans effort et sans réflexion. Quand ce fut fini, elle s'assit sur une chaise, les mains jointes sur son genou, regardant par la fenêtre ouverte sans rien voir, écoutant les cloches du couvent sans rien entendre, ne pensant pas du tout à manger, bien qu'elle n'eût rien pris depuis vingt-quatre heures. La foudre éclatant au milieu de sa chambre ne l'eût pas fait tressaillir.

Vers midi, la sœur Sainte-Juste la trouva dans cet état de contemplation morne, qu'elle prit pour un recueillement de béatitude. Certaines âmes brisées restent si douces que l'on ne soupçonne plus leur souffrance ; mais la sœur avait remarqué, en traversant la pièce qui servait d'antichambre et de salle à manger, qu'un déjeuner apporté par la femme de service s'était refroidi sans qu'on y eût touché.

— Vous avez donc oublié de manger ? dit-elle à Julie.

— Non, ma sœur, répondit la pauvre désolée, qui ne voulait pas se laisser plaindre, j'attendais que l'appétit me vînt.

La religieuse l'engagea à se mettre à table, la servit avec obligeance, et crut la distraire par son babil bonasse et insignifiant. Julie l'écouta avec une complaisance inépuisable, et poussa la soumission d'esprit jusqu'à paraître s'intéresser à toutes les minuties de la vie de cette recluse, à tous les détails du règlement, à tous les petits événements stupides qui défrayaient les loisirs de la communauté. Que lui importait d'entendre cela ou autre chose ? Il n'était plus au pouvoir de personne de la contrarier ou de l'ennuyer. Elle était comme une âme entièrement vide que tout traverse et où rien ne demeure.

Quand Marcel arriva dans l'après-midi, sa cousine lui dit :

— Que me disiez-vous donc que cette dame était malade et avait des sujets de chagrin ? Elle a bien dormi sans souffler mot, elle a déjeuné raisonnablement, quoique un peu tard, et elle a pris grand plaisir à causer avec moi. C'est une personne très aimable, et qui n'a point de chagrin sérieux. Je vous en réponds, je m'y connais !

Marcel s'effraya de cette douleur sans réaction. Il venait pour raconter ce qui s'était passé le matin à l'hôtel d'Estrelle. Julie se borna à lui demander des nouvelles de Julien et de sa mère. Quand elle sut qu'ils faisaient leur déménagement et qu'ils devaient aller coucher à Sèvres, elle ne voulut pas entendre autre chose.

— Je ne veux plus haïr personne, dit-elle ; cela me ferait plus de mal et ne servirait à rien. Ne me parlez donc plus de M. Antoine d'ici à quelques jours. Je vous en supplie, mon ami, laissez-moi m'habituer à mon sort comme je pourrai. Vous voyez que je ne me révolte pas : c'est tout ce qu'il faut.

Les jours suivants, Marcel la trouva de plus en plus calme. Elle était fort pâle ; mais la religieuse assurait qu'elle dormait et mangeait autant qu'il était nécessaire, et cela était vrai. Elle ne faisait rien de la journée et ne désirait voir personne, assurant qu'elle ne s'ennuyait pas. Cela était encore vrai. Elle était absorbée et parfois souriante. Marcel n'y comprenait rien ; il l'engagea à recevoir le médecin du couvent, qui lui trouva le pouls un peu faible, le teint un peu flegmatique, comme on disait alors pour désigner une certaine prédominance de la lymphe dans l'économie. Il ordonna des prises de quinquina et dit à Marcel que ce ne serait rien.

Ce n'était rien en effet, sinon que l'âme s'éteignait et que la vie s'en allait avec elle. Julie, obéissante, prit le quinquina, se promena dans le jardin du couvent, consentit à recevoir la visite de quelques religieuses, leur parut très bonne personne, promit de lire quelques livres nouveaux que Marcel lui apporta et qu'elle n'ouvrit pas, prépara un ouvrage de broderie qu'elle ne commença point, vécut à peu près inaperçue dans le cloître, grâce à la tranquillité de ses manières, et continua à dépérir, lentement, sans crise, mais sans relâche.

Marcel fut trompé par les apparences. Voyant le moral si paisible et prenant cette subite destruction de la volonté pour une immense force de volonté aux prises avec la nature, il chercha le remède où il n'était pas. Il se préoccupa des conditions de la santé physique. Il loua une petite maison de campagne à Nanterre, et, faisant croire à Julie qu'il venait de l'acquérir pour son compte, il l'y transporta ; puis, s'étant assuré de la discrétion et du dévouement de Camille, il l'y fit conduire. Il remit à cette fille assez d'argent pour qu'elle pût prendre à gages une paysanne sachant faire la cuisine, et il veilla à ce que l'ordinaire de la comtesse fût plus choisi et plus substantiel que celui du couvent. La maisonnette était située en bon air, avec un assez grand jardin bien clos de murs et pas assez ombragé pour que le soleil ne l'assainît pas pleinement. Il fit porter dans le salon les livres, les petits objets de travail et d'amusement, enfin la harpe de Julie (toute femme de cette époque jouait peu ou prou de cet instrument gracieux). Camille, à qui Marcel avait fait la leçon, trompa sa maîtresse sur ce qui s'était passé à l'hôtel d'Estrelle et sur les ressources dont elle disposait. Elle lui fit croire que tout était à Nanterre d'un bon marché extrême, et qu'elle pouvait se permettre un certain bien-être sans dépasser le chiffre de sa petite rente. Julie voulait être pauvre et ne rien devoir à M. Antoine. C'était le seul point où Marcel eût trouvé sa résistance invincible. Il avait dû mentir et lui laisser croire que M. Antoine avait pris possession de son hôtel, de ses diamants et de tout ce qui lui appartenait.

Les diamants étaient en dépôt chez Marcel, l'hôtel d'Estrelle était maintenu en bon état de réparation. Les chevaux, bien pansés, étaient à l'écurie et les voitures sous la remise. Les gens étaient payés et congédiés, avec l'ordre, moyennant profit, de reparaître dès que Mme d'Estrelle elle-même reparaîtrait. Le suisse gardait la maison, soignait et promenait les chevaux. Sa femme époussetait, ouvrait et fermait les appartements. Le jardinier en chef de M. Antoine surveillait l'entretien des fleurs et des gazons. M. Antoine en personne venait faire sa ronde tous les matins. Le pavillon abandonné par Mme Thierry était fermé et silencieux. Du reste, rien de changé dans la demeure de Julie. Chaque meuble était à sa place, et le soleil brillait au seuil de son salon désert.

Deux mois s'étaient écoulés déjà depuis le jour où Julie avait quitté l'hôtel. L'oncle Antoine n'en était plus que le gardien et le gérant scrupuleux. Il s'y était conservé ses entrées jusqu'au jour où il plairait à Julie de reprendre le gouvernement de sa chose. Il voulait la lui remettre intacte, lui rendre même ceux de ses gens qu'elle voudrait rappeler. Le suisse avait ordre de dire aux visiteurs que madame restait provisoirement propriétaire de sa maison, et qu'elle avait été voir ses terres du Beauvoisis pour aviser à des arrangements définitifs, c'est-à-dire que pour le *qu'en dira-t-on*, de concert avec Marcel, M. Antoine faisait présenter la situation de Mme d'Estrelle comme la continuation d'une trêve conclue avec ses créanciers, et, comme cet état de choses durait déjà depuis deux ans, c'était là réellement l'explication la plus convenable. On aviserait à en trouver une concluante quand Julie consentirait à revenir.

Il n'en est pas moins vrai que les amis de Julie, le vieux duc de Quesnoy, la présidente, Mme des Morges, l'abbé de Nivières, etc., commençaient à s'étonner beaucoup de ne point recevoir de ses nouvelles. Son brusque départ avait été motivé tant bien que mal, grâce aux renseignements semés adroitement par le procureur ; mais pourquoi n'écrivait-elle point ? Elle était donc bien paresseuse, malade peut-être ? Etait-elle réellement en Beauvoisis ? Mais le vieux duc fut forcé d'aller aux eaux de Vichy, la présidente fut absorbée par le mariage de sa fille, l'abbé était un peu le chat de la maison, oublieux quand le foyer s'éteignait. Mme des Morges était l'indolence en personne. La marquise d'Estrelle eût été la seule à s'enquérir sérieusement, si sa malice n'eût été soudainement paralysée par une verte menace de M. Antoine de divulguer sa conduite, et de réclamer son argent, si elle se permettait la plus légère enquête et le plus mince commentaire désobligeant sur le compte de Julie.

On le voit, M. Antoine, en tout ce qui touchait à la réputation, à la sécurité et aux intérêts pécuniaires de sa victime, se conduisait avec une loyauté, une prudence et un dévouement extraordinaires. Il prenait les conseils de Marcel, les discutait comme s'il se fût agi de tout faire pour le mieux pour sa propre fille, et les suivait avec une parfaite exactitude. Sur le fond de la question que Marcel s'efforçait de lui faire admettre, l'union des deux amants, il était inflexible, et comme, lorsque Marcel le pressait trop à cet égard, il prenait de l'humeur, le boudait et lui fermait la porte au nez, Marcel était obligé, dans l'intérêt de sa cliente, à des attermoiements dont il ne voyait pas la fin.

Mme Thierry et Julien étaient luxueusement installés dans leur jolie maisonnette, car la meilleure partie du mobilier y était restée, ainsi que certains objets d'art d'un assez grand prix que l'oncle avait dédaignés faute d'en connaître la valeur. Julien n'avait pas confiance dans cette générosité inattendue dont il lui avait été défendu de remercier M. Antoine, et qui s'entourait de circonstances inexplicables. Il en était si inquiet, que, sans le devoir de sacrifier sa propre fierté au repos de sa mère, il eût tout refusé. Leur position matérielle était devenue excellente. La rente de cinq mille livres permettait de vivre modestement sans attendre avec effroi, à la fin de chaque semaine, le produit d'un travail fiévreux. Mme Thierry ne pouvait se défendre de retrouver avec une joie extrême sa maison, ses plus chers souvenirs, ses habitudes et ses anciennes relations. Elles étaient moins nombreuses qu'au temps où elle tenait table ouverte, mais elles étaient plus sûres. Les seuls vrais amis avaient reparu ; sachant qu'elle n'avait plus que le nécessaire, ils s'occupaient de faire vendre avantageusement les tableaux de Julien. C'est quand on n'est plus dans la détresse qu'on peut tirer parti de son talent. Julien n'avait donc plus besoin de se presser, la clientèle arrivait d'elle-même par l'intermédiaire d'un entourage éclairé et bienveillant. Il consolait sa mère du secret déplaisir qu'elle éprouvait encore d'être l'obligée de M. Antoine, en lui disant :

— Sois tranquille, je t'acquitterai envers lui et malgré lui, s'il le faut ; c'est une question de temps. Sois heureuse ; tu vois que je ne m'inquiète pas du silence de Julie, et que j'attends avec confiance et fermeté.

Julien n'avait changé ni d'attitude, ni de manières, ni de visage depuis le jour fatal où Julie avait disparu. Il avait cru d'abord à la parole de Marcel ; mais, ne voyant arriver aucune lettre de sa maîtresse, et sachant fort bien, grâce à des informations prises en secret, qu'elle n'était point en Beauvoisis, il avait peu à peu entrevu une partie de l'effrayante vérité. Julie était libre, puisque Marcel l'avait juré sur son honneur à différentes reprises ; mais sur d'autres points il ne jurait pas, il n'affirmait pas, il ne faisait que présumer. Il se refusait avec une adroite obstination à écouter aucune confidence, ce qui lui rendait plus facile la tâche d'éluder beaucoup de questions. Le plan machiavélique de M. Antoine était trop bizarre pour être accessible à la loyale pensée de Julien. Il ne supposait pas la jalousie possible sans amour, et il eût cru profaner l'image de Julie en admettant que le vieillard fût amoureux d'elle. Le vieillard n'était point amoureux, la chose est certaine ; mais il était jaloux de Julien comme un tigre, et la jalousie sans amour est la plus implacable. Julien le croyait fou. Peut-on deviner les combinaisons d'un fou ?

Mais ces combinaisons, quelles qu'elles fussent, pouvaient-elles agir sur la raison de Julie ?

— Non ! se disait Julien, aucune considération d'argent n'a pu toucher ce noble cœur. Julie veut rompre avec moi, elle accomplit en silence cette rupture qui lui coûte, mais qu'elle croit nécessaire. Elle a tremblé pour sa réputation ; la marquise l'a menacée de la perdre, et ses amis ont dû réussir à lui prouver qu'on ne se réhabilite jamais en épousant un plébéien. Telle est l'opinion du monde. Julie s'est crue un instant au-dessus de ces préjugés ; son amour pour moi lui a trop fait présumer de la force de sa raison. Son caractère est grand, mais l'esprit était peut-être faible, et à présent la force du caractère s'emploie à faire triompher en elle le préjugé qui tue l'amour. Pauvre chère Julie ! elle doit souffrir parce qu'elle est bonne, parce qu'elle se rend compte de ma souffrance ; pour elle-même, je crois être certain qu'elle aspire à m'oublier. Marcel augurait mieux de la guérison morale de Julien que de celle de Julie. Il le voyait le moins souvent et le moins longtemps possible, afin d'échapper à ses questions. Un jour qu'il était forcé de venir rendre compte à sa tante d'une affaire de détail dont elle l'avait chargé, il la trouva seule.

— Où est Julien ? lui dit-il ; dans son atelier ?

— Non, il s'occupe de jardinage. Depuis qu'il a retrouvé ce coin de terre pour semer et planter, il se console de tout plus aisément. Il a eu du chagrin, Marcel ! beaucoup de chagrin que tu ne sais pas. Il aimait Mme d'Estrelle, je ne m'étais pas trompée, et même…

— Bon, bon ! dit Marcel, qui ne voulait pas d'épanchement ; c'est passé, n'est-ce pas ? C'est fini ?

— Oui, répondit la veuve, je crois que c'est fini. S'il me trompait… Non ! après les espérances qu'il a eues, ce n'est pas possible, mon enfant, n'est-il pas vrai ? On ne peut pas tromper l'œil d'une mère qui vous adore ?

— Non, sans doute. Dormez tranquille, ma tante ! Je vais dire bonjour à Julien.

— S'il trompe sa mère en effet après le désastre de ses espérances, pensait Marcel en cherchant Julien dans le bosquet, il faut qu'il soit un homme diablement fort !

Julien creusait une petite fosse pour y transplanter un arbuste. Il avait un sarrau de toile et la tête nue. Debout dans la terre fouillée, les mains appuyées sur le manche de sa bêche comme un ouvrier qui reprend haleine, il rêvait si profondément qu'il n'entendit pas venir Marcel, et celui-ci, qui l'apercevait de profil, fut frappé de l'expression de son visage. Ce visage mâle ne portait point encore les traces de douleur qui altéraient déjà la beauté de Julie ; mais il avait cette tension et cette fixité de morne désespérance que Marcel avait pu étudier chez elle.

Julien vit son cousin, ne tressaillit pas et sourit. C'était précisément ce sourire de complaisance glacée avec lequel Julie accueillait Marcel, sourire doux et terrible comme celui qu'on voit quelquefois errer sur les lèvres des mourants.

— Ça va mal ! pensa Marcel. Il est diablement fort en effet, mais il est peut-être encore le plus malade des deux.

Marcel, navré, n'eut pas la force de cacher son émotion. Il aimait tendrement Julien ; sa prudence l'abandonna.

— Voyons, dit-il, tu as quelque chose, tu souffres ?

— Oui, mon ami, tu le sais bien, que je souffre, répondit l'artiste en quittant sa bêche et en marchant avec son cousin sous les arbres. Comment cela serait-il possible autrement ? Tu sais bien que j'aimais une femme, ma mère te l'avait dit. Cette femme est partie. Ne me dis pas qu'elle reviendra, je sais fort bien qu'il faut qu'elle revienne ; mais je sais aussi que mon devoir est de ne plus rechercher sa présence, et de me dire qu'elle est morte pour moi !

— Et… as-tu le courage d'accepter cette conclusion ? dit Marcel.

— Ah ! si c'est mon devoir ! Tu comprends, mon ami, on accepte toujours son devoir.

— On s'y soumet avec plus ou moins de fermeté : un homme !…

— Oui, un homme est un homme. Je souffre bien, Marcel ! Je veux supporter cela. Je le supporterais seul, n'en doute pas ; mais tu peux m'aider un peu, toi. Pourquoi t'y refuses-tu ? C'est bien dur, ce que tu fais là depuis deux mois.

— Comment puis-je t'aider ? dit Marcel, qui redoutait quelque ruse de la passion pour découvrir la retraite de Julie.

— Mon Dieu ! répondit Julien, qui lisait dans la pensée de son ami, c'est bien simple : tu peux me dire qu'elle est plus heureuse que moi, voilà tout.

— Comment saurais-je ?…

— Tu la vois deux ou trois fois par semaine ! Allons, tu as fait ton devoir, ami ! Tu as supporté mon inquiétude avec un terrible courage. C'est un grand dévouement pour elle, et pour moi aussi peut-être, que tu as eu là ; mais j'ai découvert plusieurs choses ; je sais où elle est : je le sais depuis hier par ton fils.

— Juliot ne sait ce qu'il dit ; Juliot ne la connaît pas !

— Juliot l'a vue un jour à la comédie ; il ne l'a point oubliée. Il ne sait pas son nom, il l'appelle la cliente de campagne. Il m'a souvent parlé d'elle : sa grâce et sa douceur l'ont frappé.

— Eh bien, après ?

— Après ? L'enfant a été dimanche dernier à la fête de Nanterre avec un camarade de son âge, aux parents duquel tu l'avais confié pour cette partie de plaisir ?

— C'est vrai !

— Les deux enfants ont échappé quelques instants à la surveillance des parents, pour courir autour du village. Un arbre chargé de fruits, qui dépassait un mur peu élevé, a tenté leur espièglerie. Juliot a grimpé sur les épaules de son camarade, il s'est fourré dans l'arbre, et, pendant qu'il remplissait ses poches, il a vu passer à ses pieds une femme qu'il a reconnue. Je sais la rue, je me suis fait décrire la maison. J'ai été à Nanterre, je me suis informé dans le voisinage : j'ai su qu'une Mme d'Erlange (c'est Julie, qui a pris un nom supposé) demeurait là avec sa fille de chambre, qu'elle ne sortait jamais, mais que personne ne la surveillait, et qu'elle vivait seule par goût, qu'elle ne passait point pour malade, bien que ton fils l'ait trouvée changée. Enfin je sais qu'elle est prisonnière sur parole, ou qu'elle craint mes importunités. Marcel, dis-moi la véritable raison. Si c'est la dernière, dis-lui de revenir, de rentrer chez elle ; dis-lui qu'elle ne craigne rien ; dis-lui que je lui jure sur tout ce que j'ai de plus sacré qu'elle ne m'apercevra plus jamais. M'entends-tu, Marcel ? Réponds-moi et ôte-moi le supplice de l'incertitude.

— Eh bien, tout cela est vrai, dit Marcel après un peu d'hésitation. Mme d'Estrelle est prisonnière sur parole ; mais c'est une parole qu'elle s'est donnée à elle-même, et que personne ne la contraint à observer. Elle est libre de revenir, mais elle ne peut plus te voir.

— Elle ne *peut* plus, ou elle ne *veut* plus ?

— Elle ne peut ni ne veut.

— C'est bien, Marcel, en voilà assez ! Porte-lui mon serment de soumission et ramène-la chez elle. Elle est assez tristement logée là-bas, et cette solitude doit être affreuse. Qu'elle retrouve ses amis, ses aises, sa liberté. Pars tout de suite, va, cours donc ! Je ne veux pas qu'elle souffre pour moi un moment de plus !

— Bien, bien, j'irai, dit Marcel. J'y vais ; mais toi ?

— Il s'agit bien de moi ! s'écria Julien. Comment ! tu n'es pas parti ?

Et il mit Marcel à la porte par les épaules, tout en l'embrassant. Dès qu'il l'eut perdu de vue, il rentra près de sa mère.

— Eh bien, lui dit-il avec un visage riant, tout va mieux que je ne l'espérais : Mme d'Estrelle n'est pas captive ! Elle reviendra bientôt.

En parlant ainsi, il examinait sa mère. Elle fit une exclamation de joie, mais en même temps un nuage passa sur son front. Julien s'assit près d'elle et lui prit les deux mains.

— Avoue-moi la vérité, lui dit-il : ce projet de mariage t'inquiète un peu ?

— Comment veux-tu que je ne désire pas ardemment ce qui doit te rendre heureux ? Seulement, je croyais que tu n'espérais plus…

— J'étais très résigné, et tu disais comme moi : "Ne nous décourageons pas, attendons. N'y pensons pas trop ; peut-être oubliera-t-elle, et alors peut-être ferais-tu bien d'oublier aussi."

— Et tu me répondais : "J'oublierai s'il le faut." A présent, je vois que tu comptes sur elle plus que jamais.

— Et ne penses-tu pas que j'ai sujet de me réjouir ? Dis-moi franchement si je me fais illusion, tu dois chercher à m'en préserver.

— Ah ! mon enfant, que te dirai-je ? C'est une adorable personne, et je l'adorerai avec toi ; mais sera-t-elle heureuse avec nous ?

— Tu sais que M. Antoine se propose d'agir avec elle presque aussi bien qu'avec nous, qu'il lui laissera de l'aisance. La misère, qui t'effrayait pour nous, n'est donc plus à redouter. Quelle chose te tourmente à présent ?

— Rien, si elle t'aime !

— Tu soupires en disant cela. Tu en doutes donc ?

— J'en ai douté jusqu'ici, mon enfant. Que veux-tu ! Si je lui fais injure, c'est votre faute à tous deux. Vous n'avez pas eu de confiance en moi, je n'ai pas vu clairement poindre votre amour, je n'ai pas suivi ses phases, et, quand vous m'avez dit un matin : "Nous nous aimons à la folie", j'ai trouvé cela trop brusque pour être bien sérieux. Il me semblait que vous vous connaissiez à peine !… Quand j'ai dit à ton père que je l'aimais, il y avait trois ans qu'il travaillait à décorer notre maison et que je le voyais tous les jours. On m'avait proposé de bons partis, j'étais bien sûre de n'aimer que lui. Julie s'est trouvée vis-à-vis de toi dans une position différente. Aucun mariage assorti à sa condition et à ses idées sur l'amour ne se présentait encore. Elle était dévorée du besoin d'aimer, et elle s'ennuyait mortellement sans en convenir. Elle t'a vu, elle t'a estimé, tu le méritais. Tu lui as plu, cela devait être. Des circonstances particulières vous ont rapprochés, elle a cru t'aimer passionnément. S'est-elle trompée ? L'avenir nous le dira ; mais elle s'est enfuie au moment où elle disait vouloir se prononcer, elle t'a laissé souffrir et attendre sans t'envoyer un mot de consolation. Si j'ai douté d'elle, conviens que les apparences sont contre elle !

— Alors tu crois que le préjugé est plus fort sur elle que l'amour ? Tu crois qu'elle mentait quand elle me parlait avec enthousiasme de la vie modeste qu'elle voulait embrasser, et du peu de cas qu'elle faisait des honneurs et des titres ?

— Je ne dis pas cela, je dis qu'elle a pu se tromper sur la force de son attachement pour toi et sur la réalité de son dégoût du monde.

— De sorte que, si l'on venait te dire : "Vous avez deviné juste", tu ne serais pas surprise ?

— Pas trop !

— Et pas trop affligée non plus ?

— Si tu dois la regretter beaucoup, mon affliction est aussi grande que tes regrets, mon pauvre enfant. Si, au contraire, tu en prends bravement ton parti, je dirai que c'est mieux ainsi, et que tu peux retrouver l'amour d'une femme plus prudente et plus forte.

— Pauvre Julie ! se dit Julien intérieurement, son amour pour moi était donc, même aux yeux de ma mère, une erreur et une faiblesse ! – Allons, dit-il tout haut, rassure-toi. Elle renonce au rêve que nous avions fait ensemble ; elle n'y croit plus, elle craint que je ne le lui rappelle. Tout ce que tu prévoyais se réalise, Marcel vient de me le dire. Je lui ai donné ma parole que je ne la reverrai jamais.

— Ah ! mon Dieu ! dit Mme Thierry effrayée, comme tu me dis cela tranquillement ! Est-ce vrai que tu es tranquille à ce point-là ?

— Tu le vois bien. J'ai été bouleversé les premiers jours, je ne te l'ai pas beaucoup caché ; mais, à mesure que le temps a marché, j'ai compris parfaitement le silence de Mme d'Estrelle. La tranquillité que je t'apporte est le fruit de deux mois de réflexion. Ne t'en étonne donc pas, et crois-moi assez fier et assez sage pour surmonter le chagrin que j'ai pu avoir.

La fermeté de Julien n'était pas feinte, il y allait de bonne foi. Seulement, il souffrait trop pour avouer à demi sa souffrance. Le mieux était d'en supprimer absolument l'aveu.

Dans la soirée, comme il faisait très chaud, Julien sortit pour aller prendre un bain dans la rivière. Ordinairement, il se joignait à quelques jeunes artistes employés à la manufacture de porcelaine, auxquels il donnait des conseils et des leçons. Ce jour-là, éprouvant le besoin d'être seul, il les évita et s'en fut dans un endroit désert, à la lisière d'une prairie ombragée. Le temps était lourd et sombre, Julien se jeta à l'eau très machinalement, et tout d'un coup cette pensée lui vint à l'esprit pendant qu'il nageait :

— Voilà une douleur atroce dont je ne sens pas pouvoir jamais guérir. Si je cessais pendant quelques instants de fendre cette nappe d'eau, elle engloutirait ma douleur et garderait le secret de mon découragement.

En songeant ainsi, Julien cessa de nager et enfonça rapidement. Il pensa au désespoir de sa mère, et, quand il toucha le fond, il frappa du pied et revint sur l'eau. Il était bon nageur et pouvait jouer ainsi avec la mort sans aucun risque ; mais la tentation était forte, et la pensée du suicide a des vertiges terribles. Trois fois il s'abandonna avec plus d'entraînement, et trois fois il se reprit avec moins de résolution. Un quatrième accès, plus violent que les autres, devenait imminent. Julien se jeta à la rive, épouvanté de lui-même, et, se couchant sur le sable, il s'écria :

— Ma pauvre mère, pardonne-moi !

Et il pleura amèrement pour la première fois depuis la mort de son père.

Les larmes ne le soulagèrent pas. Les larmes des êtres forts sont des cris et des étouffements atroces. Il rougit de se sentir faible et dut s'avouer qu'il l'était pour longtemps, pour toujours peut-être ! Il rentra mécontent de lui et maudissant presque les jours de bonheur qu'il avait goûtés. Des sentiments de rage lui vinrent au cœur, et, pendant que sa mère dormait, seul dans le jardin, à la lueur des éclairs qui embrasaient à chaque instant l'horizon, il reprocha à sa mère de trop l'aimer et de lui retirer la liberté de disposer de lui-même.

— Eh quoi ! se disait-il, vivre toujours pour un autre que soi, c'est un esclavage ! Je n'ai pas le droit de mourir ! Pourquoi ai-je une mère ? Ceux qui n'appartiennent à personne sont plus heureux ; ils peuvent, s'ils aiment encore une vie brisée, se jeter dans le désordre qui étourdit, dans la débauche qui enivre. Je n'aurais même pas ce droit-là, moi ! Je n'ai pas davantage celui d'être triste et malade. Il faut que je meure à petit feu et en souriant ; une larme est un crime. Je ne peux pas respirer avec effort, faire un rêve, jeter un cri dans la nuit sans que ma mère ne soit debout, alarmée et malade elle-même. Je ne peux pas sortir de mes habitudes, entreprendre un voyage, chercher l'oubli ou la distraction dans le mouvement et la fatigue ; tout cela l'inquiéterait. Vivre sans moi la tuerait. Il faut que je sois un héros ou un saint pour que ma mère vive ! Heureux les orphelins et les enfants abandonnés ! Ils ne sont pas condamnés à porter un fardeau au-dessus de leurs forces !

Julien n'eut pas plutôt donné accès à cette révolte contre la destinée que d'autres blasphèmes lui entrèrent dans l'âme. Pourquoi Julie était-elle venue troubler son rêve de dévouement et de vertu ? N'avait-il pas accepté tous les devoirs de sa position ? Ne les remplissait-il pas d'une manière complète ? De quel droit cette femme, ennuyée de la solitude, s'était-elle emparée de la sienne ? N'était-elle pas lâche et coupable de lui avoir montré les joies du ciel, à lui qui n'espérait et ne demandait rien, pour le laisser ensuite à l'humiliation d'avoir cru en elle ?

— Tu as fait de moi un misérable ! lui criait-il du fond de son cœur ravagé de colère ; tu es cause que je ne m'estime plus, que je n'aime plus mon art, que je maudis l'amour de ma mère, que je ne crois plus à ma force et que j'ai ressenti la stupide et honteuse soif du suicide. Tu mérites que je me venge, que j'aille au milieu des tiens te reprocher la perte de mes croyances, de mon repos et de ma dignité. Je le ferai, je te dirai cela, je te foulerai aux pieds !

Et puis il pensa à l'avenir que voulait apparemment se réserver Julie, et toutes les horreurs de la jalousie se dressèrent devant lui. Il la vit dans les bras d'un autre, et il rêva sous toutes les formes le meurtre de son rival.

Il sortit dans la campagne et marcha au hasard ; il se retrouva au bord de l'eau. L'orage éclata et brisa non loin de lui un grand arbre. Il s'élança sous la foudre, espérant qu'elle tomberait encore et l'atteindrait. Il reçut des torrents de pluie sans y songer et ne rentra qu'au jour, honteux d'être aperçu dans cet état de démence. Il dormit deux heures et se réveilla brisé, effrayé de ce qui s'était passé en lui, et résolu à ne plus se laisser envahir ainsi par la violence d'une passion dont il avait jusque-là ignoré les périls extrêmes. Il eut beaucoup de peine à se lever, il déjeuna avec sa mère.

— J'ai toujours cru, lui dit-il, que l'amour, étant le bien suprême, devait nous grandir et nous sanctifier. Je vois que l'amour est l'exaltation de l'égoïsme, et qu'il peut nous rendre féroces ou imbéciles. Il faut vaincre l'amour ; mais l'amour ne se brise pas comme une chaîne matérielle : il ne peut que s'éteindre peu à peu.

Julien eut un violent accès de fièvre et de délire, sa mère devina ses tortures et maudit aussi la pauvre Julie dans son cœur.

Cependant Marcel avait été rejoindre Julie.

— Madame, lui dit-il, il faut revenir chez vous.

— Jamais, mon ami, répondit-elle avec sa désolante douceur. Je suis bien ici, j'y vis de ma petite rente, je ne manque de rien, je ne m'y déplais pas, et, à moins que vous ne vouliez habiter votre maison…

— Cette maison n'est pas à moi, je vous ai trompée ; mais vous y pouvez rester, à moins que, par amitié pour Julien, vous ne consentiez à ce que je vous demande.

— Pour Julien, vous dites ? Parlez.

— Julien sait où vous êtes. Il sait que vous ne voulez pas le revoir. Il jure qu'il ne cherchera pas à vous désobéir. Il se soumet entièrement à une décision dont il ignore les motifs. Vous n'en avez donc plus pour vous cacher.

— Ah ! fort bien, dit Julie d'un air égaré ; mais alors… où irai-je ?

— A Paris, chez vous.

— Je n'ai plus de chez moi.

— C'est possible ; mais vous êtes censée posséder provisoirement votre hôtel. On vous croit occupée à liquider avec M. Antoine. Il faut qu'on vous voie, et qu'une absence mystérieuse prolongée ne donne pas lieu à des soupçons calomnieux.

— Que voulez-vous qu'on dise ?

— Tout ce que l'on dit d'une femme qui a quelque chose à cacher.

— Que m'importe ?

— A cause de Julien, vous devez tenir à votre réputation, que, jusqu'à présent, nous avons réussi à ne pas laisser ternir.

— Julien sait bien que je n'ai rien à me reprocher.

— C'est parce qu'il le sait qu'il se coupera la gorge avec le premier qui se permettra un mot contre vous.

— Alors partons, répondit Julie en sonnant Camille. Je ferai ce que vous voudrez, mon ami, pourvu que je ne revoie jamais M. Antoine !

— Ne dites pas cela, madame ; un seul espoir me reste…

— Ah ! il vous reste un espoir, à vous ? dit Julie avec son effrayant sourire.

— Je mentirais si je le disais très fondé, répondit tristement Marcel ; mais je ne dois l'abandonner qu'à la dernière extrémité. Ne m'ôtez pas les moyens de faire fléchir l'obstination de M. Antoine.

— A quoi bon ? reprit Julie. Ne m'avez-vous pas dit que le mariage d'une femme titrée avec un roturier était pour le roturier un malheur, une persécution, une lutte effroyable ?

— Ah ! madame, si ce roturier était très riche, le plus grand nombre vous pardonnerait.

— Alors il faut que je demande à votre oncle d'enrichir l'homme que j'aime ? Il faut que je me déshonore à mes propres yeux, à ceux de Julien peut-être, pour mériter le pardon d'un monde sans honneur et sans cœur ? Vous m'en demandez trop, Marcel ; vous abusez de l'anéantissement où je suis. Que Dieu me donne une seule force, celle de vous résister ; car, après cette honte, je sentirais que j'ai trop tardé à mourir.

Le pauvre Marcel était accablé de fatigue et de chagrin. Il s'épuisait en démarches, en paroles, en efforts de tout genre, et il ne réussissait qu'à écarter la pauvreté, à sauver la vie matérielle de ses amis ; il ne pouvait rien sur leur état moral, et il disait chaque soir à sa femme :

— Ma bonne amie, il n'y a rien de plus faux que le réel ! Je m'évertue à leur procurer les moyens de vivre, et je ne réussis qu'à les faire mourir.

VIII

Julie revint à Paris. Elle y retrouva son luxe, ses équipages, ses joyaux, ses gens. M. Antoine avait veillé à tout, rien n'était changé autour d'elle. Elle ne fit attention à rien. Marcel avait en vain espéré qu'elle éprouverait, au moins instinctivement, une sorte de bien-être à rentrer dans son milieu habituel. Il s'effraya et s'irrita presque de cette inexorable indifférence. Il avait averti ceux de ses amis qu'il avait pu rassembler pour la forcer au moins à s'observer devant eux. Elle les revit sans effusion, et, comme ils s'alarmaient de sa pâleur et de son air accablé, elle mit tout sur le compte d'un refroidissement qu'elle avait pris en voyage et qui l'avait retenu à la campagne plus longtemps que de raison. Ce n'était rien, disait-elle, elle avait été plus mal, elle était mieux, elle n'avait pas voulu écrire pour n'inquiéter personne. Elle promettait de voir son médecin et de guérir.

La baronne d'Ancourt vint deux jours après.

— J'ai été mal pour vous, dit-elle, je m'en repens, chère Julie, et je viens vous en demander pardon.

— Je ne vous en voulais point, répondit Mme d'Estrelle.

— Oui, je sais que vous êtes une grande philosophe ou une grande sainte ; mais vous êtes une femme quand même, mon amie : on vous a persécutée, et vous souffrez !

— Je ne sais pas ce que vous voulez me dire.

— Oh ! mon Dieu, je sais bien que cette persécution de créanciers durait depuis assez longtemps pour que vous en eussiez pris l'habitude ; mais il paraît qu'un moment est venu où vous avez failli tout perdre. On dit que vous avez encore obtenu un répit, mais avec beaucoup de peine, et avec la certitude que c'est reculer pour mieux sauter ; vous avez dit cela à Mme des Morges, est-ce vrai ?

— Oui, c'est vrai. Je ne suis ici qu'en attendant une liquidation complète.

— Mais vous sauverez quelque chose ?

— Je ne veux rien sauver de ce qui me vient de M. d'Estrelle. Je dois et je veux tout céder.

— Oh ! alors je vois pourquoi vous êtes si pâle et si changée ! On me l'avait bien dit : vous montrez une résignation admirable, mais vous êtes malade de chagrin. Eh bien, ma chère, vous avez tort de vous roidir contre les consolations de l'amitié. C'est un beau rôle que vous jouez là, mais il vous tuera ! A votre place, je me plaindrais, je crierais ! Ça ne remédierait à rien, mais ça me soulagerait. Et puis on en parlerait, le monde s'intéresserait à moi, ça console toujours d'attirer l'attention, tandis que vous vous laissez enterrer vivante sans dire un mot, et le monde, qui est égoïste, vous oublie. On parlait de vous hier au soir chez la duchesse de B… "Cette pauvre Mme d'Estrelle, disait-on, vous savez qu'elle est définitivement perdue ? Il ne lui restera pas de quoi prendre un fiacre pour faire ses visites. – Quoi ! disait le marquis de S…, nous verrons une si jolie femme crottée comme un barbet ? Pas possible ! c'est révoltant. Est-ce qu'elle est bien désolée ? – Mais non, répondait Mme des Morges. Elle dit qu'elle s'y fera ; elle est étonnante !" Alors on a parlé d'autre chose. Du moment que vous avez du courage, personne ne songe plus à vous plaindre, d'autant plus que c'est commode de ne songer qu'à soi.

Julie se contenta de sourire.

— Vous avez un sourire qui me fait peur ! reprit la baronne. Savez-vous, ma chère, que je vous crois très mal ? Oh ! je ne suis pas pour les ménagements, moi ! Avec les ménagements, on se néglige et on meurt, ou bien on traîne et on devient laide, et c'est encore pis que d'être morte. Soignez-vous, Julie, ne vous brutalisez pas comme vous faites. Votre grand courage n'en imposera pas tant que vous croyez, allez ! On sait bien qu'il n'est pas possible de tout perdre sans rien regretter. Tenez, j'y reviendrai, dussé-je vous fâcher, vous avez eu grand tort de ne pas épouser ce vieux riche, et il serait peut-être encore temps de vous raviser. Personne ne vous blâmerait à présent ; quand une femme n'a plus rien…

— Etes-vous chargée de nouvelles propositions de sa part ? dit Julie avec un peu d'amertume.

— Non, je ne l'ai pas revu depuis le jour où nous nous sommes brouillées à cause de lui. Il a essayé plusieurs fois de me surprendre, mais je m'étais barricadée contre ses visites… Ce que j'en dis n'est pas pour vous en dégoûter au moins ! S'il revient, ne le chassez pas, et, s'il vous épouse, soyez sûre qu'à cause de vous je prendrai sur moi de le recevoir.

— Vous êtes trop bonne ! dit Julie.

— Allons, vous restez tendue et hautaine avec moi ! Je suis pourtant votre amie, je l'ai prouvé. J'ai rompu des lances pour vous il n'y a pas longtemps. Je ne sais quel pleutre de la société de la marquise d'Estrelle s'était permis de jeter quelque soupçon sur vous à cause d'un petit peintre, vous savez, ce fils du fameux Thierry, qui demeurait au bout de votre jardin par parenthèse ! J'ai imposé silence ; j'ai dit qu'une femme comme vous ne se dégradait pas de gaieté de cœur, et puis j'ai été secondée tout de suite par l'abbé de Nivières, qui a dit : "Ce jeune homme ne la connaît seulement pas : il est allé vivre à Sèvres avec sa mère. C'est un bon sujet ; il dit n'avoir jamais aperçu Mme d'Estrelle du temps qu'il demeurait tout près d'elle, et c'est la vérité…" A propos, vous vous intéressiez à ces gens-là, à la mère surtout ? La voyez-vous encore ?

— Elle n'a plus besoin de moi, je n'ai plus de raisons de la voir.

— Alors je vois que tout va bien, sauf votre santé, qui m'inquiète. Voulez-vous venir à Chantilly avec moi ? J'y vais passer un mois ; nous verrons du monde, ça vous remettra, et peut-être, si vous reprenez vos belles couleurs, trouverons-nous un mari pour vous.

La baronne d'Ancourt partit enfin, caquetant, offrant ses services, plaignant son amie jusque sur le marche-pied de sa voiture, criant après les égoïstes, et au fond ne se souciant de rien au monde que d'elle-même.

— Elle est par trop fière et trop méfiante, cette Julie, se disait-elle. Ma foi, je ne la reverrai pas de sitôt ! Elle est navrante. Si elle a besoin de moi, elle saura bien me trouver.

Il en fut à peu près ainsi de toutes les connaissances de Mme d'Estrelle. Jamais elle ne s'était si bien rendu compte de l'abandon où tombent ceux qui s'abandonnent eux-mêmes, et elle s'abandonna d'autant plus, car elle sentait son cœur se dessécher.

Quand elle eut passé quelques jours sans paraître songer à prendre aucun parti, elle se réveilla un matin pour dire à Marcel :

— J'ai fait ce que vous avez voulu ; je me suis montrée, j'ai expliqué mon absence, j'ai annoncé mon

264

prochain départ. Il est temps d'en finir et de laisser cette maison à M. Antoine. Mon intention est d'aller vivre en province, dans quelque solitude où l'on m'oubliera entièrement. Je n'emmènerai que Camille. Faites-moi le plaisir de me diriger dans le choix d'un pays perdu et d'une habitation des plus humbles.

— Il y a une grande difficulté, lui dit Marcel : c'est que M. Antoine ne veut point accepter de liquidation, que sa quittance générale est dans mon portefeuille, et qu'il ne suppose pas encore qu'elle ne soit point acceptée.

— Vous avez reçu cette quittance ! s'écria Julie indignée. Il croit que je l'accepterai ! Vous n'avez pas eu le courage de la déchirer et de lui en jeter les morceaux au visage !... Ah ! pardonnez-moi, Marcel, j'oublie qu'il est votre parent, que pour vous-même vous devez le ménager... Eh bien, donnez-la-moi, cette quittance, et amenez-moi M. Antoine. Il faut que tout cela soit terminé aujourd'hui ; je m'en charge.

— Prenez garde, madame, dit Marcel, qui ne voyait pas sans un reste d'espoir le point vulnérable où Mme d'Estrelle retrouvait des éclairs d'énergie ; M. Antoine est très irritable aussi, son amour-propre est intéressé à vous avoir pour son obligée. Ne lui faites pas prendre Julien en horreur par contre-coup.

— Le sort de Julien n'est-il pas assuré ?

— Oui, si toutes les conditions de l'arrangement sont observées, et je mentirais si je vous disais que M. Antoine est instruit de votre refus d'observer celui qui vous concerne.

— Oh ! mon Dieu, dans quelle situation vous m'avez mise, Marcel ! Avec votre dévouement aveugle aux choses positives, avec votre entêtement de me sauver de la misère, vous m'avez avilie ! Cet homme croit que j'ai vendu mon cœur, qu'il l'a acheté de son argent, et

Julien aussi croit que j'ai trahi l'amour pour la fortune !
Ah ! vous eussiez mieux fait de me tuer ! C'est aujour-
d'hui que je sens que tout cela est insupportable et qu'il
faut mourir !

Julie sanglotait ; il y avait longtemps qu'elle ne pleurait plus. Marcel aimait mieux la voir ainsi que changée
en statue, il espérait quelque chose d'une crise violente.
Il la provoqua résolument.

— Grondez-moi, maudissez-moi, lui dit-il ; j'ai fait
tout cela pour Julien !

— C'est vrai au fait, reprit Julie ; j'ai tort de vous le
reprocher. Pardonnez-moi, mon ami. Vous êtes donc
bien sûr que, si je blesse M. Antoine par mon refus,
tout ce qu'il a fait pour Julien sera remis en question ?

— Indubitablement, et M. Antoine sera dans son
droit aux yeux de l'équité. Il attend, avec une impatience qui commence à m'inquiéter, que vous procla-
miez ses mérites et que vous ne rougissiez plus de ses
bienfaits. Il faut boire ce calice, il faut le boire pour
l'amour de Julien, si, comme je le suppose, cet amour
n'est pas éteint !

— Ne parlons pas de cela : je boirai le calice jusqu'à la lie. Mais comment expliquerons-nous au monde
la générosité que je subis ? Quel motif pourrons-nous
donner à cela ? Le monde supposera que j'ai fait la cour
à ce vieillard, que je l'ai ensorcelé par des coquetteries
honteuses ; on dira peut-être pis !

— Oui, madame, répondit Marcel, qui voulait tenter
une grande épreuve pour s'assurer des sentiments de
Julie, les méchants diront tout cela, et je ne vois pas
encore le moyen de les en empêcher. Nous le cherche-
rons ; mais, si nous ne le trouvons pas, votre dévouement pour Julien ira-t-il jusqu'au sacrifice que je vous
demande ?

— Oui, dit Mme d'Estrelle, j'irai jusqu'au bout ! N'y a-t-il pas quelque chose à signer, dites ?

Et elle pensa :

— Je me tuerai après !

— Vous n'avez pas de nouveaux engagements à prendre, répondit Marcel ; mais il faudrait consentir à recevoir M. Antoine et à le remercier. J'ai la certitude à présent qu'il ferait véritablement la fortune de Julien si vous vous prêtiez à une sorte de réconciliation.

— Allez chercher M. Antoine, dit Julie. – Je me tuerai cette nuit, se dit-elle quand Marcel fut sorti.

L'amour de Julie avait fait de tels progrès dans le désespoir qu'elle n'était plus capable d'un solide raisonnement. C'était devenu un martyre accepté ; elle ne vivait plus que de l'exaltation de ce martyre.

Elle écrivit à Julien :

Voici la clef du pavillon. Venez à minuit, vous m'y trouverez. Je pars pour un long voyage. J'ai à vous dire un éternel adieu.

Elle mit la clef dans la lettre, cacheta le billet, ordonna au plus sûr de ses domestiques de monter à cheval, de courir ventre à terre jusqu'à Sèvres et de lui rapporter la réponse. Il était cinq heures de l'après-midi. Elle sortit dans le jardin en attendant la visite de M. Antoine, et s'arrêta au bord de la pièce d'eau. Cette eau n'était guère profonde ; mais en s'y couchant de son long !... Quand on veut mourir, on le peut toujours. Le genre de suicide qui, peu de jours auparavant, avait si violemment tenté Julien, se présentait à elle avec un calme effrayant.

— Personne autre que lui sur la terre ne tient à moi, pensait-elle. Ne pouvant être à lui, je ne me dois à personne. Une haine infernale m'a saisie et garrottée au milieu de ma vie, au milieu de mon bonheur. On ne m'ôte pas seulement l'amour et la liberté, on veut m'ôter l'honneur. Marcel l'a dit, il faut que je passe pour la maîtresse de cet odieux vieillard. Ah ! si Julien savait cela, comme il aurait horreur du bien-être dont jouit sa mère ! Et si elle-même le devinait !... Ils l'ignoreront, je le veux ; ma mort sera le résultat d'un accident. Il n'y aura plus à revenir sur ce qui va être conclu. Julien sera riche et honoré. Nul ne devinera jamais à quel prix.

Il vint bien encore une fois à l'esprit de Julie qu'il dépendait de Julien et d'elle de secouer toutes ces chaînes et de s'unir en dépit de la misère.

— Il serait plus heureux ainsi, pensait-elle, et c'est peut-être à son malheur que je me sacrifie ! Mais qui sait où s'arrêterait la haine de M. Antoine ? Un fou furieux est capable de tout ; il le ferait assassiner peut-être ! N'a-t-il pas des agents secrets, des espions, des bandits à son service ?

Elle avait la tête perdue, elle marchait autour du bassin comme si elle eût attendu l'heure fatale avec impatience. Et puis, en songeant qu'elle allait revoir Julien, son cœur se reprenait à la vie avec rage et battait à se rompre. Il ne lui venait aucun remords, aucun scrupule de manquer à des serments arrachés par la contrainte morale la plus révoltante.

— Quand on va mourir, se disait-elle, on a le droit de protester devant Dieu contre l'iniquité des bourreaux.

Il y avait en ce moment une force extraordinaire de réaction chez cette femme si faible et si douce. C'était comme le bouillonnement d'un lac tranquille soulevé par des explosions volcaniques, ou comme l'éclat subit d'une flamme près de s'évanouir. Elle avait la fièvre, elle n'était plus elle-même.

Elle vit approcher M. Antoine avec Marcel, et, pour le recevoir, elle s'assit machinalement sur le banc où, trois mois auparavant, le vieillard lui avait fait l'étrange et ridicule proposition dont le refus lui coûtait si cher. Comme ce jour-là, elle entendit remuer le feuillage et vit le moineau élevé par Julien qui battait des ailes et semblait hésiter à se poser sur son épaule. Le petit animal avait pris goût à la liberté. Julien, ne pouvant le retrouver au moment du départ, l'avait laissé là avec l'espoir que Julie, dont il ne prévoyait pas la longue absence, serait bien aise de l'y retrouver. Depuis son retour, Julie l'avait aperçu quelquefois non loin d'elle, amical et méfiant. Elle avait en vain essayé de l'attirer tout près. Cette fois, il se laissa prendre. Elle le tenait dans ses mains lorsque M. Antoine l'aborda.

Elle lui sourit et le salua d'un air égaré ; il lui parla sans savoir ce qu'il disait, car l'exercice absolu de sa tyrannie n'avait pu vaincre ses timidités du premier abord. Après sa minute de bégaiement incorrigible, il ne sut lui dire que ceci :

— Eh bien, vous avez donc toujours votre moineau franc ?

— C'est le moineau de Julien, et je l'aime, répondit Julie. Tenez, vous voulez le tuer ? Le voilà !

La manière dont elle parlait, sa pâleur livide et l'air de détachement féroce avec lequel elle lui présentait le pauvre oisillon tout chaud de ses baisers firent une grande impression sur M. Antoine. Il regarda Marcel comme pour lui dire : "Elle est donc folle ?" et, au lieu de tordre le cou au moineau comme il l'eût fait de bon cœur trois mois auparavant, il le repoussa en disant bêtement :

— Bah ! bah ! gardez ça. Il n'y a pas grand mal !

— Vous êtes si bon ! reprit Julie avec la même sécheresse fébrile. Vous venez recevoir mes remerciements, n'est-il pas vrai ? Vous savez que j'accepte tout, que je me trouve bien heureuse à présent, que je n'aime plus rien ni personne, que vous m'avez rendu le plus grand service, et que vous pouvez dire à Dieu tous les soirs : "J'ai été bon et grand comme toi-même !"

M. Antoine restait bouche bée, ne sachant si c'était pour rire ou pour remercier que Mme d'Estrelle lui disait ces choses, trop fin pour s'y fier, trop rude pour comprendre.

— Elle va me sauter aux yeux, dit-il tout bas à Marcel. Tu m'as trompé, gredin !

— Non, mon oncle, répondit tout haut Marcel. Madame la comtesse vous remercie. Elle est fort malade, vous le voyez, n'exigez pas de plus long discours.

Marcel avait compté sur l'impression que ferait à M. Antoine l'altération des traits de Julie. Cette impression fut vive en effet. Il la contemplait d'un œil à la fois hébété, cruel et craintif, et il se disait avec une joie qui n'était pas sans mélange d'effroi : "Voilà mon ouvrage !"

— Madame, dit-il après un moment d'hésitation, j'ai dit que je serais vengé de vous, que je vous amènerais à me demander pardon de vos offenses. Voulez-vous en finir et me dire que vous avez eu tort ? Je ne demande que ça.

— Quel est mon tort ? dit Julie. Expliquez-le-moi pour que je le reconnaisse.

Antoine fut fort embarrassé pour répondre, et son dépit, qui avait presque disparu, se réveilla, comme il lui arrivait toujours quand il ne pouvait rien alléguer qui eût le sens commun.

— Ah ! vous ne croyez pas m'avoir offensé ? dit-il. Eh bien, mordi ! vous me demanderez bel et bien pardon, si vous voulez que Julien ne paye pas pour vous.

— Faudra-t-il vous demander pardon à genoux ? dit Julie avec une arrogance douloureuse.

— Et si je l'exigeais ? repartit le vieillard, saisi du vertige de la colère en se sentant bravé.

— M'y voici ! dit Mme d'Estrelle en s'agenouillant devant lui.

C'était pour elle la dernière station du martyre, l'amende honorable que la victime innocente devait faire, la corde au cou et la torche en main, avant de monter au bûcher. En ce moment d'immolation sublime, son âme irritée s'épanouit tout à coup, son visage se transfigura, elle eut le sourire extatique des saintes, et l'ineffable douceur du ciel entrouvert se refléta dans ses yeux.

Antoine ne comprit pas, mais il fut ébloui. Sa colère tomba, non sous l'attendrissement, mais devant une espèce de terreur superstitieuse.

— C'est bon, dit-il. Je suis content, et je pardonne à Julien. Adieu !

Il tourna le dos et s'enfuit.

Marcel adressa à Julie quelques paroles d'encouragement qu'elle n'entendit pas ou n'essaya pas de comprendre, et il suivit M. Antoine à la hâte.

— A présent, mon bel oncle, lui dit-il du ton le plus hardi et le plus cassant qu'il eût encore pris avec lui, vous devez être content en effet : vous avez tué Mme d'Estrelle !

— Tué ? dit l'oncle en se retournant brusquement. Quelle ânerie viens-tu me chanter là ?

— L'ânerie serait de prendre sa joie et sa reconnaissance au sérieux, et vous n'en êtes pas capable. Cette femme est désespérée ; cette femme se meurt de chagrin.

— Tu mens, tu bats la campagne ! Elle a un reste de colère, elle est malade de la contrariété que je lui ai causée dans ces derniers temps ; mais, au fond, elle prend son parti, et, tout en rongeant son frein, elle voit bien que je la sauve malgré elle.

— Vous la sauvez des chances de l'avenir, c'est vrai, et vous prenez le moyen le plus sûr, qui est de lui ôter la vie.

— Bien, bien, voilà une autre rengaine à présent ! Elle a pris un rhume à passer les nuits dans son jardin avec son amant ! Et puis elle s'est ennuyée dans ce couvent de Chaillot, et encore plus dans cette baraque à Nanterre, où elle était absolument seule ! Tu vois qu'elle avait beau se cacher, je sais tous les endroits où elle a passé. Je n'ai jamais perdu sa trace. On ne m'attrape pas, moi ! J'ai vu le médecin du couvent : il m'a dit qu'elle avait de la mélancolie dans le tempérament, mais qu'elle n'avait point de mal sérieux. J'ai vu son médecin de Paris : il m'a dit qu'il ne connaissait rien à sa maladie. Si c'était quelque chose de grave, il saurait bien ce que c'est, que diable ! Moi, je le sais, elle a eu du dépit : on ne meurt pas de ça, et, à présent, elle va se remettre, j'en réponds !

— Et moi, dit Marcel, je vous réponds qu'une semaine encore du désespoir où vous la plongez, et elle est perdue sans ressources.

— Ah çà ! elle l'aime donc bien, ce barbouilleur ? Et lui, est-ce qu'il y pense encore ?

— Julien est aussi malade qu'elle, et dans une situation d'esprit tout aussi inquiétante. J'ai voulu m'en assurer : je l'ai confessé avec beaucoup de peine, car il n'est pas homme à se plaindre. Quant à elle, voilà deux mois qu'elle passe sans que je puisse lui arracher un mot. Aujourd'hui, j'ai voulu la pousser à bout, j'y ai réussi, et, dès aujourd'hui, mon parti est pris.

— Quel parti ? Quoi ? Que prétends-tu faire ?

— Je prétends déchirer deux pièces que j'ai dans ma poche : votre quittance, que j'ai reprise à Mme d'Estrelle, et sa promesse de ne jamais revoir Julien, que je ne vous ai jamais remise. Vous vous êtes fiés à moi tous les deux en me chargeant d'échanger vos engagements réciproques. Je vous mets d'accord en détruisant tout. C'est à recommencer, et, comme je sais vos intentions à tous deux, je vous déclare que Mme d'Estrelle n'accepte rien de vous et que vous pouvez vous emparer de tout ce qui lui appartient. Jusqu'ici, elle a suivi aveuglément mes conseils ; je change d'avis, et, ne voulant pas la voir mourir, je lui conseille de défaire tout ce à quoi elle vient de consentir.

— Mais tu es un fripon abominable ! dit M. Antoine en s'arrêtant et en criant au milieu de la rue. Je ne sais à quoi tient que je ne te casse ma canne sur les épaules !

— Un fripon ! Quand je vous rends tout votre argent et ne reprends pour ma cliente que le droit de vivre pauvre ! Allons donc ! Faites-moi un procès et plaidez un peu cette cause-là, pour vous couvrir de ridicule et de honte !

— Mais Julien ! Julien que j'ai enrichi, maraud ! Voilà ce que je prévoyais ! Tu m'as extorqué…

— Rien du tout, mon oncle ! Julien a été gravement malade ces jours-ci, il l'est encore, et sa mère m'a dit : "Fais tout ce que tu voudras. Rendons tout à M. Antoine, et que Julie nous soit rendue !" Voilà, mon oncle. Vous ne perdez pas une obole, vous récupérez capitaux et intérêts, et vous nous laissez la liberté de vivre à notre fantaisie, qu'aucune stipulation légale ou privée ne peut nous ravir.

— Mais, misérable que tu es, tu chantes la palinodie ! Je t'ai pris pour un homme raisonnable, tu abondais dans mon sens, tu désapprouvais leur mariage, tu travaillais avec moi à leur bonheur…

— Oui, jusqu'au jour où j'ai vu que ce bonheur les conduisait droit à la tombe.

— Ils sont fous !

— Oui, mon oncle, ils sont fous ; l'amour est une folie ; mais, quand elle est incurable, il faut céder, et je cède.

— C'est bien, répondit M. Antoine en enfonçant son tricorne jusqu'aux yeux d'un coup de poing désespéré. Va-t'en dire à cette dame de sortir de chez elle, c'est-à-dire de chez moi, à l'instant même. Moi, je vais à Sèvres faire déguerpir les autres. Si dans deux heures tout ce monde-là n'est pas sur le pavé, j'envoie des recors, des exempts de police… Je mets le feu, je…

Ses folles menaces se perdirent dans l'agitation de sa course. Il laissait Marcel dans la rue et rentrait chez lui, parodiant à son insu Oreste pressé par les furies. Marcel le suivit doucement sans se laisser épouvanter, et força la consigne déjà donnée ; il était résolu à jouer des poings avec les valets, s'il l'eût fallu.

— Vous voulez aller à Sèvres ? lui dit-il. J'irai avec vous.

— C'est comme tu voudras, dit l'oncle Antoine d'un air sombre. As-tu averti Mme Julie de faire place nette dans mon hôtel ?

— Oui, c'est fait, répondit Marcel, qui vit que le vieillard n'avait plus sa tête et qu'il ne se rendait pas compte du peu de minutes écoulées depuis leur altercation dans la rue.

— Elle fait ses paquets ? Elle emporte ?…

— Rien, dit Marcel, elle vous laisse tout. Nous allons à Sèvres ? Avez-vous demandé le fiacre ?

— Ma carriole et mon cheval de travail iront plus vite. On attelle.

Il s'assit sur le coin d'une table et resta plongé dans ses réflexions. Marcel s'assit vis-à-vis de lui, résolu à ne pas le perdre de vue, craignant tantôt pour sa raison, tantôt pour quelque diabolique inspiration de sa colère. Quand ils furent dans la carriole, il était sept heures du soir ; Marcel rompit le silence.

— Qu'est-ce que nous allons faire à Sèvres ? lui dit-il.

— Tu verras ! répondit M. Antoine.

Au bout d'un quart d'heure, Marcel reprit la parole.

— Vous n'avez aucun besoin d'aller là, lui dit-il. Les actes sont dans mon étude, il ne s'agit que de les déchirer, et je ne souffrirai pas que vous fassiez une scène ridicule chez ma tante, je vous en avertis. Elle est inquiète, Julien est très malade, je vous l'ai dit.

— Et tu as menti comme un chien ! répondit M. Antoine : regarde !

Et il lui montra une espèce de cabriolet de louage qui se croisait avec eux sur la route. Julien, pâle et défait, le sourcil froncé, l'air absorbé, résolu, était dans ce véhicule et passait auprès d'eux sans les voir. Il avait reçu le billet de Julie, il s'était arraché de son lit, et, voulant questionner Marcel avant d'aller au rendez-vous, il se dirigeait sans se presser sur Paris.

— Si c'est à lui que vous voulez parler, dit Marcel, retournons ; je gage qu'il va chez moi !

— Ce n'est pas à lui que je veux parler, répondit M. Antoine d'un ton ironique, puisqu'il est mourant.

— Est-ce que vous lui avez trouvé bonne mine ? reprit Marcel.

L'oncle retomba dans son mutisme sournois. On continua à rouler vers Sèvres. Savait-il lui-même ce qu'il y allait faire ? Avouons la vérité, il l'ignorait abso-lument. Il sentait un grand trouble dans ses idées, et sa méditation n'avait pas d'autre objet qu'une assez vive inquiétude sur le malaise qu'il éprouvait.

— Avec tout cela, pensait-il, je suis le plus malade des trois, moi, si je n'y prends garde. La colère est bonne, ça fait vivre, ça soutient la vieillesse, et un homme vieux qui se laisse mener est un homme fini : mais il n'en faut pas une trop forte dose à la fois, et je ferais bien de me calmer un peu.

Sur ce, avec une puissance de volonté qui eût fait de lui un homme remarquable s'il eût eu de meilleurs instincts ou une meilleure direction, il résolut de faire un somme, et il dormit paisiblement jusqu'au moment où la voiture roula sur le pavé de Sèvres.

Marcel avait été tenté de faire retourner la voiture sans qu'il s'en aperçût ; mais le valet de M. Antoine eût-il obéi ? Et d'ailleurs, puisque Julien était hors d'atteinte, ne valait-il pas mieux savoir comment M. Antoine entendait agir vis-à-vis de Mme Thierry ? Il la craignait beaucoup. Oserait-il lui dire en face qu'il lui reprenait ses dons ?

Le sommeil avait rendu M. Antoine à lui-même, c'est-à-dire à son état chronique d'aversion raisonnée, d'amour-propre jaloux et de ressentiment qui couve. On trouva Mme Thierry en face d'un beau portrait de son mari, qu'elle contemplait comme pour chercher dans la sérénité enjouée de ce fin visage la confiance en l'avenir qui avait toujours soutenu l'heureux caractère de cet homme charmant. Marcel n'eut que le temps de se glisser le premier jusqu'à elle pour lui dire à la hâte :

— M. Antoine est sur mes talons ; il est furieux. Vous pouvez tout sauver par beaucoup de patience et de fermeté.

— Mon Dieu ! que lui dirai-je ?

— Que vous renoncez à ses dons, mais que vous l'en remerciez. Julie adore Julien. Tout dépend de l'oncle… Le voilà !

— Tu me laisses seule avec lui ?

— Oui, il l'exige ; mais je me tiens là, prêt à intervenir s'il le faut…

Marcel passa lestement dans un cabinet voisin dont la porte resta entr'ouverte, se jeta sur un fauteuil et attendit. M. Antoine entra dans le salon de Mme Thierry par l'autre porte. Il était moins timide quand il ne se sentait plus sous l'œil scrutateur de Marcel.

— Votre serviteur, Mme André, dit-il en entrant ; vous êtes seule ?

Mme Thierry se leva, répondit affirmativement et lui montra poliment un siège.

Elle aussi avait le visage profondément altéré ; elle avait passé plusieurs nuits à veiller son fils, et, en le voyant se lever et partir malgré ses instances, elle avait compris que la grande crise du drame de sa vie était arrivée.

— Votre fils est malade ? reprit M. Antoine.

— Oui, monsieur.

— Gravement ?

— Dieu veuille que non !

— Il garde le lit ?

— Il vient de se lever.

— Peut-on le voir ?

— Il est sorti, monsieur.

— Alors il n'est pas bien malade ?

— Il l'a été beaucoup jusqu'à la nuit dernière, où il a eu un peu de mieux.

— Qu'est-ce qu'il avait ?

— La fièvre et le délire.

— Un coup de soleil ?

— Non, monsieur.

— Du chagrin peut-être ?

— Oui, monsieur, beaucoup de chagrin.

— Parce qu'il est amoureux ?

— Oui, monsieur.

— Mais c'est bête, d'être amoureux, quand on pourrait être riche !

— Cela ne se raisonne pas, monsieur.

— Savez-vous une proposition que je venais vous faire ?

— Non, monsieur.

— Si vous voulez envoyer votre fils en Amérique, je lui confie un capital sérieux, je dirige ses opérations, et, dans dix ans, il reviendra avec trente mille livres de rente.

— A quelles conditions, monsieur ?

— A condition qu'il fera ses adieux à certaine dame de notre connaissance, voilà tout.

— Et s'il refuse ?

— S'il refuse… – c'est à quoi je m'attends bien, on m'a prévenu –, certain accord fait entre moi et cette dame à propos de lui est non avenu.

— Bien, monsieur, je comprends ! C'est votre droit, et nous nous soumettons.

— Vous pourriez regimber pourtant ; vous n'avez pas été consultés pour accepter mes présents, vous ne saviez pas les conditions entre Mme d'Estrelle et moi. Il y a là matière à procès, et je pourrais bien le perdre moyennant un peu de mauvaise foi de la part de mes adversaires.

— Si c'est mon fils et moi que vous traitez d'adversaires, vous pouvez être tranquille, monsieur ; nous renonçons à vos bienfaits, sans aucune espèce d'hésitation.

— Ah ! oui, mes bienfaits ! ils vous pèsent, vous en rougissez !

— Ne sachant pas qu'ils enchaînaient la liberté d'une personne qui nous est chère, nous n'en rougissions pas... et même... tenez, monsieur, ajouta Mme Thierry avec un grand effort de dévouement pour son fils, votre nom eût été béni chez nous, si nous eussions été assurés de devoir cette générosité à votre sollicitude pour nous. Quelle qu'en ait été la cause et quel qu'en soit le peu de durée, nous avons été heureux, au milieu de nos peines et de nos inquiétudes, de revoir cette maison, et de nous retrouver dans la douceur de nos plus chers souvenirs. Vous nous ordonnez de les quitter, nous obéissons ; mais il me reste à vous remercier, moi...

— Vous, madame ? dit Antoine en la regardant fixement.

— Oui, moi, pour les deux mois que vous m'avez permis de passer ici. L'idée de n'y plus rentrer m'avait été bien cruelle ; elle me le sera moins désormais, et je me reporterai à ce court séjour comme à un dernier beau rêve qui comptera dans ma vie, et que je vous aurai dû.

Mme Thierry parlait avec un charme de voix et une distinction d'accent qui l'avaient toujours rendue très séduisante. Dans ses rancunes, M. Antoine l'appelait avec aigreur *la belle parleuse*. Il sentit quand même l'ascendant de cette voix toujours fraîche, qui caressait son oreille de paroles douces et presque respectueuses. Il n'en comprenait pas beaucoup la délicatesse sentimentale, mais il semblait y trouver l'instinct de soumission dont il était avide.

— Voyons, madame André, lui dit-il de l'air grognon qu'il prenait quand sa mauvaise humeur commençait à battre en retraite, vous savez dire tout ce que vous voulez ; mais, au fond, vous ne pouvez pas me souffrir, convenez-en !

— Je ne hais personne, monsieur ; mais vous me contraignez à vous avouer que je vous crains.

Rien n'était plus habile que cette réponse. Inspirer la crainte était pour M. Antoine le plus bel attribut du pouvoir. Il se radoucit comme par miracle, et dit d'un ton presque bonhomme :

— Pourquoi diable me craignez-vous tant ?

Mme André avait la pénétration des femmes qui ont beaucoup vécu dans le monde, et l'adresse des mères qui plaident les intérêts de leur enfant. Elle vit le pas important qu'elle venait de faire ; elle oublia, et cette fois fort à propos, qu'elle avait soixante ans, et se décida courageusement à être coquette, bien que M. Antoine fût l'homme avec qui cette ruse lui coûtait le plus.

— Mon frère, lui dit-elle, il n'eût tenu qu'à vous de conserver ma confiance. Je ne vous reproche pas de l'avoir trahie ; vos intentions étaient bonnes, et c'est moi qui vous ai mal compris. J'étais bien jeune alors, et dans une situation où tout me portait ombrage. Je n'avais aucune expérience de la vie. J'ai cru que vous me donniez le conseil d'abandonner André, tandis que…

— Tandis que je vous disais tout bonnement : "Sauvez-le !"

— Oui, c'est cela ; c'est par affection pour lui que vous agissiez. Eh bien, j'ai été aveugle, obstinée, tout ce que vous voudrez ; mais convenez que vous eussiez dû me pardonner cela, me traiter comme une enfant que j'étais, et redevenir mon frère comme par le passé.

— Vous voulez que je convienne de ça ?… Mais vous m'avez toujours fait mauvaise mine depuis…

— C'était à vous de vous moquer de ma mauvaise mine, de me prendre par la main et de me dire : "Ma sœur, vous êtes une petite sotte ; embrassons-nous, et oublions le passé."

— Ah ! vous croyez que j'aurais dû… ?

— Quand on est le plus raisonnable, il faut être le plus généreux !

— Vous arrangez ça comme ça à présent…

— Il n'est jamais trop tard pour voir clair et pour remettre à leur place les choses dérangées mal à propos.

— Alors… à présent, vous êtes fâchée de m'avoir blessé ?

— Je m'en repens ; mais, si je vous en demande pardon, l'accorderez-vous ?

— Ah ! diantre ! à présent, ce n'est plus la même chose, ma belle dame ! Vous avez besoin de moi !

— Oui, monsieur Antoine, j'ai besoin de vous. Mon fils est fou de chagrin, mariez-le avec celle qu'il aime.

— Ah ! nous y voilà ! s'écria M. Antoine repris de malerage.

— Nous y étions, répondit Mme Thierry, je ne vous ai pas demandé autre chose depuis que vous êtes ici, la liberté d'action de Mme d'Estrelle.

— Oui, avec de l'argent pour tout le monde ?

— Non, pas d'argent, rien ! Le sacrifice en est fait. Souffrez-nous comme locataires de cette maison, nous payerons avec joie pour y rester. Et, si vous ne voulez pas… eh bien, que votre volonté soit faite ; mais renvoyez-nous sans haine et pardonnez-nous d'être heureux, car nous le serons, même dans la gêne, si nos cœurs sont contents les uns des autres, si nous pouvons nous dire que ce bonheur ne vous afflige plus…

M. Antoine se sentit vaincu ; il en eut honte, et se rattrapa à la dernière branche.

— Voilà de vos fiertés, dit-il, c'est toujours la même chose, pour changer ! L'argent du riche est l'objet de vos mépris ! Vous en faites bon marché ! "Reprenez tout, nous ne voulons rien, nous n'avons pas de besoins, nous ! Nous vivons de l'air du temps ! Qu'est-ce que c'est que ça, de l'argent ? C'est des cailloux pour les âmes sensibles !" Et pourtant, ma belle dame, de l'argent gagné honnêtement par un homme qui n'avait pour lui que son génie naturel, ça devrait compter pour quelque chose ! C'est le miel de l'abeille industrielle, c'est la fleur des tropiques que la patience et le savoir d'un maître jardinier font fleurir dans un climat artificieux. Ah ! ce n'est rien, vous croyez ? Avec tout son esprit, mon pauvre frère n'a su que manger celui qu'il gagnait en travaillant comme un manœuvre. Et je sais faire un autre usage de l'argent, moi : je le conserve, je l'augmente tous les jours, et je fais des heureux quand ça me plaît !

— Où voulez-vous en venir, monsieur Antoine ? dit Mme Thierry, qui voyait, de la porte placée derrière M. Antoine, Marcel lui faire des signes qu'elle ne comprenait pas.

— Je veux en venir à ça, que vous n'êtes pas une si bonne mère que vous croyez. Vous voulez bien tout sacrifier à votre fils, hormis votre mépris pour la fortune qui vous vient de moi. Vous croyez donc que je l'ai volée, ma fortune, et que mon or sent mauvais ?

— Mais, au nom du ciel, pourquoi me dites-vous de pareilles choses ? Pourquoi supposez-vous que je vous refuse l'estime qui vous est due ?

— Parce que, si vous étiez une bonne mère, au lieu de me chanter ces sornettes-là, vous me diriez : "Mon frère, nous sommes malheureux et vous êtes riche, vous pouvez nous sauver. Nous sommes un peu fous, nous voulons faire la cour à Mme d'Estrelle, ça n'est pas une raison pour nous laisser sans pain. Pardonnez-nous tout à la fois, voyons ! Permettez-nous l'amour et le besoin de manger ; ça nous humilie, tant pis ! Nous savons que vous êtes un homme grand et magnifique, vous aurez pitié de nous et vous accorderez tout !" Oui, madame André, voilà ce que vous diriez, ce que vous demanderiez à genoux, si, au lieu d'être une grande dame, vous étiez une vraie bonne mère !

Mme Thierry était muette de surprise. Elle regarda Marcel, qui, sans être vu de M. Antoine, lui fit énergiquement le geste et la pantomime de céder à la fantaisie du vieux riche. La pauvre femme eut un serrement de cœur, mais elle n'hésita pas ; elle se laissa glisser de son fauteuil sur son coussin, où elle posa les deux genoux, et, prenant les deux mains de M. Antoine :

— Vous avez raison, mon frère, lui dit-elle, vous m'enseignez mon devoir. Je m'y rends. Soyez le plus grand des hommes, pardonnez tout et accordez tout.

— Enfin ! A la bonne heure ! s'écria M. Antoine en la relevant, et, quand on se réconcilie, on s'embrasse, n'est-ce pas ?

Mme Thierry embrassa M. Antoine, et Marcel entra pour applaudir.

— Eh bien, lui dit l'amateur de jardins, te voilà bien sot, monsieur le chicanous ? Il était joli, ton plan de révolte ! tout casser, tout briser ! quoi ! réduire ta cliente et ta famille à la misère, tout ça pour ne pas céder à l'homme riche, à l'homme puissant, l'ennemi naturel de ceux qui n'ont rien et qui ne savent rien acquérir ? Voilà un beau procureur, ma foi, qui ne sait procurer à sa clientèle que l'amour et le pain bis ! Heureusement, les femmes ont plus d'esprit que ça. En voilà deux qui me donnaient au diable, et qui, toutes deux ce soir, ont plié les genoux devant moi. Allons, c'est fini, madame ma sœur ! Je ne vous rappellerai jamais ça, car je suis généreux, moi, et, quand on me contente, je sais récompenser. Votre fils épousera la belle comtesse, que je dois déposséder pour le qu'en dira-t-on ; mais l'hôtel d'Estrelle sera la dot de Julien et vingt-cinq mille livres de rente. Voilà comme je fais les choses, moi, et je sais qu'on m'en remerciera demain tout de bon, car je ne suis pas la dupe de la politique d'aujourd'hui ; mais on a fait ma volonté, on s'est soumis, je ne demandais que ça.

— Vous aurez mieux, lui répondit Mme Thierry, vous aurez l'affection de cœurs sincères et chauds, et vous connaîtrez un bonheur que vous auriez pu connaître plus tôt, mais que nous vous ferons de nature à réparer le temps perdu.

— Ça, c'est des mots, dit M. Antoine. Le bonheur, c'est d'être son maître, et je n'ai besoin de personne pour être le mien. Je n'aime pas la marmaille et la sensiblerie : je n'étais pas né pour faire un père de famille, mais j'aurais très bien gouverné un peuple, si j'étais né roi. Ça a toujours été mon idée de commander, et je règne sur ce qui est à ma portée beaucoup mieux que bien des monarques qui ne savent ce qu'ils font !

Malgré l'inquiétude que lui causait l'absence de Julien et le désir qu'elle avait d'envoyer Marcel à sa recherche, Mme Thierry crut devoir offrir à souper à M. Antoine.

— Oh ! moi, dit-il, je soupe d'une croûte de pain bien dur et d'un verre de petit vin. C'est mon habitude : je n'ai jamais été sur ma bouche.

On lui servit ce qu'il demandait, et Marcel hâta le départ.

— Je suis sûr que Julien est chez moi à m'attendre, dit-il à sa tante. Il s'ennuie de ne point me voir rentrer ;

mais ma femme est là, qui lui fait prendre patience, Juliot babille avec lui, et, s'il était plus malade, comptez qu'il serait fort bien soigné.

Julien s'impatientait mortellement, en effet, en dépit des attentions et des soins dont il était effectivement l'objet chez Mme Marcel. Il s'était senti très faible en arrivant. Il avait essayé de manger un peu et de se distraire avec le gentil caquet de son filleul ; mais, Marcel n'arrivant pas, quand il entendit sonner onze heures, il n'y put tenir : il prétendit que sa mère serait inquiète, s'il ne rentrait pas à minuit. Il promit de prendre une voiture pour s'en retourner à Sèvres, et partit pour la rue de Babylone, où il se rendit à pied par des détours et avec mille précautions, pour n'être pas observé et suivi, comme autrefois, par quelque agent de M. Antoine. Il arriva sans encombre. Ses démarches n'étaient plus surveillées. Il y avait trop longtemps que M. Antoine espionnait Julie pour n'être pas certain qu'elle n'avait plus de relations avec Julien.

Quand minuit sonna, Julien, qui était à la porte depuis un quart d'heure, entra et trouva Julie, qui, depuis un quart d'heure, l'attendait aussi dans le pavillon. Dans ce même moment, Marcel, M. Antoine et Mme Thierry rentraient dans Paris par la barrière de Sèvres. Le souper frugal et la lourde causerie de M. Antoine s'étaient un peu trop prolongés au gré de la veuve. Inquiète de son fils, elle avait demandé une place dans la carriole, pour aller rejoindre Julien chez Marcel.

Au moment de revoir Julie, Julien s'était armé de tout son courage. Il s'attendait à une explication pénible, il s'était juré de n'avoir ni colère, ni reproche, ni faiblesse, et pourtant, lorsqu'il ouvrit la porte, sa main trembla, un vertige de fureur et de désespoir le fit hésiter et reculer ; mais, en l'apercevant, Julie eut un profond cri de joie, jeta ses bras à son cou, et l'étreignit contre son cœur avec passion. Ils étaient dans les ténèbres, ils ne virent pas comme ils étaient changés tous les deux. Ils sentirent que leurs baisers étaient brûlants, et ne se dirent pas que ce pouvait être de fièvre. La seule fièvre était en ce moment-là celle de l'amour qui fait vivre. Ils n'avaient plus souci de celle qui fait mourir.

Mais ce moment d'ivresse ne dura pas chez Julien. Epouvanté plus qu'enivré des caresses de Julie, il la repoussa vivement.

— Pourquoi m'aimes-tu toujours, lui dit-il, si tu veux toujours me quitter ?

— Bah ! répondit-elle, ce n'est peut-être pas pour longtemps !

— Tu m'as écrit que c'était un éternel adieu !

— Je ne sais pas ce que j'ai écrit, j'étais folle ; mais il n'y a pas d'éternel adieu, ce n'est pas possible, quand on s'aime comme nous nous aimons.

— Alors tu pars ?… Mais tu reviendras ?

— Si je peux, oui ! Ne parlons pas de cela. Cette nuit nous appartient, aimons-nous !

Au milieu des transports de l'amour, Julien fut encore saisi d'effroi. Julie s'échappait en paroles exaltées où se mêlait je ne sais quoi de sinistre qui le glaçait.

— Ah ! tiens, s'écria-t-il tout à coup, tu me trompes ! Tu t'en vas pour toujours, ou tu crois que tu vas mourir ! Tu es malade, je le sais, condamnée par les médecins peut-être ?

— Non, je te jure que les médecins me promettent de me guérir.

— Je veux voir ta figure ; je ne te vois pas, sortons d'ici. J'ai peur ! Il me semble par moments que je rêve, et que c'est ton spectre que je tiens dans mes bras.

Il l'entraîna dans le jardin, il y faisait presque aussi sombre que dans le pavillon.

— Je ne te vois pas, mon Dieu ! je ne peux pas voir ta figure, disait Julien avec anxiété. Je sens bien que tes bras ont maigri, que ta taille est plus frêle. Tu me sembles devenue si légère, que tes pieds ne touchent plus le sable. Es-tu un rêve, dis-moi ? Suis-je là, près de toi, dans ce jardin où nous avons été si heureux ? J'ai peur d'être fou !

Ils approchaient de la pièce d'eau : là, comme le ciel sans lune était limpide et se mirait dans le bassin avec toutes ses étoiles, Julien vit que Mme d'Estrelle était pâle, et cette blancheur de l'eau, qui se reflétait sur elle, la lui fit paraître encore plus blême qu'elle n'était. Il vit l'amaigrissement de son visage à l'agrandissement de ses yeux, qui brillaient d'un éclat vitreux dans la nuit.

— J'en étais sûr ! s'écria-t-il ; tu te meurs, et c'est pour cela que tu m'as rappelé près de toi. Eh bien, Julie, je ne te quitte plus ; si je dois te perdre, je veux recueillir ton dernier souffle et en mourir aussi.

— Non, Julien, tu ne peux pas mourir ! ta mère !

— Eh bien, ma mère mourra avec nous ; que veux-tu que je te dise ? Elle aurait voulu mourir le jour où elle a perdu mon père ; elle l'a dit malgré elle dans le premier égarement, et, depuis, j'ai bien compris qu'elle ne vivait plus que pour moi. Nous partirons tous les trois, puisqu'à nous trois nous ne faisons qu'une âme, et nous irons dans un monde où l'amour le plus pur ne sera pas un crime. Il doit y avoir un monde comme cela pour ceux qui n'ont rien compris aux préjugés iniques de celui-ci. Mourons, Julie, n'ayons pas de remords ni de vains regrets. Donne-moi ton haleine, donne-moi ta fièvre, donne-moi ton mal, je jure que je ne veux pas te survivre.

— Hélas ! dit Julie, qui ne put retenir ce cri de la nature, j'aurais pu guérir !

— Que dis-tu donc là ! s'écria Julien bouleversé. Tu as pris du poison ! Dis ! Réponds, je veux savoir !

— Non, non, rien ! dit-elle en l'entraînant d'un mouvement brusque et désespéré qui le frappa.

Elle s'était penchée sur l'eau, elle y avait vu le reflet vague de sa figure et de sa robe blanche ; elle s'était rappelé que, dans une heure, il fallait qu'elle fût là elle-même étendue, immobile, morte ; elle se l'était juré.

C'était le prix de son serment violé, c'était le prix du bonheur de Julien ; une terreur effroyable de la mort l'avait fait tressaillir et reculer.

— De quoi as-tu peur ? lui dit-il ; qu'as-tu vu dans cette eau ? A quoi as-tu pensé ? Pourquoi as-tu fui ? Tiens ! je devine, tu veux mourir bientôt, tout à l'heure, quand je serai parti ! Eh bien, cela ne sera pas, tu es ma femme. Puisque tu m'aimes toujours, tu m'appartiens ; je ne sais pas quel serment tu as fait, je ne sais pas quelle contrainte tu subis ; mais, moi, ton amant, ton mari et ton maître, je te délie de tout ! Je t'enlève, non, je t'emmène, c'est mon droit. Je ne veux pas que tu meures, moi, et je veux que ma mère vive pour te bénir. J'ai de la force pour vous deux ; je ne sais pas quelle lutte j'aurai à soutenir, je la soutiendrai. Viens, sortons d'ici ! Si tu n'as pas la force de marcher, j'aurai celle de te porter. Viens, je le veux ! L'heure est venue de ne plus connaître d'autre pouvoir sur ta vie que le mien.

Et, comme, en l'entraînant vers le pavillon, il la ramenait vers la pièce d'eau, le combat du remords et de l'amour fut si violent chez elle, qu'elle fit un cri d'horreur, et, se pressant contre lui de toute sa force :

— J'ai donné ma parole d'honneur de te quitter, dit-elle, et j'y manque, et je jette ta mère dans la misère ! Peux-tu me relever de cela ?

— Tu es folle ! dit Julien ; est-ce que ma mère était si pauvre quand tu l'as connue ? Est-ce qu'on me coupera le bras droit pour m'empêcher de travailler ? Eh bien, je travaillerai du bras gauche ! Va, je comprends tout à présent. Ceci est la vengeance promise par M. Antoine ; j'aurais dû deviner plus tôt pourquoi la maison de mon père nous était rendue. Pauvre Julie, tu te sacrifiais pour nous ; mais tout cela est non avenu : je n'ai pas consenti, moi ; je n'ai rien accepté. J'ai subi sans rien savoir. Voyons, ne tremble plus, je te relève de ta parole, et malheur à qui viendra te la rappeler ! Si tu hésites, si tu crains quelque chose, je croirai que c'est la fortune que tu regrettes, et que tu as moins de courage et d'amour que moi !

— Ah ! voilà le soupçon que je craignais tant ! dit Julie. Partons, partons ; mais où irons-nous ? Comment oserai-je me présenter à ta mère en lui disant : "Je vous apporte la douleur et la ruine" ?

— Julie, tu doutes de ma mère, tu ne nous aimes plus !

— Partons ! reprit-elle, allons la trouver, et qu'elle décide de moi. Emmène-moi, emporte-moi d'ici !

Julie était brisée par tant d'émotions que ses forces l'abandonnèrent, et qu'en la recevant dans ses bras Julien vit qu'elle était évanouie. Il n'y avait aucun secours à lui donner dans le pavillon ; il la porta dans son appartement, dont une porte était restée ouverte sur le jardin, et où il trouva de la lumière. Il déposa Julie sur un sofa, et elle reprit connaissance assez vite ; mais, quand elle voulut se lever, elle retomba.

— Ah ! mon ami, lui dit-elle, je ne peux pas me soutenir. Est-ce que je vais mourir ici ? Est-ce qu'il est trop tard pour que tu me sauves ? Ecoute : on frappe à la porte de la rue, il me semble ?

— Non, dit Julien, qui n'avait rien entendu.

Et, comme il cherchait à lui rendre la confiance qu'il commençait lui-même à perdre, un grand bruit de sonnette les fit tressaillir.

— On vient me chercher, m'enlever peut-être ! s'écria Julie égarée, me jeter dans un couvent !… La marquise, M. Antoine, que sais-je ?… Et je ne peux pas fuir ! Emporte-moi donc, cache-moi, Julien !…

— Attends, attends, dit Julien, qui avait ouvert une porte de l'intérieur pour écouter ; c'est Marcel qui parle haut et qui appelle Camille. Oui, c'est un avertissement pressé. Ouvre, montre-toi.

— Je ne peux pas ! dit Julie désespérée après un dernier effort.

— Eh bien, j'irai, dit Julien avec résolution. Il faut bien qu'il me voie ici, puisque je ne veux pas en sortir sans toi.

Il courut à la porte du vestibule, où Marcel sonnait à tout rompre, et, avant qu'aucun domestique eût eu le temps de se lever pour voir de quoi il s'agissait, Julien ouvrit à Marcel et à Mme Thierry ; il les fit entrer et referma les portes.

— Ah ! mon enfant, s'écria Mme Thierry, j'étais bien sûre, moi, de te trouver ici ! Victoire, mon Julien, mon pauvre Julien ! Ah ! je ne sais ce que je dis ; tu vas être guéri, nous t'apportons le bonheur !

Quand Julie apprit ce qui s'était passé à Sèvres, la vie revint en elle comme elle revient à une plante demi-morte qui reçoit la pluie. Ses nerfs se détendirent dans des larmes de joie. Quant à Julien, malade la veille presque dangereusement, brisé encore le matin même, il fut guéri comme ces paralytiques qu'un bienfaisant coup de tonnerre fait bondir et marcher.

Après une heure d'effusion qui semblait intarissable, Marcel emmena Mme Thierry chez lui pour qu'elle prît un peu de repos, et confia Mme d'Estrelle à Camille, qui se chargea d'imposer silence aux domestiques sur cette visite nocturne. Julien s'était déjà évadé par le pavillon. Julie dormit comme elle n'avait pas dormi depuis longtemps.

Heureusement, M. Antoine, comme nous l'avons dit, ne faisait plus surveiller l'hôtel d'Estrelle, et, heureusement, les domestiques furent dévoués et discrets ; car, s'il eût eu connaissance de l'entrevue, il eût pu se raviser et se fâcher dangereusement. Il avait signifié vouloir informer lui-même Mme d'Estrelle de son pardon ; mais il était fatigué, lui aussi, détendu, satisfait, fier de lui : il dormit serré et se leva un quart d'heure plus tard que de coutume. A peine debout, il se livra à un redoublement d'activité qui mit toute sa maison dans les transes ; car il avait le commandement roide, la menace prompte et la main plus prompte encore pour lever la canne sur les endormis. Le vieux hôtel de Melcy fut ouvert, balayé, rangé en un clin d'œil. Des messagers furent envoyés sur tous les points ; à midi, un dîner somptueux était servi. Les convives, rassemblés dans le grand salon doré, attendaient un événement mystérieux, et Marcel amenait Mme Thierry et Mme d'Estrelle, invitées par lui de la part du patron. Julien, averti, arrivait de son côté. Julie fut reçue par Mme d'Ancourt, Mme des Morges, sa fille et son gendre. Le duc de Quesnoy n'était pas de retour ; mais l'abbé de Nivières était là, résolu à manger pour deux. La présidente ne se fit pas attendre, et Marcel fut chargé de présenter aux dames une collection de botanistes, savants de profession et amateurs, que M. Antoine rassemblait chez lui dans les grandes occasions.

— Voilà qui est à mourir de rire, dit la baronne à Julie en l'attirant dans une embrasure de fenêtre. Le bonhomme m'a envoyé un exprès à six heures du matin pour m'inviter à voir le baptême d'une plante rare qui doit porter son nom ! Vous jugez le joli réveil ! J'étais furieuse ! Mais j'ai vu en post-scriptum que vous deviez assister à la cérémonie, et j'ai décidé que j'y viendrais. Vous voilà donc réconciliée avec votre vieux voisin, ma très chère ? Eh bien, tant mieux : vous avez suivi mon conseil, et vous y viendrez, allez ! Il n'est pas agréable, le jardinier ; mais cinq millions ! Rappelez-vous !

Les autres amis de Julie pensaient autrement. Ils croyaient que son créancier venait de terminer avec elle une liquidation à l'amiable qui les satisfaisait mutuellement, et que, pour rendre service à leur amie, ils devaient accepter l'invitation de M. Antoine. Ils questionnaient Julie dans ce sens, et Julie ne les détrompait point.

Quant aux savants, ils ne trouvaient pas trop puérile l'ostentation du baptême d'une nouvelle plante. M. Thierry avait enrichi l'horticulture de plusieurs sujets intéressants. Il avait propagé l'acclimatation d'arbres utiles, et son nom méritait bien de figurer dans les annales de la science. Un bon dîner, en pareil cas, ne gâte rien, et la présence de quelques femmes aimables n'est pas absolument contraire aux graves préoccupations de la botanique.

Lorsque tout le monde fut réuni, M. Antoine prit un air modeste et bonhomme, qui était chez lui le symptôme rare, mais certain, d'un triomphe intérieur sans mélange de défiance. Il plaça tout son monde autour d'une grande table, au centre de laquelle un objet assez élevé se dérobait aux regards sous une grande cloche de papier blanc. Alors il tira de sa poche un traité manuscrit, très court heureusement, mais qu'il fut difficile

d'écouter sans rire, car il écorcha avec aplomb le français aussi bien que le latin. Ce manuscrit de sa façon, qui
commençait par *mesdames et messieurs*, et qui traitait
de l'importation et de la culture des plus belles liliacées
connues, finissait ainsi : "Ayant eu l'avantage, selon
moi, d'acquérir, d'élever et d'amener à parfaite éclosion le *spécimen* unique en France d'une liliacée qui
surpasse en grandeur, en odeur et en *esplendeur* toutes
les espèces *su-mentionnées*, j'appelle l'attention de
l'honorable compagnie sur *mon individu*, et je l'invite à
lui donner un nom."

En achevant la lecture de son discours, M. Antoine
enleva lestement, avec la pointe d'un roseau, le chapi-
teau de papier blanc, et Julien fit un cri de surprise en
voyant l'*Antonia thierrii* fraîche et fleurie dans toute sa
gloire. Il crut d'abord à quelque supercherie, à une imitation artificielle parfaite ; mais la plante, débarrassée
de son enveloppe, exhalait un parfum qui lui rappelait,
ainsi qu'à Julie, le premier jour de leur passion, et,
quand la clameur d'une sincère ou complaisante admiration eut fait le tour de la table, M. Antoine ajouta :

— Messieurs les savants, vous saurez que cette plante
a poussé deux épis, le premier fin mai, assez joli, brisé
par accident, et conservé en herbier ci-joint ; le second en
août, deux fois plus grand et plus chargé que l'autre, et
fleuri comme vous voyez le dixième jour dudit mois.

— Baptisons, baptisons ! s'écria Mme d'Ancourt.
Je voudrais être la marraine de ce beau lys ; mais je
pense qu'une autre…

Elle regardait Julie avec un mélange d'ironie et de
bienveillance. Les savants n'y prirent pas garde et pro-
clamèrent unanimement le nom d'*Antonia thierrii*.

— Vous êtes bien honnêtes, messieurs, dit M. Antoine,
rouge de plaisir et bégayant d'émotion ; mais j'ai une

modification à vous proposer. Il est assez juste que cette plante porte mon nom ; mais je désirerais y joindre le prénom d'une personne qui… d'une dame que… enfin je demande qu'on l'appelle la *Julia-Antonia thierrii*.

— C'est un peu long, dit Marcel ; mais la plante est si grande !

— Va pour *Julia-Antonia thierrii*, répondirent les savants avec candeur.

— Ah ! enfin ! bravo ! c'est donc décidé ! s'écria à pleine voix la baronne d'Ancourt, en désignant Julie et en faisant avec ses deux mains blanches et grasses le signe du *conjungo*.

Tous les regards se portèrent sur Julie, qui, en rougissant, retrouvait déjà tout l'éclat de sa beauté.

— Pardonnez-moi, madame la baronne, dit l'oncle Antoine d'un air rusé. Je vous ai attrapée en allant chez vous pour vous prier de faire de ma part des offres de mariage à madame la comtesse d'Estrelle. Je voulais voir ce que vous diriez, et vous n'avez pas dit non : au contraire, vous avez conseillé à cette jeune dame de m'accepter ; c'est ce qui m'a décidé à lui proposer celui que j'avais en vue pour elle, car je me suis dit : "Si moi, vieux bonhomme, je suis proposable à cause de mes écus, mon neveu, qui est jeune et qui aura bonne part de mes écus, peut bien être accepté." C'est ce qui fait, mesdames et messieurs, qu'aujourd'hui, avec le consentement de Mme d'Estrelle, je termine les débats d'affaires que nous avions ensemble par un mariage entre elle et mon neveu Julien Thierry, lequel *je me fais* l'honneur de vous présenter.

— Ah bah ! le jeune peintre ? s'écria Mme d'Ancourt, irritée, sans savoir pourquoi, de la beauté et de l'air passionné de Julien.

— Un peintre ? dit Mme des Morges tout étourdie ; ah ! ma chère, c'était donc vrai ?

— Oui, mes amis, c'était vrai, répondit hardiment Julie ; nous nous aimions avant de savoir que M. Antoine nous arracherait à la pauvreté qui nous menaçait l'un et l'autre.

— Je déclare que M. Antoine est un grand homme et un véritable philosophe ! s'écria l'abbé de Nivières. Si l'on se mettait à table !

— Allons dîner, mesdames et messieurs, répondit M. Antoine en offrant sa main à Julie. C'est une mésalliance, vous direz ; mais trois millions pour chacun de mes neveux, ça décrasse une famille, et mes petits-neveux auront le moyen d'acheter des titres.

Ce dernier argument changea en félicitations, un peu hésitantes, le blâme des amis de Julie. Elle dut se résigner à paraître sacrifier la gloriole à la richesse ; mais que lui importait après tout ? Julien savait bien à quoi s'en tenir.

Julie, qui était encore en deuil de son beau-père, alla passer à Sèvres le reste de l'été. Sèvres est une oasis normande à deux lieues de Paris. Les pommiers y jettent une saveur champêtre, et les collines, gracieusement couvertes de jardins rustiques, avaient, à cette époque, autant de grâce avec plus de naïveté qu'aujourd'hui. Il ne faut pourtant pas médire des riantes villas du Sèvres actuel, avec leurs ombrages magnifiques et les pittoresques mouvements du sol raviné que découpe hardiment la rivière. Le chemin de fer n'a pas trop chassé la poésie de cette région bocagère, et il n'est pas désagréable d'aller trouver, en un quart d'heure, les sentiers herbus et les prairies inclinées au bord de l'eau. Du haut de la colline, on découvre Paris, silhouette imposante sur l'horizon bleu, à travers les massifs d'arbres des premiers plans ; à trois pas de là, au fond de la gorge, on peut perdre de vue la grande ville, se détourner des villas trop blanches, et s'égarer dans une vraie campagne encore naïve, bien qu'un peu rococo, et toujours admirablement fleurie.

Julie recouvra là sa santé, quelque temps compromise assez gravement, et, avant comme après le mariage, Julien fut tout pour elle, comme elle était tout pour lui. Ce que le monde dit et pensa de leur union, ils ne voulurent pas le savoir. Leurs vrais amis leur suffirent, et Mme Thierry fut la plus heureuse des mères. Ce bonheur fut troublé, il est vrai, par les tempêtes politiques, que Julien avait vues approcher sans les prévoir si rapides et si radicales. Esprit net et généreux, il se rendit très utile dans son milieu par le soin qu'il prit de soulager la misère et de l'empêcher, autant qu'il le put, de se porter à des violences funestes. Longtemps il conserva une grande influence sur les ouvriers de la manufacture de Sèvres et sur ceux du faubourg qui entouraient l'hôtel d'Estrelle. En certains jours, il se vit débordé ; mais rien ne put l'entraîner aux actes que réprouvait sa conscience, et à son tour il se vit menacé et tout près de devenir suspect. La fermeté qu'il opposa aux soupçons, la générosité de ses sacrifices personnels, la confiance qu'il montra au milieu du danger le sauvèrent. Julie fut aussi brave que lui. La femme timide s'était transformée ; elle avait senti son âme se développer et se retremper dans cette fusion de l'amour avec une âme droite et courageuse. Elle éprouva de grands déchirements sans doute en voyant plusieurs de ses anciens amis saisis par la Révolution en dépit de tous les efforts de Julien pour les y soustraire. Elle réussit à en sauver quelques-uns par de sages conseils et d'utiles démarches. Elle en cacha deux dans sa propre maison ; mais elle ne put préserver la baronne d'Ancourt, qui se perdit par l'excès de sa frayeur, et subit une captivité des plus dures. La malheureuse marquise d'Estrelle ne sut pas contenir sa fureur quand les emprunts forcés s'attaquèrent à ses économies. Elle périt sur l'échafaud. Le duc de Quesnoy émigra. L'abbé de Nivières, plus prudent, se fit jacobin.

Après la terreur, la suppression du privilège des établissements royaux ayant permis à Julien de réaliser un vœu qu'il avait souvent formé, il travailla à propager les perfectionnements industriels et artistiques qu'il avait eu le loisir d'étudier et de faire essayer à Sèvres. Il n'y gagna point d'argent, tel n'était pas son but, il en perdit au contraire ; mais il y trouva le moyen de relever l'existence de beaucoup de malheureux. Il ne fut donc pas riche, et sa femme le vit avec joie continuer ses travaux d'art et s'occuper avec amour de l'éducation de ses enfants.

Marcel acheta à Sèvres une maisonnette voisine de la leur, et les deux familles passèrent ensemble tous les jours de fête et de repos que le digne procureur, devenu avoué, put dérober au soin des affaires. Il fit honnêtement une petite fortune, et Julien sut mettre dans la gouverne de sa propre aisance la sagesse qui avait manqué à son père. Bien lui en prit, car la Révolution avait confisqué les biens de M. Antoine. M. Antoine avait continué à vivre seul, n'éprouvant aucun besoin de la vie de famille, gracieux autant qu'il pouvait l'être envers des obligés dont la reconnaissance flattait son orgueil, mais ne désirant pas entretenir des relations qui eussent dérangé ses habitudes. Il avait promis à Marcel de ne plus songer au mariage, et il tint parole ; mais il lui vint une autre manie. Il se fit frondeur politique de tous les événements, quels qu'ils fussent, de la Révolution. Tout le monde était fou, maladroit, stupide. Le roi était trop faible, le peuple trop doux, la guillotine tour à tour trop paresseuse et trop affamée. Et puis, comme cette succession de tragédies troublait sa tête plus folle que méchante, il changeait d'avis et passait en paroles d'un sans-culottisme effréné à un muscadinisme ridicule. Tout cela était fort inoffensif, car il ne briguait aucun pouvoir et se contentait de déblatérer dans ses rares échappées à travers la société ; mais il fut dénoncé par des ouvriers qu'il avait maltraités, et il faillit payer de sa tête son dévergondage d'obscure éloquence.

Julien et Marcel, à force d'insistance, réussirent à lui faire quitter l'hôtel de Melcy, où chaque jour il provoquait l'orage. Ils le tinrent caché à Sèvres, où il les fit beaucoup souffrir par sa méchante humeur et les compromit plus d'une fois par ses imprudences. Ses biens étaient sous le séquestre, et il n'en recouvra que des lambeaux. Il supporta ce coup terrible avec beaucoup de philosophie. Il était de ces pilotes qui maugréent dans la tempête, mais qui tiennent bon dans le sauvetage. Il ne voulut rien reprendre de ce que Julien tenait de lui et lui offrait avec instances. Comme on n'avait pas touché à son jardin et qu'il le recouvrait à peu près intact, il y reprit ses habitudes et sa bonne humeur relative. Il y vécut jusqu'en 1802, toujours actif et robuste. Un jour, on le trouva immobile, assis sur un banc au soleil, son arrosoir à demi plein à côté de lui, et sur ses genoux un manuscrit indéchiffrable, dernière élucubration de son cerveau épuisé. Il était mort sans y prendre garde. Il avait dit la veille à Marcel :

— Sois tranquille, les millions que tu devais hériter de moi, tu les auras ! Que je vive seulement une dizaine d'années, et je ferai une fortune plus belle que celle que j'avais faite. J'ai un projet de constitution qui sauvera la France du désordre ; après ça, je penserai un peu à moi, et je reprendrai mon commerce d'exportation.

DOSSIER

NOTE SUR LE TEXTE

Antonia a paru dans la *Revue des Deux Mondes* en quatre livraisons, du 15 octobre au 1er décembre 1862. Divisé en chapitres[1], le roman a été publié par l'éditeur Michel Lévy en avril 1863 en un volume in-12.

En août 1866, le même éditeur publiait *Le Lys du Japon*, comédie en un acte représentée pour la première fois à Paris, au théâtre du Vaudeville, le 14 août. Il s'agit d'une adaptation très sommaire du roman, réduit aux personnages de Julien Thierry, de Marcel et de la marquise flanquée d'un domestique[2].

Le manuscrit d'*Antonia* appartient au fonds Sand de la Bibliothèque historique de la ville de Paris. Il est constitué de quatre volumes reliés comptant un total de 1037 feuillets. Les corrections, soigneusement exécutées, sont nombreuses. Le calibrage de l'ensemble en vue de la publication en revue

1. Sand a demandé à Emile Aucante de faire le travail (voir *Correspondance*, vol. XVII, p. 340 ; lettre du 29 décembre 1862).
2. Le décor est précisé en ces termes : "L'intérieur d'un joli petit atelier pour peindre des fleurs. Il y a des fleurs partout, en jardinières, en caisses, en vases ; des toiles, des chevalets, etc. ; une grande table, un fauteuil, d'autres sièges ; aucun luxe, beaucoup de propreté. Au fond, une grande porte ouverte, donnant sur un petit péristyle où l'on voit un escalier qui monte aux étages supérieurs. – A droite, dans l'atelier, une fenêtre à demi couverte d'un rideau vert ; à gauche, en face, une porte."

puis en livre semble avoir été intégré à la composition même du roman. Sand fait ainsi du manuscrit un objet qui pourra passer tel quel chez l'imprimeur.

Mis à part quelques légères modernisations orthographiques, la présente édition reproduit le texte de la première édition en volume.

ÉLÉMENTS BIOGRAPHIQUES

Amandine-Aurore-Lucile Dupin, fille de Maurice Dupin de Francueil, lieutenant de chasseurs à cheval, et d'Antoinette-Sophie-Victoire Delaborde, sans profession, naît à Paris le 1er juillet 1804.

A la disparition de son jeune frère puis de son père à l'automne 1808, la petite fille est confiée par sa mère à sa grand-mère, Marie-Aurore de Saxe, résidant à Nohant, dans le Berry. Elle y passe une enfance un peu solitaire entrecoupée de séjours à Paris et de visites à sa mère. Adolescente, Aurore Dupin est placée pendant deux ans au couvent des Anglaises, où elle complète son éducation.

Marie-Aurore de Saxe meurt en 1821. Sa petite-fille hérite de ses biens, dont l'imposante maison de maître du XVIIIe siècle sise à Nohant, une ferme attenant au parc et un domaine de 200 hectares consacré à l'exploitation agricole. L'année suivante, Aurore Dupin épouse à Paris Casimir Dudevant, fils naturel reconnu du baron Dudevant. Maurice naît en juin 1823. Une fille, Solange, naît en septembre 1828 (elle n'est vraisemblablement pas la fille de Casimir Dudevant).

En 1831, alors qu'elle est devenue la maîtresse d'un jeune homme de lettres, Jules Sandeau, Aurore Dudevant part pour Paris. En février, elle commence à donner des articles au *Figaro* ; elle publie ensuite avec Jules Sandeau quelques nouvelles et deux romans. Durant l'hiver 1832, elle rédige seule *Indiana* qu'elle publie en mai sous le nom de "G. Sand". Le succès est immédiat.

La carrière littéraire de George Sand commence, caractérisée par une grande aisance d'exécution, la volonté farouche de défendre des idées et de gagner sa vie en travaillant. En l'espace de quelques années, de 1832 qu'elle achève en publiant un second roman et une nouvelle, à 1848, Sand réussit à bâtir une œuvre considérable tant par la quantité que par la diversité. Elle subit l'influence des premières doctrines socialistes et du catholicisme social de Lamennais. Sa route croise celle de Musset, de Michel de Bourges, puis de Chopin, avec lequel elle sera liée pendant neuf ans ; elle croise aussi celle de Liszt et Marie d'Agoult, de Delacroix, de l'actrice Marie Dorval, de l'acteur Bocage, de la cantatrice Pauline Viardot. Sand apprécie la musique, le théâtre, la peinture, et aime à s'entourer d'artistes, dont certains comptent parmi les plus grands du temps. Célèbre, elle occupe les chroniques mondaines, est l'objet d'autant de fascination et d'enthousiasme que de suspicion. A l'aube de la révolution de Février, elle a publié quelque trente romans, des nouvelles, deux drames (*Gabriel* et *Les Sept Cordes de la lyre*), des *Lettres* dans lesquelles elle réfléchit sur les arts et la condition des femmes.

Sa participation au très officiel *Bulletin de la République* en 1848, son appel au coup d'Etat au cas où les élections seraient défavorables aux républicains font scandale et, après quelques semaines de vive activité politique, Sand regagne Nohant. Elle publie alors *La Petite Fadette*, dont la préface fait entendre des convictions politiques jamais renoncées.

Sous le Second Empire, les activités de Sand se diversifient. Sa réputation croît, notamment par le biais du théâtre, où elle connaît parfois un réel succès, ainsi pour *Le Marquis de Villemer*, représenté à l'Odéon en 1864. Par ailleurs, la matière romanesque s'augmente d'œuvres nombreuses, dont certaines sont plus marquées par son expérience personnelle (*La Filleule*, *Elle et Lui*, *La Confession d'une jeune fille*) ou plus fantaisistes (*L'Homme de neige*, *Les Dames vertes*, *Laura, voyage dans le cristal*). *Histoire de ma vie* paraît en feuilletons dans *La Presse* d'août 1854 à août 1855, ainsi que d'autres textes autobiographiques tels que *Promenades autour d'un village*.

C'est également l'époque de la réception d'artistes à Nohant, dont Flaubert, Dumas fils, Tourgueniev et Fromentin, d'un théâtre de société pour lequel Sand compose les textes, exécute les costumes et tient elle-même certains rôles, d'un théâtre de marionnettes enfin, surtout animé par Maurice, mais auquel Sand prend une part active, notamment dans la création des décors et des costumes. L'écrivain aime par ailleurs dessiner et reprend, avec Maurice dont elle soutient l'activité artistique, l'exécution d'aquarelles et de dendrites.

Après 1870, l'activité de Sand ne faiblit pas. En 1871, elle publie ses impressions sur les premiers mois de guerre franco-prussienne, en 1873 ses *Impressions et souvenirs* et les premiers *Contes d'une grand-mère*. Les romans se suivent à bon rythme, dont *Césarine Dietrich*, *Nanon*, *Ma sœur Jeanne*, *Les Deux Frères*. En 1875, dans l'optique d'une nouvelle édition de ses *Œuvres complètes*, Sand imagine un classement définitif de sa production : "1) études de sentiments, 2) romans fantastiques, contes, fantaisies, 3) autobiographie, 4) théâtre, 5) études rustiques et paysages". Quand elle meurt, le 8 juin 1876, elle laisse en chantier un roman épistolaire, *Albine Fiori*.

A l'occasion de ses obsèques, Victor Hugo écrit : "Dans ce siècle qui a pour loi d'achever la révolution française et de commencer la révolution humaine, l'égalité des sexes faisant partie de l'égalité des hommes, une grande femme était nécessaire."

TABLE

Préface de Martine Reid 7

Antonia 17

Dossier 299

    Note sur le texte 301
    Eléments biographiques 303

BABEL

Extrait du catalogue

500. YI MUNYŎL
Le Poète

501. PATRÍCIA MELO
Eloge du mensonge

502. JULIA VOZNESENSKAYA
Le Décaméron des femmes

503. ILAN DURAN COHEN
Le Fils de la sardine

504. AMINATA DRAMANE TRAORÉ
L'Etau

505. ASSIA DJEBAR
Oran, langue morte

506. V. KHOURY-GHATA
La Maestra

507. ANNA ENQUIST
Le Chef-d'œuvre

508. FÉDOR DOSTOÏEVSKI
Une sale histoire

509. ALAIN GUÉDÉ
Monsieur de Saint-George

510. SELMA LAGERLÖF
Le Banni

511. PER OLOV ENQUIST
Le Cinquième Hiver du magnétiseur

512. DON DELILLO
Mao II

513. MARIA IORDANIDOU
Loxandra

514. PLAUTE
La Marmite *suivi de* Pseudolus

515. NANCY HUSTON
Prodige

516. GÖRAN TUNSTRÖM
Le Buveur de lune

517. LYONEL TROUILLOT
Rue des Pas-Perdus

518. REINALDO ARENAS
Voyage à La Havane

519. JOE BRAINARD
I Remember

520. GERT HOFMANN
Notre philosophe

521. HARRY MULISCH
Deux femmes

522. NAGUIB MAHFOUZ
Le Mendiant

523. ANNE BRAGANCE
Changement de cavalière

524. ARTHUR SCHOPENHAUER
Essai sur les femmes

525. INTERNATIONALE DE L'IMAGINAIRE N° 15
Les Spectacles des autres

526. FÉDOR DOSTOÏEVSKI
Les Frères Karamazov (vol. I)

527. FÉDOR DOSTOÏEVSKI
Les Frères Karamazov (vol. II)

528. ANNE GUGLIELMETTI
Le Domaine

529. STEFANO BENNI
Bar 2000

530. ALAIN GRESH ET TARIQ RAMADAN
L'Islam en questions

531. YÔKO OGAWA
Hôtel Iris

532. WILLIAM KOTZWINKLE
Le Nageur dans la mer secrète

533. YASMINE CHAMI-KETTANI
Cérémonie

534. SÉBASTIEN LAPAQUE
Georges Bernanos, encore une fois

535. HANAN EL-CHEIKH
Le Cimetière des rêves

536. ALAN DUFF
L'Ame des guerriers

537. JEAN-YVES LOUDE
Cap-Vert, notes atlantiques

538. YOURI RYTKHÈOU
L'Etrangère aux yeux bleus

COÉDITION ACTES SUD – LEMÉAC

Ouvrage réalisé
par l'Atelier graphique Actes Sud.
Achevé d'imprimer
en avril 2002
par l'imprimerie Hérissey
à Evreux
pour le compte
d'ACTES SUD
Le Méjan
Place Nina-Berberova
13200 Arles.

N° d'éditeur : 4594
Dépôt légal
1re édition : mai 2002
N° impr. : 92173